河出文庫

花闇

皆川博子

JN251154

河出書房新社

目次

目次・扉デザイン　柳川貴代（Fragment）

花闇

三代目
澤村田之助
澤村由次郎→澤村田之助（紀伊國屋）

五代目
尾上菊五郎
尾上九郎右衛門→市村羽左衛門（橘屋）→市村家橘（橘屋）→尾上菊五郎（音羽屋）

九代目
市川團十郎
河原崎長十郎→河原崎権十郎（山崎屋）→河原崎権之助（山崎屋）→市川團十郎（成田屋）

序章

澤村田《さわむらた》之《の》助《すけ》丈《》に。

降る雪をかぶって重く垂れた幟《のぼり》の文字は、たしかに、そう読みとれた。瞼《まぶた》に平手打ちをくったように、彼は立ちすくんだ。

見まわしたが、芝居小屋らしいものはない。雪一色の空地の一隅が高さ三尺ほどの台地となり、丸太を両端に数本立て、幟はその一つに縛りつけてある。幟の褪《あ》せた朱が、彼の目にうつる唯一の色彩であった。

すぐ傍に納屋《なや》らしいものが一つあるが、これは戯場《しばい》とは思われない。

このような片田舎にあるはずもない田之助の幟……。無惨に濡れ、雪にたわみ……。

彼は、沈みかける足を苦労して持ちあげた。降り積んだやわらかい雪は、彼の足をくわえこみ、かんじきを履いていても、底無しの沼を行くようだ。

昨日、懐のあたたかい旅人が、里の男たちを数十人やとい、かんじきや縋《すが》りで、ゆくての道を踏み固めさせたというが、たえまなく降りつづく雪にたちまち埋もれ、道の跡もわからない。

西北は平野がひろがり、枝わかれした大小の川が流れる。越えてきた東南は、巻機山《まきはたやま》、八海山《はっかいさん》、牛ヶ嶽、駒ヶ嶽、兎ヶ嶽と、前の宿で名を教えられはしたがどれがどれやらわからぬ山々が、白い波濤《はとう》のようにつらなり、なかに浅草山というのがあるときいて、その名は薄刃のように胸を裂いた。

――まだ、みれんがあるのか。江戸に。いや、東京《とうけい》に。

東京と名があらたまって十二年目になる。

澤村田之助丈に。

幟の朱が眼を刺す。

――なぜ、こんなところに幟が……。

佇《たたず》んでいると、笠に肩に雪が重くなる。幟の朱は雪片のあわいに明滅する。

彼は、幟のかたわらを通りすぎた。

踏む春雪はやわらかいが、その底には、去年の秋の末から降り積んでは凍てついた雪が、堅い根雪となっているときいた。

左手から森が迫り、梢《こずえ》の雪は風に散乱した。彼は右にそれた。森がかかえこむ闇のなかに足を踏み入れない自分に、少し驚いていた。

川のふちに出た。極寒のあいだは、この川は氷に閉ざされ、その上に雪が積もって平地のようになる。そうして二月の末か三月のはじめ、陽気が少しゆるむと、おのずと裂け、大小幾千の氷塊、氷片が、藍色の水にただよい、川下にはこぼれ、北海に流れ去るのだそうだ。

いま、彼が見る川は、結氷はすでにない。岸に近い浅瀬に薄氷《うすらひ》がはり、その下を澄んだ水が流れる。

これも前の宿できいた話だが、毎年、春の彼岸の頃ともなると、この川の水面、二、三尺上を、幾百万の白い蝶の群れが、翅《はね》をすりあわせ銀粉を散らし、川下から川上にむかって舞いのぼってゆくという。

幾里にもわたり、流れの上を霞《かすみ》の衣をたなびかせたように、夜明けから黄昏《たそがれ》まで翔びつづけ、陽が沈むとともに、蝶の群れも、花吹雪のように水に散り落ち——力尽きるのだろうか——川下にはこび去られる。一つとして、次の日の出を見るものはない。川は北の海に注ぎ入る。蝶も……。

徒労な溯行《そこう》、虚しい飛翔は何のためなのか。蝶の行動の理由を、土地の者もだれひとり知らなかった。一日かぎりの壮麗な乱舞。ただ死ぬための飛翔。一日かけて川上へ川上へと翔びつづけるのは、死後の葬列の距離をのばすためであるかのようだ。あるいは、北溟《ほくめい》にいったん流れ去った氷塊が、青陽《せいよう》、蝶となってよみがえり、生をたどり返そうとでもいうのか。

華麗で妖《あや》しい白蝶の群れを、川面に舞い落ちる雪片の上に重ね、——田之太夫《たのだゆう》のようだ……と、彼は思う。

吠え叫ぶ声が、耳を打った。狂人たちか、と目をみはった。素裸で川に入り、氷のような川水を浴びている数人の男がいたのである。

わう、あう、と吠え猛《たけ》らずにはいられないのだろう。彼のように蓑笠《みのかさ》をつけていてさえ、立ち止まれば胴震いが軀《からだ》を走りのぼるのだ。

雪が溶けこむ川水を手桶《ておけ》に汲《く》んで肩からかけ、両手を胸の前に組んで烈《はげ》しく振り、吠える。

雪の中で荒行《あらぎょう》か。ご苦労なことだ。

彼が行きすぎようとしたとき、男たちはいっせいに川から土手に駆け上がってきた。肌を濡らした水がたちまち薄氷になってゆくようだ。彼の前を横切り、かたわらにある破《や》れ堂《どう》にとびこんだ。それまで彼は堂があることに気づかなかった。

乾いた布や着物がおいてある。足踏みしながら荒々しく髪や肌をぬぐい、粗末な布子《ぬのこ》をまとう。その上に蓑笠をつけるのはいい方で、筵《むしろ》をまきつけ手拭《てぬぐ》いをかぶって雪と寒気を防ごうというものもいる。

──乞食か？

男たちは、かんじきをつけ、堂を出て、背を丸め、彼が今来た方向へ去ろうとする。

「やい、何とか言ったらどうだ」

一人が歯の根のあわぬ声で彼にくってかかった。唇は青紫になっている。

「伊達《だて》や酔狂で水浴みしているんじゃねえぜ。不審を持たねえのか。不審に思ったら、どういうわけでござんしょうと、一言たずねてみる気にゃあならねえのか。薄情者」

「江戸のお人かえ」

ふるえ声ではあるが伝法《でんぼう》な啖呵《たんか》に、彼はたずねた。

「そうともよ」

「なつかしいの。越後《えちご》の北の片田舎で、江戸のお人に会おうとは思わなんだ」

「おめえさんも江戸か」

薄情者、と捨てぜりふで立ち去ろうとしていた男は、

「東京と言わねえところが、お互《たげ》え、嬉しいやな」

気をゆるした顔になった。

「江戸のお人が、どうしてまあ、越後くんだりで水浴みかえ」

彼は男と肩を並べた。道を逆もどりすることになるが、どうせ、ぜひとも行かねばならぬ目的地は、彼には、ない。

「よく訊《き》いておくれだ。おまえさん、ここまでくる途中、みかけなかったかい。澤村」

「田之助の幟！」

彼は、思わず言葉をかぶせた。

「そうよ」

「おまえさんも江戸のお人なら、田之太夫の名前ぐらい」

「知らいでか」

男は嬉しそうな笑顔になったが、それと同時に、こちらの表情をさぐるような上目で、

「おまえさん、芝居は……好きかい」

彼は、浮かびかけた苦笑を消した。相手にかってなことを言わせてみようと思った。

「まあ、嫌いな方じゃあねえが」

「田之太夫の芝居は見たことがあるかい」

「いいや。かけちがって。だが、田之太夫は……」

言いかけて思いなおし、

「それじゃあ、おまえさんは田之太夫の一座の」

「市川三《み》すじと言いやんす」

色の黒い金壺眼《かなつぼまなこ》の男であった。

「市川三すじと言やあ、紀伊國屋《きのくにや》の舞台には必ず出ていた役者だっけね」

「おや、おまえさん、くわしいな」

「なに、話にきいただけさ。女形《おやま》ときいたが」

「そうさ」

この、顴骨のはった金壺眼の小男が女になるところを、彼は想像してみた。猿にうど

「あの幟が何か……」

ん粉をまぶしたようになることだろう。

「この雪で興行もならず、足止めよ。たまりかねて、川で千垢離《せんごり》をとっていたのよ。早く雪が止みますようにと、願《がん》かけだわさ」

「そういうわけかい。だが、雪で興行ができぬというのは、客が入らないのかえ」

「いや、常打ちの小屋ならば、花の田之太夫がつとめるのだ、雪が降ろうと雨だろうと、客を呼べるにちげえねえのだが、ここはなんと、雪中演場《せっちゅうしばい》なのよ。幟を立てたところに、舞台があったろうじゃねえか」

「あれが、舞台……」

彼は声をのんだ。たしかに、一段小高くなってはいたが……。

「おれたちも、この村の勧進興行《かんじんこうぎょう》に買われてきたが、まさか、雪を積み固めた裸舞台とは、来てみるまでは思いも及ばなんだ。お江戸じゃあ、浅草両国《あさくさりょうごく》の掛け小屋までが、ごたいそうな常打ち小屋に生まれかわって櫓《やぐら》をあげた御時世だというのに、いくら雪深い越路《こしじ》とはいえ、雪舞台とはなあ」

「楽屋も花道もなしかえ」

「いや、あれはまだ作りかけなのだ。舞台も花道も、楽屋、桟敷《さじき》、いっさい雪をつかねて形につくり、一夜おけば凍てついて鉄石のようになる。なまじな掛け小屋よりゃあ豪的だとさ。しかし、舞台も見物衆の土間も、屋根がねえから、雪が晴れねえことにはな」

「見てみたいものだの」

「見て行かっせえ。隅田川原《すみだがわら》によそえて言えば、京大坂にまた一人、あるやなしやの都鳥《みやこどり》とうたわれた田之太夫、あいつとめまする狂言だ」

「富士になぞらう立女形《たておやま》、三国一《さんごくいち》とみめぐりの、堤の花も及びなき、姿の花の八重一重《やえひとえ》」

と、彼はつづけた。

「よく知っていなさる」

男は疑わしげに、くぼんだ眼窩《がんか》の奥からすくいあげるように彼を見た。

「なに、評判であったもの」

「田之太夫、このたびつとめまする狂言は、『日高川《ひだかがわ》』。太夫は清姫《きよひめ》を人形ぶりでつとめます。見てやっておくれよ」

話しながら歩くため、二人はおくれがちになる。他の者たちの姿は雪舞いのむこうに遠くなった。

「見せてもらいましょうよ」彼は言った。「雪がやむまで、宿に逗留《とうりゅう》しましょう。田之太夫の清姫、似合いだろうねえ」

「そりゃあおまえ、言うがこたァないわさ」

「太夫が清姫を人形ぶりでつとめなさるのかえ」

そう言ったとき、彼は、思わずせぐりあげそうになった。

紀伊國屋三代目澤村田之助の、傍はなれぬ弟子だった市川三すじとは、あたしのことさ。

おれの名を騙《かた》るこの醜男に、啖呵をきってやろうか。

「田之太夫は、どこに泊まっていなさるのだえ」

おだやかな声で訊いたが、腹のなかでは、――なにが田之太夫なものか、大騙りめ……、毒づいていた。

「雪舞台の脇に小屋があったろうが」

――あの、納屋のような小屋に……。かりそめにも、澤村田之助を名乗る役者が、あんなみじめなところに。

「富士になぞらう立女形、三世澤村田之助さまに、目の法楽《ほうらく》だ、ひきあわせてやっちゃあもらえませんか」

「そうよな」

男は思案する顔になった。

「いえ、まず、舞台を拝ませてもらってからにしましょうか」

彼は、言葉をひっこめた。どんな舞台を見せるつもりか。面《つら》の皮ァひんむくのは、そのあとでいいや。

「おや、道が行きどまりにでもなっていましたか」

前夜泊まった宿の女中は、濯《すす》ぎ桶《おけ》に湯を汲みこんで、彼の足のかんじきをといた。

「花の太夫がこの片田舎で興行するそうじゃあねえか。いそぐ旅じゃあねえ、一目見てからと、引返してきたものさ」

「紀伊國屋でしょう」

女中は蕩《とろ》けるような目になった。

「早く雪がやんでくれないかと、わたしらも待ちこがれていますのさ」

「ねえさん、この土地の人じゃあないようだね」

「わかりますか」

「一言聞きゃあ、わからあな」

「お客さんも、江戸かね」

「嬉しいね、おまえもかい」

「葛飾《かつしか》の在だから、江戸といばっていいものやら」

四十に近い年にみえた。のど首は白粉《おしろい》焼けし、顔に疱瘡《もがさ》の痕《あと》が残っている。

昨夜、彼の夕餉《ゆうげ》の世話をしたのは、この女ではなかった。飯盛《めしも》り女郎《じょろう》にまといつかれるのがわずらわしいので平旅籠《ひらはたご》にしたのだが、ゆうべの女は、床をつけてくれと、うるさくせがんだ。彼は相手にせず、ひとり寝したのだった。

泊まり客は少なく、相部屋にはならずにすんだ。夕餉の膳《ぜん》をはこんできたのは、足を濯いでくれた葛飾出という女であった。

「越後から吉原に身売りする娘は多いが、おまえは、逆に流れてきたのだな」

「そうですね」と、女はかるく受け流した。

「江戸では、田之太夫の芝居を見たのかい」

いんにゃ、と、女は首を振った。

「市村座《いちむら》だの守田座《もりた》だのは、平土間だって、わっちらにゃ手が出なんだ。掛け小屋をのぞくのが、せいいっぱいでしたのさ」

「それでも田之太夫の名は知っているか」

「ひところ、深川《ふかがわ》の芸者屋《こどもや》に奉公していましたからねえ」

「土橋《どばし》か仲町《なかちよう》の芸者《こども》だったのかい」

「まさか。この器量じゃね。軽子《かるこ》でした。荷かつぎですよ」

夜、彼はその女を抱いた。男に荒らしつくされたような、肉の衰えた軀であったが、女は心をこめて彼をたのしませようとつとめた。その技巧は彼が哀しくなるほど手なれていた。彼も、かつて、贔屓《ひいき》の客に色でつとめたこともある。

朝までと女は言ったが、去らせた。

部屋を出る前に、女は小さい手焙《てあぶ》りに炭をつぎ足していった。そのくらいの火では何の足しにもならない。掻巻《かいまき》を肩の上にひきあげた。仰向《あおむ》いている目に、天井のあたりで何かが淡く光る。起き直り、行灯《あんどん》の火をかきたて、目をこらした。天井の板のすきまから漏《も》った雪水が、糸のような氷柱《つらら》になって下がっているのだった。屋根の上に高く積もった雪が溶けるまで、漏るところのつくろいもできないのだろう。あの騙りどもが泊まっている小屋も、氷柱が垂れていることだろう。猫でもいいから行火《あんか》がわりに欲しいや。冷たい足先をこすりあわせる。足が冷える、さすれ、と田之助に命じられたことがあった、と彼は思い出す。そのとき田之助はすでに足を截断《せつだん》していたのだった……。

I

鬼灯《ほおずき》を、根気よく揉《も》んでいると、中に灯がともったように紅《あか》く透きとおって、無数の種が泳ぎはじめる。幼いころから、鬼灯の種をぬきとるのが巧みだった。

袋のなかの丸い実が漆《うるし》をかけたように熟すのは夏なのに、雪の日にも、渋くて甘酸っぱい朱い汁で指先を濡らしていたような気がする。

しなやかな長い根を地の下に這《は》わせて、鬼灯は、思わぬところに生えてくる。藪枯《やぶが》らしのように強靭《きようじん》な繁殖力を持っているのだ。

この生命《いのち》の力に溢《あふ》れた根が子堕《こお》ろしに使われると知ったのは、いくつぐらいのときだったろう。彼の家に、人目を避けるようにしてたずねてくる女に、母がそれを使ってやっていることも、かなり早くから知っていた。

吉原《よしわら》の廓内《くるわうち》に育った彼には、いろごとも子堕ろしも、格別なことではなかった。

仲之町《なかのちよう》の引手《ひきて》茶屋《ぢやや》の裏手、踊りの師匠の家の一間《ひとま》に、幼時の彼は母親と間借りしていた。

昏《くら》い路地のむこうに光が降り注ぐ仲之町の通りが白く切りとられ、昼下がり、光を一瞬翳《かげ》らせて、花魁道中《おいらんどうちゅう》が通りすぎる。その華やぎも、彼には珍しくもない日常の一齣《ひとこま》であった。

二階からは、ほとんど一日じゅう三味線の音がきこえ、弟子を叱る師匠の声がひびいた。母親は階下の一間で、着物の縫いめをといたり、針をはこんだりしている。仕立てものを商いにしているが、洗い張りはしなかった。指先を荒らすのを嫌ったのである。母のよく撓《しな》う指は、子堕ろしにくる女のかくしどころを傷つけぬため、油薬を塗りこまれ、なめらかさを保っていた。

毎日、四ツ（午前十時）ごろ、子供たちの笑い声が路地になだれこみ、彼の棲《す》む家に侵入してくる。友禅の振袖に家紋の入った羽織、女の子のようなお莨盆《たばこぼん》に結った髪に紫の布をかけた少年たちは、猿若町《さるわかまち》の役者の子、それも名題《なだい》役者の子で、男衆《おとこしゅ》が伴につきそってきた。

二階の座敷二部屋が稽古場《けいこば》にあてられ、あいだの襖《ふすま》をとり払い、一方の壁つきに、間口二間半、奥行き二間、高さ二尺ほどの稽古舞台がもうけてあった。この舞台をから拭《ぶ》きするのは、彼の役目だった。

役者の子たちが稽古をつけられているとき、彼はしばしば、梯子《はしご》の上《あが》り端《はな》や敷居ぎわに身をかがめ、眺めていた。稽古はきびしく、男ざかりの精悍《せいかん》な師匠は、青貝摺《あおがいず》りの棒を手にし、それで足の間を割ってひろげさせたり、舞台の板を叩いて注意をうながしたりした。その棒は、以前使っていた竹の棒が折れた後、五月幟《さつきのぼり》の毛槍《けやり》の先がとれたものを利用しているのだった。

なかに、ひときわきびしい稽古を強《し》いられている少年がいた。彼と同じ年ごろにみえた。ひょろりと細長い、顎《あご》のすぼまった蒼黒《あおぐろ》い顔、小鼻の肉の厚い鼻、夜具の袖口といいたいような分厚いくちびる、と、見栄《みば》えのしない顔立ちで、ぎょろりとした出目が魚を思わせた。鈍重なほど無口で、師匠に叱られると、陰鬱《いんうつ》におし黙った。身のこなしも重く、扇返しのような手先の技はことさら苦手なようで、冬のさなかも汗まみれになって同じ振りの手をさらっていた。その技を、彼はひとりのときに試み、何の雑作《ぞうさ》もなくできるのに少し驚いた。立者《たてもの》（名題役者）の子といばっていても、こんなやさしいことができないのか。

彼が八つの年と記憶している。ほかの子たちが帰っていった後、その子供はひとり残され、扇返しをやらされていた。ようやく帰る許しが出て梯子段を下りてきたとき、彼は、さりげなく、開いた扇を右手で放り上げ、落ちてくるのを指先で突いて二、三度宙返りさせ、左手で受けた。少年は、見ないふりをして通りすぎた。

翌日、彼は母親にこっぴどく叱られた。

あのお子は、河原崎《かわらさき》座の座元の若太夫《わかたゆう》だよ。

へえ、あの青んぶくれが。

言いかけると、母親の指が彼の唇のはしをつねりあげた。

青んぶくれとは、何という言い草だよ。おまえ、河原崎座の若太夫に、たいそうな恥をかかせたのだよ。若太夫がもう稽古には行かぬと言いなさる。わけを言いなさらないのを、親父さま、お祖母《ばば》さまが問いつめたら、おまえに恥をかかされたからだと……。おまえ、こんど若太夫に会ったら、よくお詫《わ》びするのだよ。

おれに詫びられたら、相手はなおのこと立場がなかろう、口惜《くや》しかろう。そう、彼は感じた。

男衆につきそわれ、河原崎座の若太夫 長十郎《ちようじゆうろう》がやってきたとき、母親は彼を土間にひきずり下ろし、手をつかせた。彼は這いつくばったまま、黙って相手を見上げた。長十郎は彼に目もむけず、二階にあがっていった。

彼が九つの年、暮らしに変化が生じた。母親が消えたのである。冬のはじめだった。彼は、うろたえはしなかった。遅かれ早かれ、親とはひき離されるものと、もの心ついたころから、そう思っていたような気がする。おそらく、六つ七つで親から離され禿《かむろ》に売られてくる幼女が、廓内にあまりに多かったためだろう。

大見世《おおみせ》はしつけがきびしく、禿たちが気ままに外で遊ぶこともゆるされていないが、中見世や小見世の幼い子が、鬼灯の種をぬいてもらおうと彼にまつわりついた。彼は黙って朱い実を揉みやわらげた。

母親とともに暮らしている自分が、何か不甲斐《ふがい》ないような、うしろめたいような、そんな感情が心の底にあり、これは仮の暮らしなのだ、やがて、母のいないほんとうの暮らしになる、それは禿たちを見ても感じられるように、決して温かい快いものではないのだと、そう思うと母との一日一日がいとおしい気がすることもあった。もっとも、母親は彼を肌近くひき寄せて甘えさせることはなかったのだが。

母が消えたとわかった日の情景を、彼は、はっきり思い出せない。最初にひきとられたのは両国米沢町《よねざわちょう》の鬘《かつら》職人の家だった。それも、だれに連れてゆかれたのか、憶《おぼ》えてはいない。そこになじむ暇もないうちに、猿若町の下っぱの役者の家にうつされた。それらの家が、彼とどういう関わりがあるのか、遠縁にあたるのか、それとも親に置き去りにされたのを周囲のものが見るに見かねたのか、くわしい事情を彼に説き明かすものはおらず、彼もしいてたずねもしなかった。気さくに訊《き》ける大人が周囲にいなかったということもある。

彼をひきとった役者は、八代目團十郎の男衆をつとめているということで、彼は、二、三度、猿若町一丁目、楽屋新道《がくやじんみち》の裏手にある團十郎の家に伴われた。

猿若町は、吉原のように塀で囲われてこそいないが、幕府の方針によって、芝居小屋と茶屋、役者をはじめとする芝居者の住まいが、この一郭に集められている。吉原でいえば仲之町にあたる大通りが一本、町をつらぬき、その片側に、中村座、市村《いちむら》座、森田座、むかい側に人形芝居の結城《ゆうき》座、薩摩《さつま》座が、茶屋をあいだに連ねて並ぶ。役者たちの住まいはその裏の方にあった。

森田座はそのころ櫓《やぐら》をおろし、控えの河原崎座が櫓をあげていた。江戸で公許の芝居小屋は、中村座、市村座、森田座の三座だが、それぞれ控え櫓を持ち、経営がゆきづまって休むと、控え櫓がかわって興行する仕組である。

吉原と猿若町は目と鼻の近さだから、彼も時折、遊びに来たことはあった。木戸銭がないから小屋のなかに入って芝居見物はできないけれど、乗り込みや寄り初《よぞ》めのときは役者の顔が間近に見られるとあって野次馬がおしかける、その人の波にもまれたり、絵看板を眺めたりした。三座の舞台は見られずとも、掛け小屋のたんから芝居やのぞきからくりで、狂言のあらかたは承知していたし、二階の稽古を聞き憶え、長唄《ながうた》、清元《きよもと》もそらんじていた。

役者の家のなかに入るのは初めてであったが、今をときめく團十郎に対面したわけではなく、台所で所在ない時間をすごしただけだった。

下っぱ役者のところに腰を落ちつけることになるのかと思っていたら、十日と経たぬうちに、芝居町《しばいまち》のどんづまり、三丁目の、楽屋新道に面した大きな構えの家に連れてゆかれた。勝手口から入り、ここでも台所に置き去りにされ、しばらく待たされてから、奥の部屋にとおされた。

長火鉢の前に坐《すわ》った、五十を少し過ぎた年ごろの女が、横柄《おうへい》に、彼と、彼を伴った下っぱ役者を見下ろした。奥から三味線がきこえていた。彼は下っぱ役者に頭をおさえられ、畳に額をすりつけさせられた。

足音がした。だれかが坐る気配だ。頭をおさえた手にいっそう力が加わり、ようやくゆるんだので顔をあげると、初老の女の傍に、三十ぐらいの恰幅《かっぷく》のよい男が大あぐらをかいていた。おそろしく太い髷《まげ》が、月代《さかやき》の上にどっしりのっていた。

このとき、どんな話が三人の大人たちのあいだでかわされたのか、おぼえていない。相談事は、すべて、前もってすんでいたのだろう。

彼の記憶に鮮明な場面が、一つ、ある。大人たちが世間話をしているあいだに、彼は小用に立った。下っぱ役者が口で手水場《ちょうずば》への道を教えた。手水場へはたどりつけたが、部屋に戻ろうとして、迷った。入り組んだ長い冷たい廊下をうろうろし、ここと見当をつけた部屋の襖を、細く開けた。一気に開け放さなかったのは、万一まちがっていたらと、用心したのである。

その部屋のなかは、夜が蟠《わだかま》っていた。まだ八ツ（午後二時）をまわったばかりだというのに、雨戸を閉《た》てきって陽光をさえぎっているのだった。銀色のものが、ひるがえった。薄闇のなかに、人の姿が見えた。

銀色にひるがえったのは、扇であった。宙に弧を描いて、落ちた。人影はかがみこんで扇を拾いあげると、彼の方に歩み寄ってきた。のぞき見したことを咎《とが》められるのだろうか、と彼が思ったとき、襖が彼の鼻先で閉められた。

河原崎座の若太夫長十郎だ。特徴のある陰気な長い顔とぎょろりとした目は、見まちがえようがない。しかし、相手の方は、見知らぬものを見るように、彼を無視した。するとは、ここは、河原崎座座元、河原崎権之助《ごんのすけ》の住まいなのか。あの太い髷の男が、河原崎権之助か。

彼がようやく部屋をたずねあてて戻ると、男衆らしいのがかたづけものをしているだけで、権之助も初老の女も、そうして彼を伴ってきた下っぱ役者も、いなかった。

市さんなら、帰ったよ、と男衆はかたづけものの手は休めず、無愛想に告げた。

役者になる気はあるか、とか、役者になりたいか、とか、だれも彼にたずねはしなかった。彼のあずかり知らぬところで、身のふりかたは決められていたのだった。日が経つにつれ、周囲の人々の言葉の断片から、自分のおかれた状況がわかってきた。彼はまず市川團十郎の一門の下廻《したまわ》りにされ、ついで河原崎長十郎の身のまわりの世話をするために河原崎家にやられた、というわけであった。ゆくゆくは、素質があれば舞台に立たせ役者に。だれが考えたことか、そういう心づもりも周囲にはあるようだった。

「なぜ、八代目の弟子すじにされたおれが、河原崎《ここ》の若太夫に付くことになったのかな」

男衆や下女たちがいるところで彼が疑問を口にすると、男衆の一人が、

「そりゃあ、おめえ、ここの若太夫は、実ァ成田屋《なりたや》の息子だからよ」と教えた。

「八代目の？」

「ばか。八代目は二十五、うちの若太夫は十《とお》。十五で子を作れるか」

作れねえこたァあるめえ、と半畳《はんじょう》が入るのを無視して、

「若太夫は、七代目の子よ。妾腹《めかけばら》だが」

七代目市川團十郎は、名跡《みょうせき》を正妻の長男にゆずり八代目團十郎とし、自分は海老蔵《えびぞう》を名乗っているが、奢侈《しゃし》に過ぎるとお上の咎めを受け、江戸追放になり、上方《かみがた》に行ってい る。その海老蔵――七代目團十郎――の、長十郎は実子だというのであった。

「養子にきなさったんだ」

「養子か」

それにしても、七代目も八代目も、江戸で團十郎の名は鳴りひびいている。ことに、八代目は、若々しい美貌で江戸の女たちの人気を一身に集めている。腹ちがいとはいえ、その弟にしては、ここの若太夫の不細工で陰気なこと……。

彼がお目見得《めみえ》したときにいた初老の女はお常といい、河原崎権之助の実母。ほかにお光という権之助の妻がいる。家族はこれだけで、あとは雇い人ばかりであった。

――役者の子というのは、何と苛酷《かこく》な稽古を強いられるものか……。彼の目には、若太夫長十郎の日常は、何とも陰鬱なものにうつった。

長十郎は、連日、長唄、踊り、三味線、琴、更には茶の湯の稽古にもかよわされ、帰ってくると漢学の師匠が待ちかまえていて、素読をさせる。

雨戸を閉《た》てきった暗い部屋で扇返しの稽古をするのも、お常の指図によるものであっ

た。明るいところでなら誰にでもできる。暗いなかでもできなくては舞台で役に立たぬというのであった。

外に出て子供たちと遊ぶことは、長十郎はゆるされていなかったし、そんな暇もないようだった。夜は早くから、夏ならまだ日のあるうちから、床《とこ》に入らされる。翌朝の稽古が早いからである。

彼は、廓内の、もと彼が住んでいた踊りの師匠の家に、長十郎の伴をした。男衆もつきそったが、彼の役目は、師匠が教える振りを、長十郎といっしょに憶えこむことであった。帰宅して稽古するとき、長十郎を助けるためである。憶えの早い彼は、長十郎よりは正確に、振りの手順をのみこんで忘れない。そこを買われたのだろう。

――だからといって、将来、舞台でおれの方が若太夫を凌《しの》ぐということには、決してならないのだ。

だれに言われずとも、彼はわきまえてはいた。それを証《あか》しするような場面をまざまざと目撃したのは、年が明けて翌年の正月、河原崎座の楽屋に於《お》いてであった。他人の目には、事件というのも大げさな、ほんの些細《ささい》なできごとであったのだろうが。

河原崎座の春狂言は、『吉例曾我訥子玉《きちれいそがのとしだま》』であった。正月興行にはつきものの曾我兄弟の世界に、重の井《しげのい》子別れを綯《な》いまぜた筋書《すじがき》で、お乳人《ちのひと》重の井を、重の井新左衛門という武士に仕立てかえ、重の井の息子、じねんじょの三吉を、じねんじょのおさんという女の子に変えてある。この、子役ながら重要なおさんを、十一歳になった長十郎がつとめることになっていた。五代目澤村宗十郎、彦三郎、新車《しんしゃ》、芝雀《しばじゃく》などが一座する華やかな顔ぶれである。

彼は、楽屋入りする長十郎に、他の男衆とともにつきしたがった。楽屋を見るのは初めてだからもの珍しく、何か秘密をのぞき見るような感覚もある。

口番《くちばん》が睨《にら》みをきかせている楽屋口には、役者の出入りを一目見たい女たちが群らがり、荷を背負った男衆をしたがえ人群れをわける長十郎に、山崎屋！　若太夫！　と声がかかる。袖をひこうとする女もいる。

かわいいねえ！　と歓声があがった。長十郎にむけられたものではなかった。彼がふりむくと、三つか四つのがんぜない幼児が、男衆に肩車でかつがれ、楽屋入りしてくるところであった。曙染《あけぼのぞ》めの大振袖から下着の袂《たもと》の雪白《ゆきじろ》がわずかに紅をふくんでこぼれる。

「紀伊國屋の二番目だ」

と、彼の朋輩《ほうばい》の男衆、喜助が耳打ちした。

「由次郎《よしじろう》というのだ。初舞台だ」

「いくつなんだ」

「たしか、四つだ。何とも可愛《かわゆ》らしいの」

ごつい枝の先にほころびた薄紅梅の一輪だ。色白で、切れの長い目もとに仄《ほの》かないろけさえある。美しく愛らしいものを得意げに肩にかつぎあげている男衆は、二十ぐらい、背は高くないが頑丈な軀《からだ》つきで、肩の上の由次郎は、目方を持たぬ羽のようにもみえた。あの男衆は釟次郎《かんじろう》というのだと、喜助は教えた。男衆同士親しいらしく、喜助と釟次郎は気軽に挨拶しあった。

土間で履物をぬぎ板の間にあがると、楽屋銀杏《いちょう》のままのやら羽二重《はぶたえ》をしめたのやら、楽屋着のやら衣裳をつけたのやら、役者たちが行き来し、紅白粉《べにおしろい》だの鬢付油《びんつけあぶら》だの大道具の膠《にかわ》や糊《のり》、泥絵具《どろえのぐ》などのにおいや、人々の体臭や汗のにおいが、一度に鼻をおそった。なかに、芝居者とは思われぬ町女房のようなのがうろうろしているのを、喜助が、「ありゃあ、手水場《ちょうずば》を借りるを口実に入りこんだあつかましい後家《ごけ》さ」と軽蔑したようにささやいた。見物席には手水場がない。女客は茶屋を利用するが、なかには楽屋のを借りにくるものもいる。

楽屋梯子の上り口には、〝二階、中二階へ女中方幷《じょちゅうがたならびに》他所者《よそもの》堅《かた》無用〟と、貼紙がしてあるのだが、その後家はかまわず段に足をかけ、男衆に押しもどされ、押し返し、「いよオ、女暫《おんなしばらく》」と、だれかが半畳をとばした。

お上の禁令で、芝居小屋は二階建て以上はならぬとされているのに、実際は三階建てである。それで二階を中二階と呼びならわしている。中二階は女形ばかりの楽屋である。楽屋梯子の下、一段高いところが頭取《とうどり》座、その隣りの一郭《いっかく》が作者部屋と呼ばれ、唐桟《とうざん》の着付の裾から緋縮緬《ひぢりめん》の下着をちらりとのぞかせ献上博多を粋に結んだ狂言方が柝《き》をかたわらに、仕切り越しに頭取と話をかわしていたが、長十郎を見ると、二人とも坐りなおしてあいさつした。座元の若太夫の権勢は、少なくとも、小屋のなかでは、たいしたものなのだった。

長十郎の後について梯子を上ろうとしたとき、〝事件〟は起きた。二階から、梯子を踏みはずして、男がころげ落ちてきたのである。

頭を打ったのか、男が仰向《あおむ》けにのびたまま起き上がらない。人が集まった。駆け寄った頭取が、倒れている男を立ったまま見下ろし、

「何だ、稲荷町《いなりまち》か。それなら、よい」

と言い捨て、

「さあ、早く仕度しろ」

と人々を追いやった。

長十郎も、何事もなかったように梯子を上ってゆく。

倒れていた男は、一人で起きなおり、頭を振ったり首を動かしたりして、のろのろと稲荷町の溜《たま》りに入っていった。

彼は、そのとき、おのれの行く末の姿をみせつけられたように感じた。

＊

二年後の嘉永三年が、彼には忘れられぬ年となった。

河原崎座十一月の顔見世《かおみせ》興行『小田雪貢賜《おだのゆきみつぎのたまもの》』に、はじめて名のある役をもらい、芸名も〝市川三《み》すじ〟と、番付《ばんづけ》にのったのである。

それまで、彼は、迷っていた。楽屋梯子をころげ落ち、稲荷町なら、よい、と頭取に言い捨てられたみじめな役者の姿が眼裏《まなうら》から消えなかった。

名門の子でないかぎり、破格の出世は望み得ぬと、知ってはいた。しかし、その落差がどれほどのものか、このあしかけ三年のあいだに、彼は身にしみて思い知らされた。

名題役者を人と呼ぶなら、稲荷町は、何だろう。

名題と名題下の境界は、底知れぬ深淵《しんえん》であった。それを越えられるものは、ごくわずかだ。たとえ、越えてもよいと許しが出ても、名題の披露には莫大な費用がかかるし、その後も出銭《でぜに》がかさむ。そのかねが捻出《ねんしゅつ》できぬために、せっかくの昇進の機会を断念する役者もいた。

名題下は更に、相中《あいちゅう》、中通り《ちゅうどお》、下立役《したたちやく》と身分が分かれる。お下《した》とも稲荷町とも呼ばれる最下位の下立役は、相中、中通りよりまた格段に低いあしらいを受けていた。

たとえば楽屋にしても、相中、中通りは、立役は三階、女形は中二階の大部屋を使うが、稲荷町は一階の溜りである。彼らは、それぞれの小屋付きで、座組《ざぐみ》がかわってもほかの小屋に移ることはない。小屋に、即《すなわ》ち太夫元に、飼われているのであった。稲荷は居成りの意であるともいう。

楽屋風呂を使うことも、稲荷町は禁じられている。芝居の閉《は》ねた後町湯に行くのだが、紅白粉で湯をどろどろに汚すので嫌われる。もっとも、楽屋風呂も、まず名題が入るから、中通りが入るころは泥絵具を溶いたような湯になっているのだが。

番付に名が出ることも、稲荷町は、ない。まだ客もろくに入らぬ早朝の脇狂言と序開《じょびら》きの舞台はつとめるが、本狂言においては、仕出しとか、出たとたんに死ぬ立廻《たちまわ》り、馬以外の動物——馬の脚は大道具と楽屋番が受け持つから——、そんな役しかゆるされていないのである。

若太夫付きにされ、どうやら、ゆくゆくは役者にと周囲が決めたらしいけれど、やがて稲荷町に放りこまれるのだろうと彼は予想し、あんな暮らしは耐えられぬ、逃げ出そうかとさえ思った。しかし、芝居の水には彼を捉えてはなさぬ蠱惑《こわく》的なものもあったのである。

たとえば、顔見世の華やかさだ。その直前までの裏のいそがしさといったらない。絵具がまだ滴《したた》るような絵看板が次々にはこびこまれる。大道具師の槌《つち》の音が深更までひびく。衣裳方は染めの誂《あつら》えにかけまわり、小道具師は新規の細工に工夫をこらす。

やがて、初日の前夜、劇場はもちろんのこと、茶屋も役者たちの住まいも、連ねた提灯《ちょうちん》にいっせいに灯をいれ、夜の芝居町は光の川となる。名題役者の家々では、顔見世狂言に着る衣裳を座敷に飾り、金糸《きんし》銀糸《ぎんし》の縫いとりが燭台《しょくだい》の灯にまばゆく映える。神酒《みき》と鏡餅《かがみもち》をそなえ、この夜ばかりは開け放しにされた門口から訪れる客をもてなす。

若い衆や中役者が、名題の家の前に集《つど》い、手打ちをしてまわる。彼らは夜がふけると劇場《こや》にもどり、切落しに入りこんで声色《こわいろ》をつかうので、見物が木戸前でもみあう。

楽屋では鳴りものの大《おお》さらいで、三味線や太鼓、笛の音《ね》が人々を浮きたたせる。

劇場《こや》の前には、贔屓連《ひいきれん》からの積み物が、虎屋の蒸籠《せいろう》、吉原廓中の最中《もなか》、そのほか、魚河岸《うおがし》、木場、それぞれに、米俵やら酒樽《さかだる》やらを山と積み上げる。

八ツ（午前二時）の一番太鼓を合図に、舞台の払い清めがはじまり、やがて、切落し札が売り出されると、見物客の喧騒《けんそう》は頂点に達する。

その他にも、正月元旦の仕切初《しきりぞ》めだの、楽屋で田楽《でんがく》の醤油《しょうゆ》漬けを焼いて役者衆から座方一同にふるまう稲荷祭だの、心の浮きたつ年中行事は多いけれど、わけても、五月二十八日の曾我祭《そがまつり》は華麗をきわめる。

仕切場の入口に祭礼の大幟がはためき、曾我神社の神輿《みこし》が留場口《とめばぐち》からはこびこまれて本舞台に据えられると、役者衆をはじめ、表方裏方、思い思いの伊達衣裳に揃いの手拭《てぬぐ》いを肩にかけ、東西の花道から舞台に練りこむ。立役、女形が、あでやかに花道を練り歩くときは、四季の花がいっせいに咲きそろうようだ。やがて囃子《はやし》にあわせて、雀《すずめ》踊りや花笠《はながさ》踊りがくりひろげられる。

このような種々《くさぐさ》の行事は、もちろん、彼の目を奪ったが、役者にとって何よりの甘美な毒は、舞台に立って見物衆に己《おの》が身をさらす、そのことにあると、彼は思い知らされた。この味を知ってしまったら、逃れようがないのであった。

〝蘭丸妹　若菜姫　市川三すじ〟

番付を何度見直したことか。

天眼鏡《てんがんきょう》で探さなくてはわからぬほどの文字であるにしても、役人替名《やくにんかえな》（配役）も芸名も、たしかに、彼のものなのだった。

十二歳。まだ子役ではあるが、中通りの待遇である。この先、稲荷町で飼殺しにされることはあるまい。

名題昇進は望めないし、望む気も起きはしなかった。

立者の子たちの苛酷な稽古ぶりと、それに耐えぬく彼らのありようを見ていると、何か並の人間を超えたものに、彼らは幼時から作りかえられてゆくのだという気がする。付加されるのは鍛練された肉体であるにしても、殺《そ》ぎ落とされるのは何なのか……。

あの鈍《どん》な若太夫でさえ……と浮かびかけた悪口を、彼は苦笑して消した。十三歳の長十郎は、鳶《とび》の者《もの》小目玉の三吉という役で出勤している。

彼が化粧をし衣裳をつける中二階の大部屋は、さながら、開帳中の賭場《とば》だ。

脂粉《しふん》のにおいのこもるなかで、女形の大部屋役者たちは、肌ぬぎで茶碗酒をあおりながら、丁だ半だと壺を振り、うんすんかるたをもてあそび、わずかな賭け金がゆききする。さきゆきの見えた中通りのなかには、無精をきめこんで、のびかけた髯《ひげ》を剃《そ》りもせず濃い白粉で塗りつぶしたものもいる。色子《いろこ》あがりでしねしねと女っぽいのももちろんおり、そういうのにすり寄られるのは、気色が悪かった。

三階の大部屋も博奕《ばくち》と酒は同じようにつきものだけれど、雰囲気はまだしもさっぱりしている。

白粉を溶きながら、彼は、三階にのぼってゆく愛らしい足音をきく。

六歳になった由次郎が、小田春長《おだはるなが》の遺児三法師君《さんぼうしぎみ》をつとめているのだ。

由次郎は、去年は中村座の『仮名手本忠臣蔵《かなでほんちゅうしんぐら》』八段目に遠見《とおみ》の小浪《こなみ》をつとめ、いっしょに遠見の戸無瀬《となせ》をつとめた兄の源平《げんぺい》をみごとにくってしまって評判をとった。舞台に立っただけで、観るものを妖《あや》しい異界にひきいれる、役者だけが持つ力を、由次郎は天成《てんせい》そなえている。そう、彼は感じていた。男衆鈬次郎の肩車にのり、はじめて楽屋入りしたそのときから、由次郎は、芝居の魔の寵児《ちょうじ》であったのだ。

長十郎と同い年である兄の源平の方が、目鼻のくっきりした舞台栄えのする顔立ちなのだが、兄は平板な日常をひきずって舞台に立っていた。役者自身が異界の精に変形《へんぎょう》せねば、見物衆をそこに誘《いざな》い入れることはできない。

これらのことを、彼は、言葉で言いあらわすには稚《おさ》なすぎたが、明晰《めいせき》に感じとっていた。

「どれ、お紅《いろ》をつけて化粧《けえけえ》してあげようか」

とかく彼の世話をやきたがる中通りのにしきが、彼を背後から抱きこむようにして鏡の前に坐らせた。四十二、三のにしきは、仕草が水母《くらげ》のようにやわらかい。

鏡の両脇に一本ずつたてられた、ちびた蠟燭《ろうそく》が、彼の顔と、にしきの長年白粉にいためつけられた鉛色の肌に残る成人してからわずらったという疱瘡《ほうそう》の深い痕《あと》をぼんやりと照らしだす。

蠟燭は、毎日二本ずつ、頭取から渡されるのだけれど、用のないときは消しておき、とぼしかけをまた使うようにすれば、初日にもらった分が半月や二十日は保《も》つ。毎日二本ずつ、手つかずの蠟燭が溜まる勘定である。大部屋の役者は、たいてい、溜めこんだ蠟燭を小づかい銭に替える。

にしきは、蠟燭を袋にしまいこんでいる。浅草馬道《うまみち》七丁目の路地の突き当たりのにしきの長屋に、彼は芝居が閉《は》ねてから伴われたことがある。にしきは袋から出した蠟燭をどぶ板の両側にずらりと並べて立て、火をともした。そうして路地口に引返すと、花道を歩む揚巻《あげまき》のように、蠟燭の灯りに照らされながら、八文字《はちもんじ》を踏んで長屋入りした。その後すぐに、あと戻りして、蠟燭を吹き消し、袋におさめた。毎晩、わたしはこれをやるんだよ。おまえもやってごらんな。いい気分だよ、と、にしきは自嘲の混ったような笑いをみせたのだった。

にしきに鬢付油をすりこんでもらっている三すじの傍を通りかかった相中の松弥が、つまずいたふりをして三すじを蹴ころがした。手荒に扱われるのは馴れているから彼は黙っていたが、にしきが、

「鬼色子《おにいろこ》のなれの果ては怖《こわ》やの」と、せりふめかして、聞こえよがしに毒づいた。

「〝かしなん〟のくせに、だれやらは、まだお下《くだ》りさまと奉られている気分だよ。ホ、ホ、ホ」

と、松弥も芝居がかった作り笑いでうそぶく。にしきの頰にとまった蚊は、打っても痘瘡《とうそう》の穴に入りこんでいるから死なないと、〝蚊死なん〟の渾名《あだな》がついている。

鬼色子のなれの果て、落ちぶれお下り、と二人がののしりあうのは毎度のことなので、だれもが聞き流している。

「三すじ、おまえもな」と、もと鬼色子の松弥は、彼に矛先をむけた。

「名のある役にとりたてられたつもりでいい気になっていようが、子役のあいだだけだよ、門閥名跡《もんばつみようせき》かかわりなしに役がつくのは。あと二年もすりゃあ、湯島《ゆしま》の茶屋で色子づとめさ。覚悟しておくがいいよ」

「なに、色子あがりは女形《おやま》のほまれさ」と、にしきが、

「十五、六から十九、二十《はたち》、葭町《よしちよう》、湯島で色子をつとめあげずば、女形の色気は出ぬものさ。古来、名人上手とうたわれた太夫をごらんな。芳沢《よしざわ》あやめ、門之助、山下金作、小佐川常世《おさがわつねよ》、いずれも色子より立身したものさ。それを、天保《てんぽう》の御改革とやら何とやら、蔭間茶屋《かげまぢやや》七場所、おとりつぶしにあいなった。箱根から東にゃあ、化け物と野暮天《やほてん》はいねえというのが江戸のお人の自慢だが、肝腎《かんじん》かなめのお上《かみ》が、野暮の骨頂なお仕置さ。おまえ、一口に蔭間というが、代地《だいち》、花房町《はなぶさちよう》なんざ、葭町の選《えら》み屑《くず》さ。花房町の鬼色子と葭町のお下りさまをいっしょにされちゃあ」

とめどなく喋《しやべ》りながら、白粉で濡れた刷毛《はけ》が彼の頰を撫でる。

上方下《かみがたくだ》りは何によらず珍重されるが、ことに酒と色子は上方のものにかぎるともては

やされる。気性のはげしい江戸育ちは鬼色子と一段低く言われる。色子が全盛をきわめたのは、六十年から百年もさかのぼる、宝暦から天明《てんめい》のころで、葭町など、百人にあまる色子をかかえていたという。九年前の天保の改革期に蔭間茶屋はすべてとり払われ、ようやく、湯島一つがほそぼそと営業を再開した。にしきは、京下りの葭町育ちを何より誇りにしている。にしきがあてこするように、江戸が根生《ねお》いの松弥は、格の落ちる花房町の出である。しかし、大部屋にあっては、相中の松弥の方が身分は上だし、まだ三十になるやならず、みかけの上の花もある。

二人のほかにも、色子あがりはお下りも鬼色子も大勢いるのだが、松弥とにしきは、気が合うのか合わぬのか、寄るとさわると口喧嘩で、どちらもそれを楽しんでいるふうもある。二人はできているという噂もあり、あんな痘瘡面《じゃんこ》に、なんでわたしがと松弥は鼻で笑うけれど、葭町で鍛えたにしきの床《とこ》わざは並じゃあないそうな、と、噂はすたれない。

「紀伊國屋の由次郎さんのようなも、いずれは湯島で」

と彼が言いかけると、

「ばかだね、この子は」

笑い出したのは、にしきばかりではなかった。

「あちらは立者の御曹司《おんぞうし》」

「だがよ、御曹司だ立者だといったところで、色で稼ぐはお互い長左衛門さ」

地口軽口《じぐちかるくち》をかわしながら、大部屋役者たちは馴れた手つきでぞんざいに顔をつくってゆく。

湯島へ色子にやられても、舞台に立てるならいいけれど、なかには、色を売るばかりの蔭子《かげこ》のままで薹《とう》が立ち、使いものにならなくて、旅廻りで色を稼ぐ飛び子に落ちるものもいるときいている。鏡のなかに次第にできあがってゆく姫の顔を、彼は、みつめた。由次郎のような天成の魔が、この顔の奥にひそんでいるものか、それとも源平のように凡庸なおのれか。長十郎は……と、彼は思った。若太夫は、どうなのか。あの陰鬱さも魔の一つか。もう一人、去年はなばなしく初舞台を踏んだ御曹司がいる、と、彼は思った。市村座の座元の息子九郎右衛門《くろうえもん》。由次郎より一つ年上である。由次郎のような妖しさはないが、いかにも江戸好みのさわやかな明るさだ。

彼が長十郎の伴をして稽古事に通うとき、しばしば、源平、由次郎の兄弟や九郎右衛門といっしょになる。踊りの稽古ぶりを見ていると、由次郎と九郎右衛門の飲みこみの早さ、技の鮮やかさは小気味のいいほどで、また、鼻っ柱の強いところも、二人は似かよっていた。九郎右衛門には更に、座元の若太夫としての自負があり、付き添う男衆に容赦がなかった。年も近く気性も似かよった二人は、反撥《はんぱつ》しあうことはなく、気を揃えて鈍《どん》な手合《てあい》を馬鹿にしているふうにみえた。長十郎が、はるかに年下のこの二人から、鈍とみなされているのは確かだった。由次郎と九郎右衛門は、居残りをくらうことが多い。菜っぱと油揚の味噌汁に納豆、たくあんの香の物。師匠のところで出す昼飯は、いつもそう決まっている。昼めしのあとで、また、師匠の気にいるまでさらわされる。二人は、年もゆかぬくせに、わかっていることは手抜きして、三足でまわるところを一足でくるりとまわるなど、こすいことをしては、師匠を怒らせているのだった。くそまじめな長十郎なら考えもしないことだ。

　狂言方が打つ柝《き》の音がきこえた。道具飾りがすんだ知らせである。コツンと妙な音がしたあとに、チョン、チョン、と冴えた音が二つ。

「あの狂言方ァ素人《とうしろう》か。三つ打ちやがった」

「最初の音ァ、打ちそこなったのだろう。あれで二つ打ったつもりなのだ」

「だれか行って、とっちめてやらざァ」

「憎まれるこたァないわな。放っとけ」

「姫《ひい》さま、よそ見をするんじゃないよ」と、にしきは彼の首根っ子をおさえ、白く塗りつぶした彼の唇に細い紅筆で紅をさした。

II

「忠坊《ちゅうぼっ》ちゃん、それは何ですかい」

三《み》すじが声をかけると、子供は、ぎくっと足をとめた。

嘉永七年、八月、初日から二日めの河原崎《かわらさき》座の楽屋である。

三すじが呼びとめた相手は、大道具師長谷川勘兵衛の息子の忠吉《ちゅうきち》であった。

幕はまだ開かない。

忠吉は両腕で、薄黒く塗った木の枠をかかえこんでいる。細くのばした真綿が、蜘蛛《くも》の巣のように枠のなかに張られていた。

なにげなく三すじはたずねたのだが、忠吉はひどくうろたえた。

八歳だというが、小柄で、年より二つぐらい幼くみえる。三すじが母に置き去りにされ河原崎の家に弟子入りしたその年に、忠吉は生まれた勘定だ。あのとき、三すじは九歳、しかし、今の忠吉より、はるかに大人びていた、と思う。

十六になった三すじの目でみるから、八つの忠吉がひどく子供っぽくうつるのだろうか。

「あの……」と、忠吉は口ごもった。

「だれにも言っちゃあいけないよ。あたい、叱られるから」

「はい、言うなとおっしゃるなら、だれにも言いやしません。けど、何なんですか。まるで蜘蛛の巣のようだ」

「蜘蛛の巣にみえるかい」

気弱そうな忠吉の顔が明るくなった。

「そうなんだよ。あたいが作ったの」

「へえ、それをどうなさるんで」

「てつだってくれないか。床下にはるんだよ」

そう言いながら、忠吉は、まだ無人の舞台に木枠をはこびこもうとして、よろけた。

三すじは見かねて、

「どれ、お貸しなさいな。わたしが持ちましょう」

「おかたじけ」と、忠吉は女の子のように言った。

序幕、舞台には大道具がすでに飾りつけてある。引幕《ひきまく》越しに、見物席のざわめきが伝わってくる。

三間の常足《つねあし》の二重《にじゅう》、向う三尺の仏壇、下手《しもて》膳棚《ぜんだな》、二重真中に囲炉裏《いろり》を切ってある。舞台花道一面に敷きつめる雪布《ゆきぬの》は、まだ丸めて隅においてあった。

「二重の下に、それを按配《あんばい》よく立てておくれな」

初日に見たら、と忠吉は説明した。

「床下の蜘蛛の巣が、あんまり不細工で粗末だから、あたい、ゆうべ、考えて作ってみたの。でも、内緒だよ。よけいなことをするなと叱言《かす》をくうかもしれない」

この興行に、三すじは役がついていなかった。しかし、若い主《あるじ》について、毎日楽屋入りはしている。

彼の若い主長十郎は、一昨年、〝権十郎《ごんじゆうろう》〟と改名した。

その前年市村座の若太夫九郎右衛門《くろうえもん》は父十二代目羽左衛門《うざえもん》のあとをついで、十三代目羽左衛門を名のり、にぎにぎしく襲名の披露があった。もっとも、羽左衛門の襲名には、めでたいとばかり言ってはおれぬ事情があった。市村座は借金がかさみ、どうにも経営が成りたたぬため、座元と役者を兼ねる十二代目羽左衛門が大坂の仕打ち（興行師）に千両で買われることになった。座元は他国に出稼ぎに出ることはゆるされないので、やむを得ず、当時八歳の九郎右衛門を改名させ、座元の地位に据えたのである。しかし、大坂に出立する直前に、十二代目は病いを得て他界した。

そうして、去年、源平、由次郎《よしじろう》の兄弟もまた、父五代目澤村宗十郎を失っている。

いずれは大立者《おおだてもの》と目《もく》されている御曹司《おんぞうし》たちが、揃って、うしろ楯《だて》となる父親を亡くしたのである。

自分も父がないのだと、彼はこのとき、あらためて思った。

父親は、死んだわけではない。最初から存在しなかった。いないことを欠落とも思わず過ごしてきたのは、やはり、親から離された幼い禿《かむろ》たちを身近にして育ったためだろうか。父親の不在は、彼の周辺では特殊なことではなかった。

――役者だったのだろうか……。

鬘師《かつらし》のもとにひきとられ、それから市川家へ、河原崎の家へ、という経緯を思うと、何か芝居に関係していた人だったのではと察しられる。母は遊び捨てられたのか。母の方が遊んだのか。真実惚《ほ》れて、事情があって別れたのか。

その母は、別の男とともに姿をくらました。男といっしょにと、ことさら彼に教えたものはいないのに、そうと気づいていた。

おれを捨て、男を選んだ。面目をつぶされた、と彼は感じるようになっていた。口惜《くや》しさや恨みがましさとは意識せず、意地が立たぬ、という言葉で、波立つ感情を言いあらわせると思った。

親の膝を知らぬのは、うちの若太夫権十郎も同様だ。産んだ親は健やかに、同じ芝居《しばい》町《まち》の内にいるのだが、市川の家から河原崎へひきとられたのは、生まれて七日めだったという。養父となった河原崎権之助は、そのときはまだ妻帯していなかったそうだ。名門の子を養子にとり、名役者に育てあげ、権勢《けんせい》をはる助けにしようという勘定ずくのことだと、噂は彼もきいている。芸の仕込みの苛烈《かれつ》さをみれば、噂もなるほどとうなずけ

た。あんな怕え親《こえ》なら、おれみたように親無しの方がましだ。もっとも、若太夫の現在《いま》

の辛さは、ゆくさき、立者の栄光でつぐなわれるのだろうが……。

彼は子役の時期を過ぎても色子《いろこ》で稼げと湯島にやられることはなく、中二階の大部屋にとどまっていた。にしきにまつわりつかれるわずらわしさを除けば、ひどい不満はない暮らしであった。

権十郎は、彼に打ちとけてはこなかった。

扇返しの一件をまだ根にもっているのだろうか、彼の方ではほとんど忘れていることなのに、と思ったが、屈辱は、受けた方は骨身にこたえているのかもしれない。権十郎はだれに対しても無口でむっつりしているので、特に彼だけを疎《うと》んじているのかどうか、彼にはわからなかった。

忠吉と三すじが二重の下から這《は》い出たとき、袖から由次郎が身軽に走ってきた。まだ化粧もせず衣裳もつけず楽屋着の浴衣一つだ。

「忠公、何をしているのさ」

「ああ、由《よし》さん、ちょいと見ておくれな。あたいが作った蜘蛛の巣だよ。でも」と忠吉は、声をひそめ、内緒だよ、と念を押した。

「ねえ、この方がずっといいだろ」

由次郎はかがみこんで床下をのぞき、大きくうなずいた。

「忠公、おまえ、たいしたものだよ。あのね、わたしが大きなお役をつとめるようにな

ったら、おまえ、わたしのために、舞台の仕掛やら道具やら、工夫してくれなくちゃいけないよ」

四歳で初の舞台に立った由次郎の楽屋入りを目にしたときから、可憐《かれん》な蕾《つぼみ》がひとひらひとひら葩《はな》びらをほころばせるさまを、三すじは眺めてきた。いっしょの舞台に立てるときも、別の小屋にわかれることもあったが。権十郎は河原崎座の若太夫だから他座に出ることはないが、由次郎は、その年その年で小屋を移った。座元との契約で、役者の座組《ざぐみ》は毎年かわるのである。

「ねえ、叱られるかしら」

怯《おび》えたように言う忠吉に、

「大丈夫ですよ」

三すじはうけあったが、自信はなかった。

狂言は『吾嬬下五十三駅《あずまくだりごじゅうさんつぎ》』、天一坊《てんいちぼう》の話に宇都《うつ》の谷《や》の化猫をからませた筋立てである。

びくびくしている忠吉といっしょに、三すじは袖で舞台を見た。

花道から出た天一坊役の小團次《こだんじ》が、お三婆とやりとりの後、

「これ婆さん、家の中へみっともない、何で丸太を立てたのじゃ」

「さあ、これは屋根裏が腐ったゆえ、この大雪でしわうかと、隣り村の大工どのから丸太を借りて、用心に突っぱっておいたのじゃ」

と、これは決まりのせりふだったが、

「はて、おそろしく蜘蛛の巣がかかっているではないか」

忠吉が首をすくめ、三すじにしがみついた。台本にない即席のせりふであった。

「はい、たいそうな蜘蛛の巣でございます」

「目立ちすぎたのだね。叱られる」と、忠吉は早くも涙ぐんだ。

三すじは忠吉を中二階に連れて行き、由次郎の部屋をのぞいた。猫の怪童一役の由次郎は、浴衣のままで贔屓《ひいき》客らしい男に抱きこまれていた。男は僧侶のようにみえた。楽屋には客は入れないたてまえなのだが、楽屋番に賄賂《わいろ》でもつかませたのだろう。茶屋に招くよりはるかに安上がりだ。由次郎は十歳、客も色を買うには早すぎように、と三すじは想像が先走りそうになるのをおさえ、忠吉を大部屋に誘い入れ、怯えているのを気をまぎらせてやった。

やがて大道具師の若い衆が上がってきて、「お父っつぁんがお呼びですよ」と忠吉を招いた。

叱られる、叱られる、とべそをかきながら忠吉は下りていった。

ほどなく、子供のはずんだ足音が梯子《はしご》を上ってきた。

「高島屋（小團次）の小父《おじ》さんにほめられたよ。みごとな細工だって」

忠吉は両手に菓子をかかえていた。

「小父さんとお父っつぁんにもらっちゃった。由さんにもわけてこよう」

三すじの手に一つ渡し、ぱたぱたと走っていった。もう一度戻ってきたときは、泣き顔になっていた。菓子を持ったままだった。

「由さんの部屋にいた怖い坊さまに怒られた。入っちゃいけないって」

その興行の中日、十六日、大坂から訃報がもたらされた。権十郎の実兄、八代目團十郎が、その地で自害したという知らせであった。

この年の十一月、年号は安政《あんせい》とかわった。

＊

翌、安政二年十月二日。

四ツ（午後十時）を打つ拍子木《ひょうしぎ》の音が、雨戸を閉ざした窓の外を通りすぎた。

寝るか。誰からともなく言う。台所に近い八畳ほどの部屋が六人いる男衆《おとこしゅ》の溜《たま》りになっている。

一番下っぱで年若の彼は、兄弟子たちに命じられる前に、皆の蒲団《ふとん》を敷き並べはじめた。

「三すじ、河岸《かし》の首尾はどうだったい」

「あんなところに行くものですか」

そう言って、彼は、ちょっと胸に痛みを感じた。俗に河岸と呼ばれる廓《くるわ》の切見世《きりみせ》の女たちは、幼かった彼にはやさしくしてくれたではないか。

「三すじは、にしきさんの仕込みで、とうに菊慈童《きくじどう》さ。女は買わねえそうな」

「三すじは買わずとも、女の方で買ってくれるだろう。いまが売りごろ、こちとらは、うらやま太郎とさせられるわ」

「いくつになったね、三すじは」

「十七か、八か」

「七です」

「ほんに売りごろ」と笑いながら、兄弟子たちは、彼が敷き終えた蒲団にもぐりこむ。

「川田屋の後家《ごけ》が、三すじにきつい執心ときいたが」

彼は聞き流し、兄弟子たちが散らかしたものをかたづける。

「それはけっこうな贔屓がついたものだ。あの婆さんなら、おまえが死んだら豪的な墓の一つも建ててくりょうよ」

「三すじ、ご贔屓がついたからといって、嬉しがっちゃあいけねえよ。どこぞの後家に、さんざんかわいがられ、あげくの果てに早死にして、墓を建ててもらったのがいたっけが、その卵塔《らんとう》の両側に、やがて、二つの名前が新しく彫りこまれたと思いねえ。俗名ゆき、俗名はな、だ」

「豪気じゃねえか。生きているときの馴染《なじ》みの妓《こ》の名まで、墓石に彫ってもらえるたァ」

ほかの者が口をはさむ。

「なに、後家がかわいがっていた猫と犬の名さ。死んだから、いっしょに葬ったのだ。な、わかったかい、三すじ。聶屓が役者をかわいがるなァ、犬猫をかわいがるのと一つことさ」役者の骨ァ地の下で、犬猫の骨と混りあい、やがて土になるのさ。

「犬猫がそれほど卑《いや》しうござんすか」

三すじは、ひとりごとめかして言い返した。

「わたしなら、その後家と一つ墓に入るよりゃァ、犬猫といっしょがよござんす。犬も猫も役者もお大名も、たいして変りはありゃあしませんよ」

「おめえ、てえした小理屈の勇蔵だな。出るところに出て、いまのごたくを言ってみな。笠の台がとぶぞ」

犬も猫も高貴も卑賤《ひせん》も、ひとしなみに並べて見てしまう冷《ひ》やりとした眼を彼が持ったのも、廓育ちのせいだったのかもしれない。ただ、それはうかつに人前で口にしてはならぬ言葉だとわきまえる分別が、まだ、ついていなかった。

「うすっきみの悪い奴だ」

兄弟子は鼻白《はなじろ》んで寝返りを打ち、搔巻《かいまき》をひっかぶった。

「火の始末を忘れるなよ」

ほかの男が、話のけりをつけるように、命じた。

今年の正月、猿若町《さるわかまち》は火を出し、三座とも丸焼けになった。由次郎の兄の源平が〝訥《とつ》升《しょう》〟を襲名した興行の、初日から五日めのことだった。建て直して、三月から再開されたが、火の用心のお達しがことさら厳しい。

彼は火鉢の残り火を火消壺にうつした。鉄の壺を両手に抱いてほんのりしたぬくもりで凍えた指先をしばらくあたため、行灯《あんどん》の火を消そうとしたとき、大砲の弾丸《たま》でもくらったような衝撃とともに軀《からだ》が持ち上がり、瞬時に、叩きつけられた。凄《すさ》まじい揺れがつづいた。

壁土がなだれ落ち、木舞《こまい》があらわになる。襖《ふすま》の紙が骨一小間《ほねひとこま》ずつ破れて垂れ下がり、居所《いどころ》がわりのように、またたくうちに、部屋はあばら家と化してゆく。

行灯は彼の手のとどかぬところにころげ、炎をあげはじめている。消さなくてはと思うのだが、たえず軀が揺れ、思うにまかせない。ふたたび、地の底が抜けたような音がひびき、天井の板が裂け、落ちてきた大梁《おおはり》が彼の頭を打った。

失神から醒《さ》めたとき、眼の上に赤い空洞があり、火の粉が舞いこんでいた。落ちくずれた梁や天井板、壁土が、彼の軀のまわりに井戸側《いどがわ》のように積みかさなっているのだった。その隙間《すきま》からも火の舌がみえた。

彼は用心深く少しずつ足を引き抜き、倒れかさなる木材をよじのぼり、穴から顔を出した。空は火の海だが、ここよりほかに脱出口はないと見きわめ、穴から這《は》い出ると、そこは潰《つぶ》れた屋根の上であった。地面には、すぐに足がとどいた。

余震がつづいていた。地割れが走る道を逃げまどう人々が、彼を巻きこんだ。頭上から火の粉が襲いかかった。幟《のぼり》のきれはしが炎の舌となって宙を舞っていた。火を噴きながら絵看板が落ちかかってきた。

人の流れに押されながら、――これで世のなかが終わるのかな……、そんな考えが浮かび、さばさばと爽《さわ》やかな気分になった。

今戸《いまど》の渡しで行き止まりになった。この先は大川である。土堤は裂け崩れていた。

火事は猿若町ばかりではない、江戸じゅうが炎を噴き上げているかのようだ。岸にもやってある釣舟やら屋形舟やらに、我がちに乗りこむ。川に漕《こ》ぎ出せば火の粉もとどくまい、落ちてくる屋根瓦《やねがわら》に頭を打たれることもないと、だれしも考えることは一つだ。

彼は、少し退《の》いた。泳げない彼には、溢《あふ》れんばかりに人を乗せ、舟べりすれすれまで水に沈んだ舟の方が、火より怕《こわ》かった、ということもあるが、自分では、居残るのは世の終わりを見とどけてやるためだ、と理由づけていた。

もやいを解いて下《くだ》ってゆく舟の上から、お念仏やらお題目やらが湧《わ》き起こり、

――まるで、施餓鬼舟《せがきぶね》だ……。彼が思ったとき、

「施餓鬼舟だな」

耳もとで、彼の思いを声にしたように呟《つぶや》いたものがいた。

声の主は、彼と同じ年ごろ――十七、八の若い男だった。

背丈は彼よりわずかに高いくらいだが、肩幅も胸も腰も、彼の倍はある感じで、角ばった大きい顔に、目も鼻も大きい。しかし、尊大ではなかった。体臭が強い。身内にこ

もる力が、一種の臭いになっているというふうだ。

「卒爾《そつじ》ながら」と、いやに武張《ぶば》った口調で話しかけてきたので、武士かと思ったが、身なりは町人だ。

「矢立《やたて》と紙を持っていたら、無心したい」

「ありませんよ。見てのとおり、身一つだ」

若い男はうなずいて彼のそばをはなれた。ほかのものに同じことをたずねてまわり、気の立っている相手に、どなられたり突きとばされたりしている。

やがて、あきらめたように男は人の群れから少し離れ、腕組みして、騒ぎを眺めている。気力をこめてひたすら眺めている様子に、彼は興味をひかれた。

「何かことづけでも書くんですかい」

傍に寄って訊《き》いたが、相手は彼の言葉が耳に入らないようで返事もしない。人探しかと思ったが、そうでもないらしい。光景を眼に灼《や》きつけようと眺めている。そんなふうにみえた。

行き来する人々を、彼も眺めて時をすごした。川面《かわも》には燃えかすの木片やごみが夥《おびただ》しい。河岸に並ぶ土蔵の壁が崩れ、木片の上に堆《うずたか》く積もっている。その隙間の水が火を照り返し、川底が燃えているようにみえる。

空の赤みが光を失い、火勢は衰えてきた。猿若町の様子を見に戻ろうと歩き出すと、

「どこへ行くのだ」

と若い男が訊いた。長い時間、無言で肩を並べ、阿鼻叫喚《あびきようかん》を眺めていた、そのことで彼は相手に親しみを感じていたが、相手も同様であったらしい。

「家に戻ってみます」

「どこだ」

「猿若町です」

「芝居者か?」

相手の声に親しみがこもったように思えた。

「役者でごぜえす」

と、彼はちょっと小腰をかがめた。

「役者? はて、だれだろう。素顔だとわからんの。年のころからいえば、山崎屋か、紀伊國屋の訥升——とも思えんな」

「市川三すじと言いやす」

「市川三すじ?」

心あたりがない顔だ。

「芝居はよく見るのだが」

「名題《なだい》じゃごぜせんから」

「色子か?」

色子づとめはしていないのだけれど、そうと見まちがえられるのは、色気が身についたからか。女形の役者としては喜ぶべきなのかもしれないが、男たちの不愉快な肌ざわりがよみがえり、彼はちょっと眉をしかめた。湯島に出ておらずとも、幕間《まくあい》や舞台の閉《は》ねた後に、茶屋に呼び出されることはしばしばあった。楽屋うちでも……と、にしきのしつっこい手が思い出される。

日の出にはまだ間《ま》がある。濃さを増した闇をわずかに明るませ家並みの残骸《ざんがい》を黒く浮き出させているのは、焼けあとの残り火であった。

聖天町《しょうでんちょう》の東側、川に近い町すじは歪《ゆが》み潰れてはいるものの火はまぬがれたが、その裏通り、芝居町に隣りあう側は焼きつくされていた。呻《うめ》き声やすすり泣く声が、地からしみ出るようにきこえる。倒れた梁や柱の下敷になった人々の苦痛の声を、そのときの彼は、松風や磯浪の音、つまり自然の風物の奏でる哀音、そうして、酷《むご》たらしさを包みこんだ闇そのものの哭《な》き音《ね》と聴いた。すすり泣きは川水のように彼の踝《くるぶし》を濡らした。

視界がひろびろとひらけた。

猿若町は瓦解《がかい》していた。舞台の上では、たえず、幻想空間の消滅と再生がくりかえされてきたのだが、この夜、舞台のみならず、それの外部まですべて消滅してしまったのである。わずかに数軒焼け残った家が、軒が地につきそうに傾いているほかは、芝居小屋も茶屋も芝居者の住まいも、焼け焦げた木材の山となり、熾火《おきび》がそここで仄《ほの》かに赤い。

「美しいの」

と、若い男が吐息《といき》をついた。それは、彼自身が感じたことでもあった。美しいという言葉で言いあらわしてよいものかどうかわからなかったが、やはりそうとしか彼にも言いようがなかった。

「並でないものは美しいのだ」

若い男は明快に言い解《と》いた。

「あれも、美しい」

若い男は指さした。

焼けのこった倒潰家屋《とうかいかおく》の屋根の上に、二人の人影が見えた。大人と子供である。大人は手燭《てしょく》を持っていた。その灯明《ほあか》りで、二人の顔が辛うじて見わけられた、由次郎と男衆の釻次郎《かんじろう》だ。釻次郎が由次郎を守って逃げ、ほかの者とはぐれたので、様子を見に戻ってきた、ということなのだろう。彼はそんなふうに察した。

「あれは、がらんどうだ。中は空の、透明なびーどろの壺だ」

若い男は言った。その言葉は、彼には理解できなかった。彼は由次郎を賢《さか》しいと思っていたから。

消失した華やかな幻想空間が、由次郎がいることによって、いま姿をあらわしていると、彼は感じた。手燭をかかげた釻次郎は、面灯《つらあか》りを差し出す黒衣《くろご》さながらであった。美しい人形のようだ、と思ったとき、若い男の言葉がわかったような気がした。

しかし、それについて、深く考える暇はなかった。男が歩き出したのである。彼は、あとを追っていた。

二人は、屋根の上によじのぼった。由次郎たちのいる屋根からはだいぶ離れている。草履《ぞうり》の裏が熱い。いま、おれが踏み敷いているのは、どの立者《たてもの》の家の屋根だろう。ゆっくりと空が白みはじめた。夜が明けるということが妙に感動的だった。

明けはなれてもなお、若い男は動こうとはせず、彼も何というあてもなくその傍にいた。火の余熱がおさまってきて、寒い。

逃げていた人々が、少しずつ戻ってくる様子が見わたせる。地には死者や怪我人が、焼け焦げた材木といっしょに転がっている。血と泥で汚れた用水桶《ようすいおけ》をひきずって行く者が次第に数を増した。早桶がわりに死骸をおさめてあるのだ。手足の肉が削《そ》げ骨があらわになったり、顔が潰れて肉塊になったりしているのが見え、彼は胸が悪くなったが、若い男は、渡し場で雑踏をみつめていたときと変わらぬ表情であった。あれも、美しい、という若い男の内心の声を聴いたような気がした。

＊

「おまえに暇を出すよ」

突然、そう言われた。

言いわたしたのは、若太夫権十郎の養祖母お常である。

年が明け、まだ仮普請《かりぶしん》だがどうにか住めるほどに家ができあがったので、猿若町に河原崎の一家は戻ってきていた。

何の落度を咎《とが》められているのだろう。

とっさに、あれこれ考えた。

若太夫の忠実な男衆ではなかった。あの異変のとき、主《あるじ》を守らず、ひとりでかってに逃げたのである。

鈥次郎は由次郎に、牛若にしたがう弁慶のようにつきそっていたな、と思う。しかし、あの場合、身一つで逃げるのがせいいっぱいだった。その後も、主人一家がどこに避難したのかわからぬまま、しばらく、川向う、寺島村の空地に急造されたお救い小屋に入っていた。

あの日、屋根を下りかけた彼は、いきなり、にしきに抱きつかれた。寝巻に細帯一つのにしきは、蚊死なんの痘瘡《とうそう》のくぼみに煤《すす》がたまり、まだらになっていた。

彼はにしきの頭越しに、若い男が二人を眺めているのを見た。

無事だったんだね、よかった、よかった、と繰り返していたにしきは、おや、銭が落ちているよ、と、声の調子がかわった。二人は腰をかがめて、灰燼《かいじん》のあいだに落ち散っている銭を拾った。まだ屋根の上にいる若い男に教えると、相手は首を振り、手を出そうとはしなかった。やはり武士の出なのだろうか、みなりはどうみても町方《まちかた》だ。灰まみれの銭を拾い集めているあいだに、若い男は去った。由次郎と鈥次郎も、彼が目を上げたときは姿が消えていた。

にしきとお救い小屋で一月《ひとつき》あまりすごした。そのことは、お常から咎められるすじではない。権之助の一家も田舎の知人の家に仮住まいしていると消息はわかったが、何分手狭だから弟子の面倒まではみられぬ、と言われ、お救い小屋にとどまったのだ。主《あるじ》に不忠実なわけではなかった。心のうちには、忠誠心はなかったが。

お救い小屋で薄い粥《かゆ》をすすりながら、にしきは彼に、河原崎座は、もう櫓《やぐら》をあげられまいよ、と語った。

河原崎座が森田座の控え櫓であることは、彼も十分承知していた。しかし、いまの河原崎権之助が森田座にかわって櫓をあげたのは天保《てんぽう》八年、彼が生まれる二年前のことであり、それ以来、安政二年のこの年まで、十九年も河原崎座は興行をつづけている。だから、彼にとって猿若三座といえば、中村座、市村座、河原崎座であり、森田座は名前だけは知っているけれど、とうに廃座になったも同然であった。

「森田座はね、天保八年に借財にゆきづまって休座したとき、河原崎座に、十年と期限をかぎって、櫓を渡したのだよ」

「十年？　それじゃ、期限が切れてから、もう九年もたっているじゃありませんか」

「あの太髷《ふとまげ》が」と、にしきは、河原崎権之助を渾名《あだな》で呼び、

「いったん手にいれた櫓を、期限がきたからといって、おとなしく返すわけはないやね。

森田座をつぶしてしまおう、そうすれば、河原崎座が永代櫓をあげていられると、ずいぶんあくどい手を使ったものさ。また、森田座は、座元の相続争いで、ごたごたつづきでね、太髷はそこにつけこんだのだよ」

そう言ってにしきが説きかせた森田座の座元〝森田勘弥《かんや》〟の襲名争いと河原崎権之助の権謀の話は、いりくんでいて、彼には、よくのみこめなかった。

〝森田勘弥〟といい、〝河原崎権之助〟といい、それぞれ、劇場《こや》の座元――所有者兼経営者――であることを示す世襲の名称である。森田勘弥を名のることは、森田座の座元の地位に就くことを意味する。

「九代目の森田勘弥だった男が、三代目三津五郎《みつごろう》の息子を養子にとったと思いねえ。息子といっても、三津五郎にも養子なんだが」

九代目勘弥も三代目三津五郎も、六代目勘弥の孫、つまり、二人はいとこ同士の間がらだった。

三代目三津五郎には、三人の養子がいた。一人は、四代目三津五郎を継いだ。これは、いい役者なのだが、それほどの年でもないのに中風《ちゆうぶう》にかかり、いまはヨイ三津と呼ばれている。二番めが、女形で名の高い〝しうか〟。地震の前に、病死している。三番めの大八というのを、森田に養子にやり、十代目をつがせた。

九代目勘弥は、隠居して八十助《やそすけ》と名のり、田舎で役者になった。

十代目勘弥は、借財でゆきづまり、森田座を休業した。天保八年である。かわって、控えの河原崎座が櫓をあげた。

ところが、十代目勘弥は、その翌年、病死した。

やむを得ず、八十助は、ふたたび勘弥を名のろうとした。町奉行に願い出ている最中に、昔の借金を踏み倒していることを訴え出たものがおり、訴訟沙汰《ざた》になった。

訴訟中に、勝ちめがないとみてか、更に旧悪が暴露されるのをおそれてか、八十助は逃亡してしまった。

十一代目の森田勘弥の名は、宙に浮いた。

河原崎の櫓返還の期限がきても、肝腎《かんじん》の座元になるものがいない。三代目三津五郎の跡をついだ四代目三津五郎が十一代目勘弥の名をつぐことになった。そこに、八十助の養女みきという女が、自分が八十助から相続人に指定されている、十一代目森田勘弥は自分であると言いはり、家督争いが起き、その争いが延々とつづいた。

「早い話がお家騒動さ。そのおかげで、河原崎は櫓を返さずともすんでいたのだが、このお家騒動の火をつけたのが、あの太鬠、河原崎権之助さ。くえねえ男だぜ。おみきをかげで焚《た》きつけて、訴訟の費用《かかり》も、太鬠が出してやっていたんだぜ。なに、おみきが訴訟に勝ったら、おみきの養父、八十助が、以前、訴訟途中に逃亡した罪を言いたて、あげくのはては森田座おとりつぶしにもちこもうという腹だったのさ」

「詳しいんですね」

「芝居町でこの話を知らないのは、おまえのような年弱《としよわ》ばかりだ。だが、この火事で、太鬠の家は丸焼け、ヨイ三津の勘弥の家は無事だった。まあ、その縁起をかついだわけじゃあないが、ヨイ三津に森田座の櫓をあげさせると、お上《かみ》の腹も決まったとよ。何といっても、森田座は本櫓、河原崎は控えだもの。早い話が、代役さ。本役が出勤するとなったら、代役は、どれほど腕が達者でも、下りざあなるまい。その道理よ」

「すると、うちの旦那や若太夫はどうなりなさるんでしょう」

「太鬠のことだ、このままおとなしくすっこんでもいまい。若太夫の権《ごん》さんにしたところで、まわりが放ってはおかないやな。それにしても、今《な》までのように、若太夫で奉られるわけにはいかない。しかし、権さんは、どうにも下手《ま》だの。いっそ歯がゆいよ」

数日、余震がつづいた。そのたびに、あの大天変がふたたびと、人々は恐怖した。半月あまり過ぎ、猿若町にひとりで様子をみに行ってみると、三座の焼けあとには板囲いが建てめぐらされ、再建の普請がはじまっていた。普請の宰領は大道具師の長谷川勘兵衛で、藍地に白く長谷川の名を染めぬいた幟と座名を染めた幟が一本おきにひるがえり、〝河原崎座〟の名にかわって〝森田座〟の名が読みとれた。

中村座と市村座はすでに棟上《むねあ》げがすんでいるのに、森田座は縄張りもできていない。

「太鬠の権之助は、市村座の金方《きんかた》にまわったそうだよ」

事情通らしいのが、ほかの野次馬に話しているのが、彼の耳にも入る。

「太鬠がうしろ楯《だて》となれば、市村座も心強いの」

「いや、市村座は、座元が何しろ、わずか十二歳の羽左衛門だ。太鬠にのっとられかねない」

「太夫も、もとよりその魂胆《こんたん》で資金《かね》を出したのよ」

由次郎と一つしかちがわぬ市村羽左衛門の負わされた荷の重さを、彼は思った。

やはり、河原崎座は櫓を下ろしたのだ。自分の身のふりようはどうなるのだろう。

たいして心配はしなかった。何をしたって、自分一人食べてゆくくらいのことはできる。

火事場で拾った銭も底をついたので、日やといに出ようかと考えている彼に、

「骨が太くなるようなことをしてはいけないよ。おまえは女形なんだよ」

にしきは、彼の手を両手のあいだにやわらかくはさんだ。

「どうせ稼ぐなら、色でお稼ぎな。いまが売りごろの三すじさんだろ。いいえ、おまえに嫌なつとめはさせない。させるものかね」

ところで、ものは相談だが、とにしきが言ったのは、一月《ひとつき》近くたってからだった。

「おまえ、わたしと金沢に行く気はないかい。三都じゃあ、おまえやわたしのように出の低いものは、どうあがいたって身の立ちようがないけれど、お江戸を離れりゃあ、おまえ、どんな役だってまわってこようさ。わたしの岩藤《いわふじ》、おまえのお初《はつ》、そんな芝居だって打てるんだよ」

「何か、わたくし、不始末でも……」

たずねる彼を、お常は見すえたが、その表情がいつものように高飛車《たかびしゃ》ではなく、何かこちらのきげんをとるふうに感じられる。

「暇を出すといっても、おまえに落度があってのことではないのだよ」

おまえは気働きがあるから、とお常は言い、また口ごもった。ご隠居さんにしては珍しいことだ、と彼は思った。お常は、弟子や雇い人の前で弱気なさまをみせたことはなかった。

「おまえ、紀伊國屋の由次郎の噂をきかなかったかい」

由次郎の年に似合わぬ芸達者な話なら、しじゅう耳にしている。お常と権之助は、権十郎を実家に戻して、由次郎を養子に迎え入れる算段でもしているのか。だから、権十郎についている自分がいらなくなったということだろうか。そんなふうにかんぐったが、すぐに打ち消した。もし、そうであれば、お常は何も彼に遠慮がましい態度をとることはない。いつものように、一方的に言いわたせばすむことなのだ。何を言いよどんでいるのか。

「わたしも、あんな子供がまさかとは思うのだが……」

彼は、無言で、お常の言葉のつづきを待った。調子よくあいづちを打つ気にはならなかった。

「おまえは、役者にはむかないね」

お常は、ふいに話をかえた。

「役者は、もっとばかでなくちゃね。おまえは……何というのだろう……悧口《りこう》というのでもない、何だか、一足ちょいと横っちょに退《の》いて、冷《ひや》あっとした目でまわりを見ているというふうなんだよ。役者はね、そりゃあ、いろんなお人の仕草やら風態《ふうてい》やらを見ておくのはいいことだよ。どんな役がつくかしれないのだから。だが、おまえのは、ちがう。芝居に役立てようと思って見ているのじゃあないね。物好きや酔狂からでもない。役者は時には熱くならなくてはだめなんだよ、あとさき見えないくらいに」

お常は吐息をついた。どういう意味の吐息だろうと彼は思った。そうして同時に、ひとりで北国に旅立っていったにしきが思い出された。にしきは、金沢の座元に買われる話が決まっており、彼を誘ったのだった。地方の小屋ならいずれは立女形《たておやま》にもなれようというにしきの話に彼は少し心が動いたが、結局はことわった。だからといって、江戸の舞台に強いみれんがあるわけでもない。忠臣蔵のおかるだの四谷怪談のお岩だのをやれるのであれば、工夫のこらしようもあり、辛抱の仕甲斐《しがい》もあるけれど、相中《あいちゅう》の頭《かしら》まで出世したところで、せりふは三つか四つ、しかも主役をくうわけにはいかず、ゆく末へのはりあいは持てない。それでも、やめるふんぎりもつかない。迷っているところへ、河原崎の家から、戻ってこいと言ってきたのだった。

別れぎわに、にしきは、女形の型の秘伝を一つ教えようねと言った。

そうして、彼の両の腕の上から抱きつき、顔を横から見上げてみせ、これは、惚《ほ》れたふりをしてみせるとき。真実惚れているときは……と、片手を彼の腋《わき》の下にさしこんで寄り添い、おもてをそむけた。うなじのおくれ毛がかすかにふるえて、ほんとうに泣いているのだろうかと、彼は思ったのだった。

「だがね、おまえのそんな気性が」と、お常の声が耳に入り、我にかえる。

「今度のお役にはむいているのだよ。奇妙な役だがひきうけておくれ」

＊

風に舞う葩《はな》びらのように、由次郎が日本堤《にほんづつみ》をゆく。そうして、葩びらがそうであるように、自身の美しさをいたって粗雑に扱っている……と、つき従いながら、彼は思う。

吉原《よしわら》の廓内《くるわうち》から、編笠茶屋《あみがさぢゃや》の並ぶ日本堤、浅草田町《たまち》、すべて焼けくずれたが、年を越し正月、俄普請《にわかぶしん》の家々が、また軒を並べはじめた。踊りの師匠も、廓内から田町の新しい家に移った。稽古に通う由次郎の伴を、彼と釻次郎《かんじろう》が受け持っている。

〝あれは、がらんどうだ。中は空の、透明なびーどろの壺だ〟。火事場であった若い男の言葉を、思い出す。

空の壺とは、彼には思えぬ。無害な空の壺であれば、あのような噂がたつはずもない。もっとも、彼には、お常の言葉もまた信じ難かったのだが。

「紀伊國屋の男衆の釻次郎が、声がつぶれたのを知っているかい」

お常は、そう、声をひそめて言ったのだった。

「いいえ」

「あの、水銀をね、のんだのだというよ」

言葉を切って、お常は長火鉢の炭火を火箸《ひばし》でつついた。

「へい」

彼が言うと、お常は彼をまじまじと見て、

「驚かないのかい」と言った。「おまえは、まるで、世のなか何が起きようがあたりまえ、というふうだよ。鈢次郎は、うちの若太夫にかわってのんだと言えば、少しは驚くかい」

驚くというより、話のすじ道がよくわからない。紀伊國屋の男衆が、山崎屋権十郎にかわって水銀をのんだ。まるですじの通らない話だ。

とりあえず、

「驚いています」

「驚いたら、もう少し、あいづちの打ちようもあるじゃないか。えっ、なぜでござんす、と仰天してたたみかけてくれなくちゃ、話の継ぎ穂がない。つまりね、こういうことなんだ。由次郎がうちの若太夫に水銀をのまそうと図ったのだというよ。それと察した鈢次郎が、忠義者でね、主《あるじ》に罪を犯させぬため、身代わりになってのんだというのだが」

まるで芝居の筋書《すじがき》だ、と彼は思った。

由次郎は十一歳の子供。権十郎は十八、もはや、一人前の立役《たちやく》である。大人同士ならいざ知らず、十一やそこらの子供が、七つも年上のものに危害を加えようとしたなど、信じられることではない。

とはいっても……と、思いなおす。由次郎と権十郎は、決して、仲がよくはない。由次郎は、子供ながら、七つの年の差などは無視している。権十郎と同年の、兄の訥升が、由次郎と同じ舞台に立つと凡庸さが目立ち、由次郎は人前でも平然と兄を馬鹿にする。そのくせ、他人が訥升をけなすと腹をたてるのだが。

同じように、由次郎は権十郎をも軽くみている。年上で、家柄の格もはるかに高い権十郎を、である。

だからこそ、由次郎には、権十郎に水銀をのませる理由などないはずだ……と彼は推測する。

役者が同業の役者に水銀をのませるなど、よくよくのことだ。よほどの嫉妬《ねたみ》とか憎悪とか屈辱とか、修羅の火となって身を灼くそのような感情につき動かされ、正気の一部を失わぬかぎり、できないことだ。

由次郎は、権十郎に引け目も負い目もない。失脚させたがる理由がない。

逆なら……。権十郎は、年下の由次郎に嘲笑《わら》われているのを知っていようから……。

去年だったか、由次郎が、じねんじょのおさんを演じたことがあった。権十郎も前に演じた役である。由次郎のおさんの可憐《かれん》でいじらしいといったらなかった。子供のくせに、いまからこうも愁《うれ》いごとが達者で、末恐ろしいと讃《たた》えられ、そのとき、人々は、もっさりとくすんで可愛げのなかった権十郎のおさんを思い出したはずだ。

いや、しかし、権十郎は由次郎に反感を持っているとしても、水銀をのませるようなあくどいことはできまい。かつて屈辱を味わわせた彼に対しても、打ちとけてこないだけで積極的な報復はしなかった。どのような意地悪い仕打ちでもできる立場にいるにもかかわらず。陰気で芸は鈍だが、ひたすらまじめで小細工はしない人柄だと、彼は感じていた。

由次郎が権十郎を憎むとしたら、正反対の気質から反《そ》りがあわないということの上に、家の格が権十郎の方がはるかに高い、彼はその下につかねばならぬ、という点だろうか。舞台ではいたいたしいほど可憐で見物の泪《なみだ》をさそい出す由次郎だが、負けん気の強さは人一倍だ。

それにしても、水銀は……。

由次郎には、上野明王院《みょうおういん》の高僧がすでに贔屓としてついているという話も彼は思い出した。眺めるだけの花として愛《め》でているのではない、手折《たお》られたともきいている。彼は、男の贔屓客が彼に強《し》いた床《とこ》わざを思い浮かべた。にしきが望みながら控えていたことを、贔屓客は、何のためらいもなく、やった。苦痛でしかなかったが、その収入《みいり》に頼らねばゆとりのない暮らしであった。

由次郎の給金は、彼とはくらべものにならぬ高額であろうが、その分、暮らしのかかりも大きいはずだ。衣服もととのえねばならず、芸事の師匠への束脩《そくしゅう》も、踊り、長唄、三味線、琴、と、なまなかな額ではすまぬ。そうして舞台に立てば、囃子《はやし》方から裏方、表方まで祝儀を十分にはずまねばならぬ。この世界は何事もかねで動くのだ。父親の宗十郎が没してから、一家の生計は、訥升と幼い由次郎の肩にかかっているはずだ。由次郎の身についた妖《あや》しい艶《つや》は、贔屓への色づとめで磨きあげられたものなのかもしれなかった。権十郎は、気に染まぬ色づとめはせずにすんできている。吉原で、権十郎は女を買う立場であった。

「わたしにも、たしかなところはわからないのだよ。噂で耳にしたことで証拠はない。由次郎や釚次郎をうかつに問いつめることもできない。問いつめて、はい、そうですというわけもないし、下手をすりゃあ、妙な難癖をつけたと、こっちが悪者にされる。そんな噂がたってもおかしくないほど、由次郎は、うちの若太夫に遺恨を持っているのかねえ。おまえ、どう思うね。楽屋での様子は、わたしにはわからない」

彼にも、わからなかった。楽屋では、権十郎は三階の一室を専有し、彼は中二階の大部屋である。由次郎は、子役の部屋はないので、たいがい訥升の楽屋に同居している。彼の目につかないところでどんなふうなのかわかりようもないが、目にあまるような事件が起きていれば、楽屋雀《がくやすずめ》がさえずりまくって、たちまち話はひろまるはずだ。憎悪や怨恨《えんこん》は、人目に触れる形とはならぬところで醸《かも》される方が根は深いのかもしれないが。

「何にしても、そんな噂がたつだけでも気色が悪い。釚次郎が声をつぶしたのは、これは嘘ごとじゃあないんだから。それも、まるっきり、声が出なくなったというよ」

お常の話というのは、彼に、諜者《まわしもの》として由次郎に仕えよということなのであった。河原崎座の座元ともあろうものが、まだ十八の、役者としても末輩のおれに、そんな頼みごとをするのか。

その疑問に答えるように、お常は、おまえなら、さしさわりがないから、と言った。古くからいる年かさの男衆を、くびにして紀伊國屋に住みこませるわけにもゆかぬ。由次郎の悪意の有無をさぐれ、そうして、もし、由次郎が何か企てていたらそれを阻《はば》めと、お常に命じられ、ますます芝居の筋書じみてきたと、彼は思った。若太夫がおれを不愉快がっていると、ご隠居さんは気づいているのだろうか。

権十郎が彼を嫌う理由を、お常は気づいても、そのことで彼をくびにするわけにはいかない。権十郎が彼に恥をかかされたとは、公にはできぬ。

だから、一石二鳥をはかったのか、などと彼は思いめぐらしながら、鈨次郎が水銀をのんだのは、いつなのかとたずねた。

「地震からこっちの、ごたごた騒ぎのあいだだよ。わたしも人づてに聞いただけで、何やらはっきりしない話なのが、まったくじれったい」

彼にとっても、いっこう要領を得ない話であった。

由次郎の住まいは、聖天町《しょうでんちょう》の木戸から入れば、三丁目、二丁目、一丁目と小屋の前を抜けた突き当たりにあった。

ここもまだ仮普請であった。河原崎の方から、どう話をつけてあったのか、由次郎の母のおすみは、

「若太夫のごきげんを損じたのだそうだね。若太夫がお冠《かんむり》で、おまえを手もとにおかぬというけれど、身寄りのないのをただ放り出すのもむごいから、何とか身柄をひきとってもらえまいかと、お常さんにたのまれたよ。河原崎のご隠居に頭を下げられちゃあ、いやとはいえないよ」

と、あっさり彼を住みこませた。着物の前の打ちあわせがゆるんでいる。おくれ毛一すじみせぬ、身だしなみのきりきりしたお常やお光にくらべて、おすみは、万事だらしない様子だった。

十畳の座敷と八畳間、六畳間、台所、手水場《ちょうずば》、ひとまず普請ができているのはそれだけで、あとは、金ぐりの算段がついたら建て増すのだというが、ここに、おすみと訥升、由次郎、姉娘のお歌、妹のお梅、それに、吉原の角蔦屋《かどつたや》に嫁いだ長女のおきんが、見世の普請ができあがるまで、赤ん坊を連れて同居しているので、いかにも手狭だ。角蔦屋の楼主であるおきんの夫は、焼けずにすんだ妾宅《しょうたく》の方に泊まっている。

雇い人は下女が二人と鈂次郎。鈂次郎が寝部屋にしている。それに新たに彼が加わったのである。下女たちは台所に寝る。彼は、鈂次郎が寝部屋にしている、母屋に付けて建てられた、急ごしらえのさしかけ小屋に、いれられた。

だだっ広い家に、血のつながらぬ養い親たちと暮らしていた権十郎に比べ、この家で

は、人と人のからだがしじゅうぶつかりあう。怒ったりどなったり拗《す》ねたり笑ったり、そうして、たえず、だれかが家のなかを走っている。

舞台で由次郎がみせる鮮烈な色気が、この雑駁《ざっぱく》な日常のどこから生まれるのだろうと、彼は、いささか唖然《あぜん》とした。水銀をのませるなどという陰湿な企みも、何か絵空事のように思えてくる。しかし、鈨次郎は、たしかに、声がつぶれていた。嗄《しゃが》れ声も出ない。まったく喋《しゃべ》れないのであった。

下女の一人に、鈨次郎さんの声は、どうしたんだい、とたずねてみた。

「さあ、どうしたんだかね。ある日、急に、つぶれていたんだよ」

「そんなことが、あるのかねえ」

「あったんだから、しかたないやね」

「いつ、どんなふうにつぶれたんだい」

「おまえも詮索《せんさく》好きだね」

彼の気質は、詮索好きとはほど遠い。しかし、今度の場合は、気になった。お常の命令がなくとも、由次郎が水銀を権十郎にのませようとし、それをやめさせるために鈨次郎が身代わりにのんだ、などという噂をきいたら、真偽をたしかめずにはいられなかっただろう。

「あの大地震の何日後だったかね。ひどいゆりかえしがあっただろう。たしか、あの日以来だよ」

「水銀をのんだなんて噂もきいたよ」

「おや、そんな噂がひろまっているのかい。本当に水銀をのんだのかい?」

逆に下女に訊かれた。

「おれの方がたずねているんだよ」

「わたしに訊いても、わからない。鈌さんにたずねてごらんよ」

そう言って下女は、笑った。

「たずねてみろと言われても、鈌さんは喋れないのだろう。たずねようがない」

「わたしたちだって、同じことさ。そりゃあ、訊いてみたよ。どうしてふいに声が出なくなっちまったのか。のどを怪我したのかい、とか、おかしなものをのんだのかい、とか。声は出なくたって、いや、とか、おう、とか、首の振りようで答えることはできる。ところが、鈌さんは、むっつりと、顔色も動かさないのさ」

由次郎が権十郎にのませようとした水銀を、かわってのんだ。それが真相なら、鈌次郎は、表情にもあらわさぬよう気をつけるだろう。

「くどく訊くと、鈌さん、怒るよ」

「鈌次郎さんは、二十……」

「明けて、八になったっけかね。おまえは……」

「十八」

「いいねえ、若くて」

下女は彼の手を握り、力をこめた。

さしかけ小屋は、床板を張り筵《むしろ》を敷きこんではあるが、隙間風がたえず吹きこむ。当分こんなところに寝泊まりするのか。鈨次郎の敷蒲団は、固くなった古綿をつめてあるのだろう、石の一枚板のようだ。上掛けは丹念につくろってはあるがぼろ刺子《さしこ》にひとしい。河原崎の家からもらってきた彼の夜具は、はるかにましだ。

板壁に、どこの神社のものか護符のようなものが貼ってある。鈨次郎は、その前に坐《すわ》り、うやうやしく柏手《かしわで》を打って頭をさげてから、蒲団にもぐりこんだ。手燭《てしょく》を消したので、小屋のなかはまっ暗になった。彼も鈨次郎にならって蒲団に入った。仰向《あおむ》いた目に、さしかけ屋根のすき間から小さい星がみえた。

——野宿より、ちったァましというところだな。

寺島のお救い小屋も掘立小屋だった。しかし大勢の人間がざわざわと雑居しているせいか、ここほど寒くはなかったような気がする。

彼は蒲団のなかで身をちぢめた。

＊

「なにをぐずぐずしているのさ」

どなりつけたのが、華奢《きやしや》な少年だから、

「うるせえや、この餓鬼《がき》」

大工は、居丈高《いたけだか》にどなりかえし、

「おや、紀伊國屋の」

と、苦笑した。

「市村座は、幕を開けたというのに、遅いじゃないか」

「へい、へい。毎日、きつい催促だね」

「だいたい、忠公、おまえのお父っつぁんがいけないや」

と、由次郎は、かたわらの子供に矛先をむけた。大道具師長谷川勘兵衛の息子の忠吉である。

由次郎は、三すじと鈨次郎を伴に、中村座の普請の進みぐあいを、毎日見にきている。

「太髷《ふとまげ》にどうまるめこまれたか知らないが、市村座の普請ばかりいそいでさ、ごらんな、初日が出たのは、市村座ばかりじゃないか。青びょうたんの権《ごん》ちゃんだの、羽左《うざ》だのばかりが舞台に立ってさ。わたしはどうしてくれるのさ。小屋ができなくちゃ、指をくわえて見ているばかりじゃないか。よう、小父さん」

鉋《かんな》をかけている大工にすり寄って、

「せい出しておくれなね。よう、小父さんよう」

「なんだか、女にくどかれているようなあんべえだぜ」

大工は三すじに苦笑をむけた。

「由《よし》さんに、よう、と甘えられると、ぞくぞくすらァ」

「あたい、市村座をのぞいてこようっと」

忠吉はかけ出した。

「お待ち」

由次郎は忠吉の肩をつかんでひきもどし、

「ついておいで」

と先に立った。

市村座にむかう。

三月、市村座がまず華々しく開場したのである。

太鬠が肩入れすると、さすがに違うと、河原崎権之助の名が人々の口にのぼる。あくどい辣腕《らつわん》ぶりは知られているけれど、芝居町に灯をともさせたとあれば、非難するものはほとんどいない。

河原崎座にかわって興行権を持った森田座は、資金ぐりに苦しみ、権之助の妨害もあって再建がおくれている。

権之助は、市村座に出資すると同時に、大茶屋の主人山本重五郎を重用し、それまで市村座の経営に功績のあった帳元《ちょうもと》（支配人）、中村翫左衛門《かんざえもん》を追い出した。翫左衛門の経営の腕をみこんだ森田座では、彼を招いて帳元にすえ、翫左衛門の調達した資金で、ようやく普請がはじまったのであった。

二丁目の市村座の前ばかりが、呼び込みやら木戸芸者の声色《こわいろ》やらで賑《にぎ》わい、茶屋の軒先につらねた提灯《ちょうちん》が、人々を浮きたたせる。

狂言は正月吉例《きちれい》の曾我物《そがもの》である。三月、花の季《とき》に、芝居町は、花の艶に正月の寿《ことほぎ》を添えた。しかも若手の立役で人気の坂東竹三郎が彦三郎を襲名し、その披露が行なわれるので、華やぎはひとしおだ。

楽屋木戸を通った由次郎は、三すじと釻次郎に階下《した》で待っているように命じ、紫の振袖をひるがえし楽屋梯子をのぼってゆく。忠吉があとにしたがった。

そのとき、上から権十郎が下りてきたのである。よけるのは当然、由次郎であるべきだった。序列の厳格な世界である。楽屋梯子の中央で、二人は向かいあった。

権十郎の弟子が上から「彦旦那がお呼びです」と声をかけなかったら、二人の無言の睨《にら》み合いは、いつまで続いたことか。権十郎はすでに子供の域を脱しており、由次郎をまともに相手にするなど大人げないのだが、由次郎の無作法を笑ってゆるすわけにはいかぬ立場でもあった。

権十郎が踵《きびす》を返し楽屋梯子をのぼりはじめると、由次郎は追いすがり、脇をすりぬけて先に立とうとした。権十郎はその肩をつかんで押さえ、追い越した。はずみをくらって、足を踏みはずしかけた由次郎を、梯子をかけ上った釻次郎が危《あや》うくささえた。権十郎はふりむきもせず、上ってゆく。

役者同士の勢力争い、地位争いの縮図を三すじは見る思いがした。由次郎に勝ちめはないのだった。若太夫と呼ばれることはなくなったとはいえ、権十郎は、市川宗家の嫡《ちゃく》流《りゅう》であり、芝居町に勢力を持つ河原崎権之助の養嗣子《ようしし》である。

由次郎の父、五代目澤村宗十郎は、市村座の茶屋泉屋の雇い人と農家の娘とのあいだに生まれ、四代目澤村宗十郎の弟子になった。そうして、後に、若くして死んだ師の名《みょう》跡《せき》を継いだという経歴である。由次郎がどう肩肘《かたひじ》いからせようと、家格ははるかに及ばない。

梯子をのぼる権十郎の足の裏が、由次郎の目の高さにあった。

これと似たようなことが、以前、わたしの知らないときにも起きていたとしたら、水銀の噂も、まんざら根も葉もないとは言いきれぬ。由次郎の、内心の闘志と怒りをむき出しにした眸《め》をみて、三すじはそう思ったが、だからといって、この子供が、そんなおそろしいことを……と信じられぬ思いも捨て切れぬ。

権十郎は、つい先ごろまで彼の男衆であった三すじにも、目もくれなかった。黙々と、中二階から更に三階にのぼってゆく。

忠吉は、気をのまれたような顔で、寸時の間の黙劇を眺めていた。

＊

一月《ひとつき》おくれて、四月十四日、中村座が幕を開けた。

やはり、曾我物である。外題《げだい》は『一曲奏子宝曾我《ひとかなでこだからそが》』、人気女形の粂三郎《くめさぶろう》が、松葉屋の傾城瀬川《けいせいせがわ》のほかに、加役《かやく》で曾我五郎時致《そがのごろうときむね》をつとめ、評判をとった。奴《やっこ》の紀《き》の平《へい》、瀬川の禿浪江《かむろなみえ》、二役の由次郎は役不足を言いたてたが、もとより相手にされず、そのかわり、一番目浄瑠璃《じょうるり》『藪椿誰転寝《やぶつばきたれところびね》』で粂三郎や我童《がどう》といった大名題に伍《ご》して踊り、巧みさと愛らしさで人気を湧かせた。

三すじは、松葉屋の新造伏屋《ふせや》。役名はあってもせりふはないが、役不足を言える身ではなかった。

水銀の噂の真偽は、三すじにとって、あいかわらず謎であった。釻次郎が声が出なくなったのは、水銀をのまされたせいではないか、と言うものは、ないではなかった。大部屋役者や、劇場《こや》の裏方、表方などのなかには、女に怨《うら》まれて飲まされたのだろうなどと言い散らすものもあり、釻次郎に面とむかってそう言ったりもした。そんなとき、釻次郎は、むっつりと表情をかえず、相手の言葉を無視した。

しかし、由次郎や権十郎の名が、このことと結びつけて語られることはなかった。だれ一人、由次郎を疑うものはないようなのである。お常の口から、彼はきかされただけであった。彼がうかつに真偽を正そうとするなら、火のないところにわざわざ煙をたたすような結果にもなりかねない。疑問は常に彼の心の底にわだかまっていたが、彼は口をつぐんでいた。噂の真相を正すのが、彼が由次郎に仕える目的の一つであったが、彼はその役目をなおざりにした。もう一つお常から命じられたこと——由次郎が権十郎に不穏な行動に出る気配があったら阻止せよという——は、かくべつ、さし迫った危険はないかにみえる。由次郎は、役不足を口にしながらも、けんめいに舞台をつとめており、人気は日を追って高まる一方で、中村座は大入りがつづいた。もちろん、大入りは由次郎一人の手柄ではなく、狂言のおもしろさ、粂三郎の人気などに負うところが大きかったのであるし、市村座の評判も、中村座と拮抗《きっこう》していた。

天窓を、窓番の男たちがばたばたと開けてまわる。昼の外光が小屋の内を明るませる。花魁道中《おいらんどうちゅう》は、桟敷《さじき》の背後の通路を、はしたない早足で揚幕《あげまく》にむかう。花道から出るためには、舞台裏の動きを桟敷客の目にさらすことになる。桟敷への出入り口の戸は閉めてあるのだが、役者が通るとなれば開けて眺めたくなるのは当然だ。

花簪《はなかんざし》を重たげに髪に飾った禿《かむろ》の由次郎は、大羽子板を胸に抱き、粂三郎の扮《ふん》した花魁瀬川の前を行く。新造伏屋の三すじは、粂三郎の後にしたがう。どれほど急いでも、女のように足が内輪になる習性は、彼の身についていた。それでも大和屋《やまとや》（粂三郎）には——敵《かな》わないなどとひき比べるのもおこがましい……と、承知している。

粂三郎は、日常の立居ふるまいも、優にやさしい。〝女〟ではなく、〝女形〟のしぐさである。歩いたり坐ったりの一つ一つが、そのまま舞台にのせておかしくない。どんな女もこれほど立居の型に気をくばりはしない。桟敷裏を小走りになりながら、それは、芝居のなかの花魁がいそぐ姿であった。

十二歳の由次郎もまた、舞台をはなれた桟敷裏をいそぎながら、少女のしぐさを忘れてはいないのが、みごとだと彼は思う。

とはいっても、由次郎の日常は、相当に腕白で、その点では一つ年上の羽左衛門といい勝負だ。二丁目の角にある羽左衛門の家の土蔵で起きた小事件を三すじは思い出し、慌しく桟敷裏を走りながら、つい、苦笑した。

大道具師の息子の忠吉を、羽左衛門と由次郎が綱で縛り、二人がかりで梁《はり》に吊《つる》し、そのまま放ったらかして遊びに出てしまったのである。忠吉は、はじめのうちは遊びの趣向だからとこらえていたが、いつまで待っても二人が戻ってこないので、とうとう泣きだした。由次郎より二つ年下の忠吉は、二人に遊んでもらうのが嬉しくて、いつもおとなしく言いなりになっている。忠吉の泣き声に気づいたのは、由次郎の伴をして羽左衛門方に来ていた三すじであった。

綱をといて抱き下ろしてやり、

「いけない兄さんたちは、あとで叱ってもらいましょう」と言うと、忠吉は、

「芝居をしていたんだから」と、泣きじゃくりをおさえようとつとめながら言った。

「あたいが、いっちいいお役をもらったんだから」

「何の芝居ですね」

「紅皿《べにざら》と欠皿《かけざら》の話を、羽左さんと由さんが芝居に仕組んだの」

「馬琴《ばきん》の読本《よみほん》の『皿々郷談《べいべいきょうだん》』ですかい」

「何だか知らないけれど、あたいは欠皿で、いっち、いいお役なの。羽左さんの継《まま》おっ母さんにいじめられて折檻《せっかん》されるのだけれど、あとで、仁王さまの助けで、強くなって、悪い奴らをこらしめるの」

「すると、うちの由坊ちゃんが紅皿で？」

「そうだよ。ほんとは、由さんは欠皿をやりたがったの。でも、あたいの方が小さくて吊すのにぐあいがいいから」

「やれやれ」

　忠吉はあっさり泣きやんで、二人の年長の友だちを探しに外にかけ出していった。縄目でこすられた手首の擦り傷に血がにじんでいた。

　他愛のない子供の遊びだった。子供に欠けているのは、相手の痛みへの思いやりだが、それは、彼らがまだ、自分が味わったことのない苦痛を我が痛さと感じる想像力を持っていないからで、この種の想像力は、体験によって培《つちか》われてゆく。そう、彼は思い、水銀の噂を連想した。由次郎は、水銀がひき起こす結果を十分に知らず、しゃくにさわる相手にのましてやれと、簡単に思いついた。その計画を知った鈬次郎が、言葉で諌《いさ》めても効きめは少ないと、身を犠牲にして、思い知らせた……ということか。いや、それにしては、由次郎は、鈬次郎に何の負いめも持たぬ顔をしている。鈬次郎の犠牲を知りながら平然としているのだとしたら、権十郎に水銀をのませようとしたこと以上に、うとましくおそろしい。銕次郎が、由次郎には何も知らせずのんだのだとしたら、無意味な行為だ……。彼の思いは、何かというと、あの事件にもどる。

「大和屋！」

桟敷の見物客から、通路を行く粂三郎に声がかかり、三すじは我にかえって、桟敷に何げなく目をむけた。

男が数人と、芸者らしいのが一人、その桟敷には、いた。なかに、彼と同じ年ごろの若い男がおり、——どこかで見た顔だ……。

目があった。しかし、むこうは彼を見知っている様子はない。

——あの、地震のときの……。

桟敷のうしろを通りすぎてから、思い出した。

あの夜の彼は素顔、いまは濃い女化粧である。むこうが気づかないのは当然だった。

ゆっくり会ってみたい、と彼にしては珍しく、思った。

騒ぎのなかで、彼とあの男は、災害は薄皮一枚へだてたところにあるもののように、眺めていた。桟敷から舞台を見るようにではない。その逆の感覚だった。彼が若い男といっしょに舞台に立って、桟敷の見物衆がふいの異変に立ち騒ぐのを眺めているという感じ——つまり、二人の立つ場所の方が、虚構めいていた。

地揺れも火も、たしかな現実、日常の世界であった。それを夢のなかから見ていた、そんな感じだ。

現実に侵されぬ夢のなかに、彼と若い男は立ち、同じところに、鈊次郎にかしずかれた由次郎もいた。にしきがかけ寄ったことで、夢と現実をへだてる皮膜が破れ、由次郎は消えたのだった。

小屋が閉《は》ねてから、中村座付きの楽屋の若い者に、西の五番桟敷にいたのはどういう客かい、とたずねた。若い者もすぐにはわからず、翌日、教えてくれた。

「国芳《くによし》と、その弟子たちだそうだよ。国芳のいろもいっしょだった」

あの男は、国芳の弟子か。絵師か……。

地揺れと火のなかで、一心にまわりをみつめていたのは、絵の素材とするためだったのか。

会ってみたい気持が強まった。何か、一つの感覚を共有している同志という予感があった。

五月、ようやく森田座の普請が完成した。

二十年の長いあいだ櫓を下ろしていた本櫓の森田座が再興するということで、評判をとり、その上人気女形の福助や菊次郎が出勤するとあって、前景気は上々だった。

太鬠《ふとまげ》がきげんが悪いぞ、と楽屋雀の話が三すじの耳にも入る。河原崎の櫓を下ろさせられた太鬠は、きっと、報復の手段に出るにちがいないと、野次馬はおもしろがっているのだった。

案のじょう、いよいよ開場というときになって、森田座は、どうにも初日が出せないという事態におちいった。

森田座付きの四十八軒の茶屋が、ことごとく木戸を閉ざし、客の扱いを拒んだのである。

「やりましたね、太鬠の旦那」

「茶屋が桟敷を売ってくれぬでは、森田座も、幕の開けようがないやね」

中村座の中二階の大部屋でも、その話でもちきりだった。

「芝居者にとっちゃあ、よその座の不入りほど気味のいい話はないもの」

「河原崎の旦那も手をまわしただろうけれど、あのヨイ三津《みつ》の勘弥では、茶屋も安心ならないのだろうよ。手足もろくに動かぬよいよいだもの」

「茶屋の方で言い出したことだというよ、木戸を閉めたは」

「こう、三すじ」

一人が、とがった声をむけた。三すじは衣裳をたたむ手はとめず、

「何ですか」

「おまえはいつも、よそごとのような顔をして。いやだねえ。欲の無いのは、悟りすました坊主ならよかろうが、役者はそれじゃあ出世しないよ。森田座が初日を出せない、ざまァみろ、と嬉しがりなね」

——私にしたところで、他座より入りがよければ心地いいし、追い抜かれれば気分が

悪い。他座の不入りはまことに快い。しかし、他の役者たちのように有頂天になって喜んだり歯ぎしりりして口惜しがる執念は薄いようだ……と、内心、認める。たしかに幾分かは、よそごと、という気がするのだ。無欲は坊主ならよかろうが、役者にとっては欠陥だ、激烈な闘争心は役者の美徳なのだと、わきまえているし、欲も、持ちあわせている。ただ、その欲のありようが、役者に必要な欲とは、少しちがうような……。

どうちがうのか、わからない。金銭欲、名声欲。無いわけではない。だが、周囲の人々にくらべて、稀薄《きはく》ではある。

欲。たしかに、ある。その欲は、まだ対象をみさだめていないのだ。

欲。つまりは、心の中の欠落を、何かで埋めたい欲望だ。欠落は、何なのか、それがまだわからない。

「おまえの若旦那をごらんなね。他座の不入りどころか、子供のくせに、同じ座の大人の役者衆を、食って倒して踏みつけにもしかねまじい気概じゃないか」

「とはいっても」と、ほかの役者が口をはさむ。「由坊ちゃんとあたしたち、いっしょに語ってもしかたがないよ。どう力こぶをいれたところで、しょせん、あたしたちはね。三すじのようなのが、いっそかしこいのかもしれないよ」

「そういったものでもない。高島屋の親方のように、火縄売りの子で立者《たてもの》に出世したのもいる。あたしなんざ、この年では、先が知れているけれど、三すじ、おまえは、まだ若いんだから」

「なに、高島屋は成田屋にかわいがられたからさ。おまえ、ばかに三すじを贔屓にするの」

そう言いながらその役者は長煙管《ながぎせる》を持った手をのばし、肩にぶつかったふりをして三すじがたたんでいる衣裳の上に火をおとした。

「気をつけなよ」

火をおとした役者は、どなりつけた。

「わたしが何を持っているか、わかりそうなものじゃないか。それを、わざとぶつけるんだから」

言い寄られたのを拒んだことがあるから意趣返しだとわかっている。彼は手のひらで火を叩き消した。焼け焦げが残った。

森田座は、町奉行まで介入させて茶屋を説得したおかげで、五月十五日、ようやく初日を出した。

*

高島屋、市川小團次《こだんじ》は、柄は小さく、顔も無細工な男だ。父親は市村座の火縄売りだった。芝居の世界では出世などこんりんざいできぬ条件が揃っているのに、名題となり、めきめきと人気があがりつつある。

九つまで江戸で育ったが、それから父親に連れられて大坂に行き、子供芝居《ちんこ》に出るようになった。旅まわりに加わったりし、やがて、七代目團十郎（海老蔵）の門下の役者に弟子入りした。成田屋にとっては、孫弟子である。

江戸を追放され大坂に下った海老蔵に会い、その門下に入った。これが、出世のいと口になった。芸達者を海老蔵に認められ、かわいがられたのである。

天保十五年、三十三歳で、それまで米十郎《よねじゅうろう》と名乗っていたのだが、市川宗家直門の名である〝市川小團次〟の襲名をゆるされ、名題となった。

異例の大出世である。海老蔵のひきによるものだが、海老蔵に認めさせた芸の実力は、なみなみならぬものだ。

上方で海老蔵といっしょの舞台を踏み、弘化四年、江戸に下り、八代目團十郎と共演するようになった。小團次の腕をみこんだ海老蔵のはからいであった。

その年十一月の顔見世興行が、小團次の、江戸初お目見得《はつめみえ》であった。

二番目大切《おおぎり》の所作事《しょさごと》に、乙姫、大黒《だいこく》、船頭、雷、花魁、客人、牛若丸の七役を早替りで仕わけた。

しかも、その舞台では、ケレンのあざやかさで、見物のどぎもをぬいた。見物席の上に吊された大提灯が二つに割れると、乙姫が宙乗りであらわれ、舞台に下りる。クドキから踊りになって再び提灯に戻って隠れた、と思うと、たちまち船頭となって土間にあらわれる。引きぬいて牛若になる、と、めまぐるしい変化《へんげ》で見物を沸かせた。

ちょうど、三すじが河原崎の弟子になったその年である。

三すじはその七変化の舞台は見なかったが、芝居町で暮らすようになって、小團次の評判は十分に耳にした。いっしょの舞台にも何度か立った。小團次の方では中通り《ちゅうどお》の彼など目のはしにも入らなかっただろうが。

大地震で小屋が焼失した後、小團次は、名古屋から伊勢《いせ》の方に興行に出かけていたが、六月、江戸に帰ってきた。

太夫の河原崎権之助は、さっそく、小團次を市村座に迎え入れ、七月興行から出勤させた。それも、中村座が六月から出しているのと同じ演《だ》しもの、『義経千本桜《よしつねせんぼんざくら》』をぶつけてきたのである。

二座に同じ狂言が並んだ。

もっとも、中村座では、川越上使《かわごえじょうし》からすし屋までしか出さなかったが、市村座の方は、四《し》の切《きり》まで通した。

この四の切が、爆発的な人気を呼んだ。小團次の扮する狐忠信《きつねただのぶ》のケレンが、実にあざやかでおもしろいというのである。小團次はほかに、知盛《とももり》といがみの権太《ごんた》もつとめていた。

由次郎は、中村座で大切の、六歌仙《ろっかせん》の所化《しょけ》一役であった。軀《からだ》のあいている時間が長い。市村座を見てくると言いだした。

三すじは、この芝居では、彼としてははじめてつとめるような仕どころのある役をもらっていた。

　義経の正妻卿《きょう》の君《きみ》である。卿の君は平時忠《たいらのときただ》の娘なので、義経は兄頼朝から、敵方の娘を妻にしたと難詰される。義経が申し開きできず苦境に立たされたのを知り、卿の君は自害して果てる。

　第一幕で死んでしまうから、あとの出番はない、ささやかな役ではあるが、いつもやらされている仲居だの腰元だのとはくらべものにならぬ。衣裳も華やかな赤姫《あかひめ》である。嬉しかったし、市村座で歌女之丞《かめのじょう》がつとめている卿の君を見てみたいとも思っていた。欲がなさすぎると兄弟子たちに叱言《こごと》をいわれるが、よい役がつくと、さすがに、このくらいの欲は出た。

　しかし、時間がかちあって、卿の君の出場《でば》は見られないのだった。

　自分の出場がすんでから、彼も市村座に行ってみた。楽屋口から入り、袖に行くと、由次郎もそこにいた。見物席は、ぎっしり詰まっていた。

　大物浦《だいもつのうら》の場の半ばであった。小團次が渡海屋《とかいや》銀平《ぎんぺい》実は平知盛に扮し、手なれた世話物の芝居をみせている。

　舞台が一転し、碇知盛《いかりとももり》の場となる。

　白装束の知盛があらわれると、見物席からじわじわと讃嘆の声が湧いた。

　その知盛が袖の方に顔をむけたとき、三すじは息をのんだ。白眼の部分が、まっ赤に血走っていたのである。おそろしい迫力だ。目のなかに紅をさしている。三すじは、自分の目がずきんと痛んだ。――ここまでやるのか……。

髪を逆立て目を血走らせた知盛が、碇綱を軀に巻きつけ、碇を海に投げ入れ、入水して果てるまで、三すじは、鳥肌立つ思いで見いった。

三段目の幕が開くまで茶屋でやすみ、由次郎は、その間無言だった。

三段目、小金吾《こきんご》討死の場の主馬《しゅめの》小金吾は、権十郎がつとめる。見物の気分がゆるむのが三すじにもわかる。

大根、なっちゃいないや。

袖で、由次郎は聞こえよがしにののしった。

その後、三段目から、四段目の「四の切」になった。

もう、わたしは所化には出ないよ。

市村座を出て中村座に戻る途中、由次郎はそう言った。

あんな凄《すご》い舞台を見たあとで、すぐに舞台には立てない。

由次郎のそういう気持を、彼は感じとった。

子役のころから旅まわりできたえた小團次の身の軽さ、ケレンの達者さは、これまでにも知られていたが、狐忠信で、小團次はその技を極限まで生かしきった。

三味線の胴を割ってあらわれるケレンでまず見物の目をひきつけ、その後も、床から高足二重《たかあしにじゅう》にとびあがり、天井に抜け、長袴《ながばかま》の裾が消えた次の瞬間には左手よりあらわれ、とんぼを切って平舞台にとび下り、宙吊りになって下手から上手に入ったとみると浄瑠璃床より出現する、といったふうで、凧《たこ》に舞う凧のようだと、見物は喝采《かっさい》した。軽業芸《かるわざ》を見せると同時に、母狐に対する子狐の情愛も、十分にあらわしていた。

中村座に帰り着くと、

「すぐに出ですよ」と狂言方が由次郎をせきたてた。由次郎は楽屋梯子をかけのぼったが、それきり下りてはこず、舞台に穴をあけ、座頭《ざがしら》の関三十郎と兄の訥升に、閉《は》ねてから、こっぴどく叱りとばされた。小團次と同じいがみの権太をつとめる関三《せきさん》は、小團次にひけをとったことで苛立《いらだ》っていたから、叱責《しっせき》は仮借ないものになった。

関三には由次郎も頭があがらず、口答えはしなかったが、兄にむかっては、「音羽屋《おとわや》（彦三郎）の弥助を見てくるがいいや。あっちがすし屋なら、兄貴は八百屋だ」と毒づいた。

＊

九月に、中村座は『蘭奢待新田系図《らんじゃたいにったけいず》』『初雪三升蔵景清《はつゆきとみますのかげきよ》』の二本を出したところ、市村座は、座付作者河竹新七《かわたけしんしち》の新作で対抗した。

この新作『蔦紅葉宇都谷峠《つたもみじうつのやとうげ》』がまた、大評判をとり、中村座は入りが薄くなった。

小團次はこの芝居で、若い可憐な座頭文弥《ざとうぶんや》と、苦み走った悪党提婆《だいば》の仁三《にさ》、両極端の二役を早替りで演じわけたのである。

文弥の亡霊のケレンのおもしろさも客を喜ばせたが、河竹新七の台本が、きわめて写実的に人の心の動きを書きあらわしているのが、これまでにない新鮮さであった。

「早く立女形にならなくては」

由次郎が折にふれそう言うのを、三すじは聞いた。

「そうして、二葉町《ふたばちょう》（河竹新七）に台本《ほん》を書いてもらって、高島屋の小父さんに相手になってもらう。わたしがどれほどつとめても、台本《ほん》と相手役が悪かったなら、どうしようもないもの。兄貴では、わたしの相手はつとまらないよ」

面とむかって訥升にそう言い、口では敵わない訥升は、由次郎の頬をなぐりつけた。腕力、体力では、七歳の差はまだ大きい。由次郎はなぐり倒され、訥升の足にむしゃぶりついた。釻次郎が二人のあいだに割って入った。こういうとき、三すじは、自分からとめる気にはならないのだった。——ただ、成り行きをみつめているわたしは、冷たいのだろうか……。

十一月の顔見世で、小團次は、またも新趣向で見物を驚かし、大評判をとった。

演《だ》しものは、珍しくもない八百屋お七であるが、座付きの立作者河竹新七は、櫓の場に浄瑠璃『伊達娘恋緋鹿子《だてむすめこいのひがのこ》』を移しいれ、外題を『松竹梅雪曙《しょうちくばいゆきのあけぼの》』とした。

彦三郎の吉三《きちざ》は適役だが、鬼瓦《おにがわら》と蔭《かげ》で呼ばれる醜男の小團次が、十六、七の可憐なお七をつとめるのである。

初日、中村座出勤中のあいまを縫って市村座に見物に行く由次郎に、三すじと釚次郎もしたがった。あの御面相でどんなお七をやるのか、と、三すじも好奇心を持った。舞台にあらわれたお七を、三すじははじめ、だれかが代役したのかと思った。それほど愛らしかったのである。仕草はどう見ても小娘で、わざとらしさがなかった。もっとも、芝居がすすむにつれ、醜い中年男の地が、少しずつ、娘姿を侵しはじめた。短時間の目眩《めくら》ましのような技であったのだ。

見物が興醒めする前に、小團次は、新たな工夫で人々の目をひきつけ感嘆の声をあげさせた。

櫓の場、小團次のお七は、人形に化したのである。

黒衣《くろご》が人形遣いとなり、役者が人形に扮して所作を見せる人形振《ぶ》りは、上方《かみがた》では早くから行なわれていると、話は江戸にもつたわっていたが、これまで演じられたことはなかった。

お七の動きは、まさに人形のそれであった。表情も木彫のように動かず、見ひらいた眼を一点に据え、黒衣に操られるようにぎくしゃくと手足を動かし、生身の人間にはできぬ所作を、黒衣の手を借りて演じた。

ささえられて高々と宙をとび、あるいは横倒しになり、振りまわされた。

櫓にのぼり太鼓を打ち叩くお七に、これも目新しい趣向で、雪が降りかかった。板塀に櫓が立つだけの殺風景な場面だったのである。降りしきる雪は、この一場に情趣を添える。鹿子《かのこ》絞《しぼ》りに乱れ髪のお七は、恋しい男を救おうと太鼓を乱打する。

由次郎は連日、三すじと鈔次郎、更にもう一人しげ松という弟子をしたがえ、お七の人形振りを袖から見た。

夜、家にもどってから、三人の弟子を人形遣いにし、まねて稽古した。

「わたしは、いずれ、このお役を高島屋の小父さんからもらうよ」

美貌と芸に対する自負が、由次郎の言葉にはみちていた。

達者な小團次が危く穴をあけかけたのは、十二日めの櫓の場であった。

櫓をのぼるお七の鹿子の振袖が、梯子にからまって、身動きがとれなくなったのである。

小柄な後見《こうけん》が走り寄り、梯子をのぼって袂《たもと》に鋏《はさみ》で切れ目をいれた。すばやい一瞬の動作であった。小團次は所作をつづけた。

機転をきかせた後見は、由次郎とは一つ違いの遊び仲間、市村座の座元の羽左衛門であった。

その夜、由次郎は苛立った声を三すじたちに叩きつけた。

羽左衛門は、あれで新七にも小團次にもみとめられるだろう。それを由次郎は感じとり、焦っているのだと、三すじは察した。

この闘争心は、水銀のような過激な行動にやはりつながるのだろうか……。

由次郎に仕えるようになって一年近く経つが、三すじはまだ、何も結論を得ていなかった。鈬次郎ののどはつぶれたままだ。鈬次郎は読み書きができないので、意思表示は身ぶりだけである。そうして、声の出なくなった原因に三すじが話をもっていくと、鈬次郎は表情を殺し、かたくなに返答を拒む。

その数日後、三すじは若い絵師に再会した。

市村座の土間に、その男はいた。

櫓の場が終わり中村座に戻ろうとする由次郎に、ちょいと用をたしていきますからとことわり、三すじは土間に顔を出した。

ぎっしりつまった見物をかきわけ、絵師に声をかけた。

だれだ？　とけげんそうな顔の相手に、

「お忘れでしょうけれど、あの大地震の夜……」

相手は膝を叩いた。

「役者か。市川三すじ……」

「よく名をおぼえていてくださいました」

「中村座も、しじゅう見に行っているよ。市川三すじというのはあれ、と、教えられもした。だが、夜見たばかりの素顔は、思い出せなくなっていた」

「いかがでしょう。小屋が閉《は》ねてから、どこかで」

と、三すじは盃を持つ手つきをした。

画号は芳年《よしとし》、と若い男は名乗った。

さようで、と三すじが応じると、

「月岡芳年だ。国芳《くによし》一門の」

と言葉を重ねた。その名を、当然、彼が知っていると思いこんでいるふうだ。

浮世絵師、一勇斎《いちゆうさい》歌川国芳の名は世に知れわたっているけれど、その弟子の名までは知らない。

国芳門下ではよほど有名な絵師なのだろうか。この若さで。

「芝居絵をずいぶんお描きなようで」

あてずっぽうに、彼は言った。

「いや、一昨年、『平家一門海中落入図』を刷らせただろう、あれがはじめて世に問うた仕事だ。芝居絵は、これからだ」

「去年の地震以来、死絵《しにえ》が多うござんすね」

熱く燗《かん》のついた酒を、芳年の盃に注いだ。

大川沿いの小さいうどん屋である。ここなら、どれほど飲み食いしようと、たいした散財はかけない。

「地震の死絵もですが、八代目の死絵も……」

彼は、相手がのってきそうな話題を探す。

「由次郎の死絵を描いてみたいの」

芳年は言った。

「めっそうな。いきのいいところを描いてやってくださいましよ」

「由次郎は美しいが、あれで、小團次ほどに汚れれば、みごとなものになろうの」

なにをなまいきな口をききやがる、と三すじは思ったが、自分には見えないものを、芳年が見ているような気もした。

「由次郎は、血の汚れで美しさを増しそうだ」

「どうも、わたくしは愚鈍で、おっしゃる意味がよくわかりませんけれど……」

「血みどろの役が似合うよ、由次郎は。あれは、いま、きれいすぎる。汚さなくては」

僧侶に抱かれ、由次郎はすでに汚されていると彼は思ったが、芳年が言うのは別なことかもしれなかった。

芳年はそれ以上、彼に心を開いてはこなかった。あたりさわりのない、役者の評判や世に出まわっている芝居絵のできばえなどの話が、二人のあいだでかわされた。

芳年は、浮世絵師を、師匠の国芳もふくめて容赦なくこき下ろした。役者に対しては、その舌鋒《ぜっぽう》は甘やかになった。

「中村座《いっちょうめ》にもおいでになってください」

「ときどき、寄っている」

「おいでの節は、楽屋にお声をかけてくださいな。お伴します」

「おまえは強いの」

と、芳年は並んだ空の銚子《ちょうし》に目をむけた。

「女形はめっぽう強いのが多うござんしてね。舞台で己《おの》れを殺しているからでござんしょうか」

「女買いもするのか?」

「そちらもお伴いたしましょうか」

互いに相手の内懐をさぐりあうような会話であった。

やがて、芳年は立ち上がり、馳走《ちそう》になった、とのれんをわけて外に出た。勘定を持つ気はまったくないらしい。考えてみれば、絵師も、贔屓の旦那衆におごられつけている。かねは相手が払うものと思っているのだろう。三すじは苦笑して、つけにしておいてくれと亭主に言い外に出た。川風が吹きつけてきた。

水銀の疑惑を、芳年には話して考えをきいてみたい気がした。うかつに口にすることはできぬ話だが、彼は、まだ気心の知れぬ相手を信頼したがっていた。

*

長襦袢《ながじゅばん》の衿《えり》をかきあわせて、敵娼《あいかた》がせかせかと割《わ》り床《どこ》に入ってきた。手焙《てあぶ》りにおおいかぶさるようにして胸もとをあたためている様子に、

「こう、あたためてやるからおいでな」

彼は上掛けのはしを少し持ち上げて招く。

女はにじり寄り、長襦袢の前を割って、彼の手を腿《もも》のあいだにはさみこんだ。

「おお、冷たい手だ」

動かそうとする指をしめつけ、

「もうちょいと、待っていておくれよ。じきに戻ってきますからさ」

「何人まわしをとるのだえ」

「おや、そんな薄情なことをわたしがするものかね。かわいい相手はおまえ一人さ。ただ、ちょいと用をすませてきますから、待っていておくれと頼んでいますのさ」

「どんな用だか、わかっているさ。まあ、野暮は言わない。行っておいで。しかし、朝まで枕のお守《も》りはごめんだよ」

「ほんのちょいとですってばさァ」

膝のあいだを少しゆるめ、彼にかくしどころをさわらせてから、すいと立つ。腕を掴《つか》もうとしたが、すばやく身をかわされた。

「振られたか、そっちも」

仕切りの屏風《びょうぶ》のむこうから、芳年が声をかける。

「おたがいさまでね」

十二畳の部屋のそこここに屏風がたてられ、男たちのせわしない息づかいが波のようだ。

三すじでもどうやら通える小見世である。揚げ代が安いかわり、客あしらいはひどいもので、屛風で仕切っただけの割り部屋に何組も入らされ、その上、女はあちらの部屋の客、こちらの部屋の客と、一夜に何人ものまわしをとり、そのあいだ名代《みょうだい》もよこさない。もっとも、名代は抱き寝をゆるされないのだから、なまじ、よこされても不満がつのるばかりではあるのだが。

芳年と小見世にあがるのは、これで三度めになる。鈥次郎もいっしょに来たのだが、小見世でさえかねがかかりすぎると、ひとり別れて河岸の切見世《きりみせ》に行った。

右隣りの屛風がたたみこまれた。

「うっとうしいからの。どうせ、互いに振られた身だ」

帯をとき着物の前がだらしなくはだけた芳年は、折りたたんだ屛風を壁にたてかけ、また蒲団にもぐりこんだ。胸から臍《へそ》にかけ鋭角に毛深い。胸毛はさらに一すじのびて陰毛につながっている。

三すじは体毛が薄く撫で肩で、一目で女形の役者と知れる。女形をつづけていると、いやおうなしにこんな軀つきになるのだろうか、と、三すじは己が裸身を見て何となく吐息をつくことがある。

芳年は絵師ではあるが、父親は御家人《ごけにん》とのことで、武張《ぶば》った体軀《たいく》は父親ゆずりなのかもしれない。

三すじは、女郎に敬遠されるのに馴れている。懐が涼しいせいもあるけれど、床《とこ》の責め方が執拗《しつよう》でいささか嗜虐的《しぎやく》でさえあるからだと、自分でもわかっているが、女を抱くところえようがなくなる。舞台でも、外で贔屓の相手をするときも、常におのれを殺している。その捌《は》け口《ぐち》になるのだろう。

芳年も、女郎には振られがちだ。彼の責めも嗜虐性を帯びている。

三すじは蒲団を芳年の方に寄せた。

「女郎屋で役者を買えというのか」

「いえ、まさか」

三すじは、枕に顎《あご》をのせて、長煙管《ながぎせる》に火をつけた。つられたように、芳年も煙管を吸いつける。三すじは枕もとの灰吹きを芳年の方に少し押しやった。

「由坊ちゃんのことなんですが、どう、ごらんになります？」

周囲は、男と女の媾合《こうごう》の声がかしましい。

二人の話し声が他人の耳に入る気づかいはなかったが、それでも声をひそめた。聞きとろうと芳年は頭を近寄せた。濃い体臭が、三すじの鼻におった。

「美しい」明快に、芳年は言った。

「鈬次郎が、声が出ませんでしょう」

「どうしたのかたずねたが、黙っておったな」

「水銀をのんだという噂がありまして」

「何のためた」

「うちの由坊ちゃんが、山崎屋の若太夫にのませようとした。それをとめるために、鈌次郎がのんだ、と」

「由次郎が権十郎に水銀を？」

「噂です」

「それをとめようとして、鈌次郎が？」

芳年は、三すじの言葉をなぞり、

「忠臣だな」

と笑った。

「去年の、あの大地震のすぐ後です」

「由次郎が、なぜ、権十郎に水銀を」

「噂ですから、はっきりしたことはわかりませんが、なにしろ由坊ちゃんは山崎屋の若太夫と反《そ》りがあわなくて。楽屋梯子をつき落とされかけたというようなこともありますし」

「で、おまえは、何を言いたいのだ」

「去年といやあ、由坊ちゃんは十一でした。たった十一の子供が、そんなおそろしいことを企むものかどうか……。どう思います」

「身近にいるおまえにわからぬものが、舞台しか見たことのないわたしにわかるはずがなかろう。おまえは、どう思うのだ。いや、どうあってほしいのだ。そんなおそろしい性《さが》の子ではないと信じたいのか」

「どちらでも、よござんす」

自分でも思いがけないことを、三すじは口にしていた。今の今まで、由次郎はそんな残酷な子供ではないと、芳年にうけあってほしいために訊くのだと、思っていた。

「どちらであろうと、由坊ちゃんは由坊ちゃんで」

そう言いきってしまうと、何か気持が晴れた。

「そうか。そんな噂があるのか。おもしろいの」

芳年は言い、「哀れだの」と言いそえた。

だれを哀れんだのか、三すじにはわからなかった。

周囲の嬌声《きょうせい》がいっそうはげしく波立ち、彼は、身内に獣欲がみなぎりたつのを感じた。精気の強い芳年は、なおのことであろう。

「ここでおまえを抱いたら、吉原じゅうの笑いものだの」

芳年は、おのれの獣欲に縛《いまし》めをかけるように言った。

III

襲名――。これまでの名を脱ぎ、先人の名をまとう。

ただそれだけのことが、どうしてこうもみごとな華やぎを役者の身に添えるのだろうか。相手が由次郎だから、ことさらそう感じるのか。いぶかしみながら、中二階の大部屋で、三《み》すじは化粧を落とす。

安政六年、正月の中村座は、由次郎の、三代目澤村田之助襲名披露で、常よりいっそうにぎわいたっている。

田之助は十五歳。童子から男に移行するあわいの、陽炎《かげろう》めいた危《あや》うい美しさが、かがやき出る年ごろでもあった。

もっとも、三すじ自身の十六歳は、これということもなく過ぎている。彼と同じ年の芳年《よしとし》は、十六歳のときに、『平家一門海中落入図』と題する錦絵《にしきえ》をはじめて世に問い、かなりの評判を得たのだそうだ。

何のけじめもなく、未来への展望もなく、——わたしは、はや、二十一だ……。

芳年は、昨年は、三枚つづきの『江戸花子供遊の図』を版行、着実に、絵師として名をあげる道を歩んでおり、やがては芝居絵でも名をなそうと、しじゅう、猿若町《さるわかまち》に顔をみせる。

——わたしはすでに年老い、余生を送っているようなものだ……。

『魁《さきがけ》道中《どうちゅう》雙禄《すごろく》曾我《そが》』に、植杉《うえすぎ》息女弥生姫、幸兵衛《こうべえ》娘おそでと、時代、世話の二役をこなし、更に二番目大切所作事《おおぎりしょさごと》の中の巻に、菊五郎、我童《がどう》、福助、鶴蔵《つるぞう》、仁左衛門《にざえもん》等、大立者《おおだてもの》に伍《ご》して遜色《そんしょく》なく踊りぬく由次郎あらため田之助を、我が身とひきくらべるのも愚かなことと承知はしているが……。

大部屋役者たちは、由次郎の田之助襲名に、いたって冷淡だった。田之助とかぎらない。だれの襲名であろうと、だれの一世一代興行であろうと、かかわりのない雲の上のできごとさと、冷やかなのだ。お祝儀《はな》をはずんでくれる相手には、だれであろうと愛想をふりまき、祝儀袋をおしいただいて懐にしまいこんだ後は、また知らぬ顔だ。かねさえくださりゃあ、働きます。三すじも、その気風が身についた。何一つするのも、ただじゃあ嫌だ。

白粉《おしろい》を落とすにつれ、血色の悪い素顔があらわれてくる。この十二年間、男として育とうとする躯《からだ》を、女の姿に嵌《は》め殺すことにつとめてきた。両肩を貝がら骨がつくほどにうしろにひき、両の膝頭を瞬時もはなれぬほど固く合わせ、ふと気をぬけば、男の躯があらわになる。

殺しぬいた〝男〟は、身内にひそんで陰湿に復讐の機を狙う。安女郎相手の執拗《しつよう》な責めともなり、茶碗であおる大深酒ともなる。同じ大部屋役者でも、中二階は三階より酒ぐせの悪いのが揃っている。

本来の女なら、顔を白壁のように塗りこめはせぬ。

京白粉は、鉛の板を酢に入れて熱し、腐蝕《ふしょく》して白くふいた粉をかき集めたものだという。肌の粗い毛穴を鉛の粉で塗りつぶし、女を超えた女、現実の世にはあり得ぬ女に化けるのだ。

それでも主役をつとめられるのであれば、このくらいの苦痛は何ほどのものでもあるまい。見物の陶酔、熱気。見得《みえ》をきるとき、小屋を埋めた群衆は、ただ一人の役者の体内に収斂《しゅうれん》される。役者は群衆をのみこみ、言うなれば、その手に世界を掌握する。

――わたしたちは、大道具や小道具と同じこと。〝ほんにようござりましたなあ〟。〝お気をつけておいでなされませ〟。一日の芝居を通して、たかだか、そのくらいの決まりぜりふ。襖《ふすま》や柱なら、黙って一日突っ立ってもいようが、大部屋役者の軀には、あいにく、血が流れている。

見切りをつけようか。

三すじは、鏡をみる。白粉をはぎとられ、うつつの世界に投げかえされた顔の、何と呆《ほう》けていることか。

うつつの世に立ち混るといっても、この顔で、この手で、何ができる？
田之助は、いま、大切の舞台で所作事の最中だ。自信に溢《あふ》れ、讃嘆の声を総身に鏤《ちりば》め。もともと、怜悧《れいり》で芸達者、踊りの上手を讃《たた》えられた田之助ではあるが、人気と芸がひときわ、ぐいと伸びたのは、一昨年あたりからだ。

きっかけがあった。一昨年の正月、人気と芸を田之助と競いあう一つちがいの羽左衛《うざえ》門《もん》が、市村座で、大評判をとったのである。

河竹新七が、小團次《こだんじ》のために書き下ろした新作『鼠小紋東君新形《ねずみこもんはるのしんがた》』に、羽左衛門は、しじみ売りの子供三吉の役をつとめた。

かねがね羽左衛門に目をかけていた小團次が、新七にたのんで、わざわざ、羽左衛門にあてて書かせた役であった。

市村座の少年太夫元羽左衛門を、周囲の者は懸命に守《も》りたてていた。

羽左衛門のために、手本になりそうなしじみ売りの子供を深川から探し出してきて、売り声から身形《みなり》、仕草をまなばせた。

ただちにまなびとった羽左衛門の才気も並ではないが、この役は、たいそう新鮮だった。それまで、子役といえば白塗りにし、衣裳もきれいなものをつけ、一本調子のせりふまわしときまっていたのに、羽左衛門のしじみ売りは、蛤河岸《はまぐりがし》の子供をそのまま舞台にのせたように、日焼けした肌、魚屋の古着を仕立てなおしたよれよれの衣裳、せりふまわしも、父《ちゃん》だのおっ母《かあ》だのと、長屋の餓鬼《がき》の口調を如実《にょじつ》にうつしていた。小團次と新七の、世間のありようをそのままに舞台にのせる生世話《きぜわ》の工夫がみごとに成功し、羽左衛門は褒め讃えられ、この狂言は大当りをとって、正月から四月まで日延べがつづいた。

わたしのお役は工夫のしどころがないじゃないか。中村座に出勤中の由次郎は、歯ぎしりせんばかりに口惜《くや》しがった。

羽左衛門や権十郎《ごんじゅうろう》は、家柄のゆえに、周囲が守りたて、ひきあげよう、ひきあげようと力を添える。自分は、おのれの芸と魅力でのしあがるほかはないと、由次郎のころから、田之助は思い決しているようだった。

年弱《としよわ》とはいえ、たいがいの役はこなす自信を持っている。うぬぼれではないと、実際の舞台が証《あか》していた。兄訥升《とっしょう》の代役で、『六歌仙《ろっかせん》』の小野小町の大役をつとめとおしたこともあるのだった。訥升が腹痛をおこし、急に休んだ。中村鶴蔵が奥役にすすめ、由次郎にかわりをつとめさせた。由次郎が十一か十二のころだった。あまりに年弱すぎると、まわりは案じた。なにしろ、衣裳の身の丈があわず、十二単《じゅうにひとえ》の肩揚げをするありさまなのだ。何ともいたいけな小町だが、いざ舞台に立つと、所作もせりふも、みごとに兄を凌《しの》いだ。その芸達者もさることながら、翌日、腹痛の癒えた訥升が舞台に立とうとしたら、由次郎は、凜《りん》とつっぱねたのである。いったん代役に立ったら、三日は舞台をつとめるのが定法《じょうほう》。兄貴の出勤はならない、と、由次郎の言葉は、こなまいきだが、理には適《かな》っていた。気性の烈《はげ》しさと役への執念は、鶴蔵などをよろこばせたが、敵も作る。なまいき、我儘《わがまま》、増上慢《ぞうじょうまん》と、そしる声も、三すじの耳には入る。

河竹新七の新作で羽左衛門に先を越された由次郎は、その年の夏、『白石噺《しらいしばなし》』に信夫《しのぶ》の大役をもらい、更に翌月は『双級巴《ふたつどもえ》』の五郎市、この両役とも大出来大当りをとった。そうして十一月には『俊寛《しゅんかん》』の海女千鳥《あまちどり》と、めざましく大役をこなしはじめた。大輪の花が花弁をひるがえし咲きほころうとするその過程が、三すじの眼前にある。心底に、何かえたいの知れぬ嫉妬《しっと》とも憎しみともつかぬものがわだかまっているのを、三すじは感じる。

——嫉妬？　お笑い草だ。花の太夫に中通り《ちゅうどお》が嫉妬など。憎しみ……。憎いわけがあろうか。

と打ち消すが、打ち消しても、何か寥々《りょうりょう》とする。華麗に舞うのは田之助であって、彼ではない。

楽屋梯子《ばしご》を下りるたどたどしい足音。海老蔵《えびぞう》だ。大切所作の下の巻で、曾我五郎を踊るのである。足もとがよろめくのを、弟子たちがささえている気配だ。

「成田屋も、老いぼれたの」

大部屋の役者たちは、ささやきかわす。

その声には、嘲笑《ちょうしょう》よりは哀しみがにじんでいた。傲岸《ごうがん》、専横で鳴らした海老蔵だが、その気力の衰えは、さすがに、芝居者たちには淋《さび》しい。

「大坂の中の芝居に出ていたとき、気にいった芸妓がいて、その妓《こ》が桟敷《さじき》に顔をみせるまで幕を開けさせなかったというな、成田屋は」

「座元がしかたなく、その妓を一月《ひとつき》買いきって、毎日、早くに桟敷に入れたとな」

「八代目の自害が、こたえたのだろうな。あれから、急に老いこんだ」

「九代目をだれにつがせるのか」

「山崎屋か」

「権ちゃん、ナマナマ、青びょうたん」

そう言った中通りの声には、今度ははっきり、嘲《あざけ》りだけがあった。

「昨日、成田屋が、舞台で洟《はなみず》を垂らしたとよ。みじめだな」

みじめだな、と言った声の暗さを吹き払うような、軽やかな足音が梯子をあがってきた。

田之太夫《たのだゆう》だ、と三すじは立ち上がる。身のまわりの世話をせねばならぬ。

激しく肉体を燃焼させた後の、すがすがしい昂《たかぶ》りが、紅潮した頰にも全身にも残っていて、帯を解き放すのに手をそえながら、三すじは、憎しみめいたわだかまりが一瞬に溶け、ああ、美しい、と嘆じる。

定紋《じょうもん》入り梨子地《なしじ》高蒔絵《たかまきえ》の鏡台にうつる額も首すじも、ほんのり血の色がさしているだけだが、衣裳を脱ぐと、帯の下は汗がこぼれるほどたまっている。濡れた手拭《てぬぐ》いで、三すじは丁寧に拭う。

化粧を落としてやる。白粉をぬぐい去った地顔も、三すじのように鉛色に疲れてはいない。匂やかな肌だ。

青貝をちりばめた黒漆塗《くろうるし》りの衣桁《いこう》にかけられた楽屋着をふわりと肩に羽織らせる。それから、茶を淹《い》れる。熱すぎずぬるすぎぬ飲みかげんを、三すじは心得ている。それも、そのときの田之助の気分、軀の状態にあわせて、もっとも快く飲めるように按配《あんばい》する。かつて、にしきが、三すじのためにしてくれたことであった。かしずかれる心地よさを、三すじは思い出す。しかし、かしずいてくれた相手を、愛し返すことはできなかった。

茶のかげんに、どれほど三すじが心をつかっているか、田之助は気づかないだろう。同じ熱さの茶なら、そのときどきで、熱すぎるともぬるいとも感じる。三すじが微妙にかげんしているとは知らず、のみかげんの熱さは同じと思っていることだろう。飲みながら、田之助は、三すじの前に素足をのばす。言葉で命じられずとも、三すじは心得ており、小さい鋏《はさみ》で爪を摘《つ》みはじめる。

「あのなまぐさに会うからな」田之助は、年に似合わぬ大人びた苦笑で、ひとりごちた。

「爪がのびていると、剪《き》らせろと、うるさくてかなわない」

爪を剪るだけではない。あの僧侶は、それをきっかけの口実に、指の股をねぶりたがるのだと、三すじは知っている。田之助の前に這《は》いつくばって、足の指の一本一本を口にふくみ、丹念にねぶり、更に指のあいだに舌をさし入れる。

彼は、ねぶられる感触を知っていた。にしきは彼の足の爪を剪り、そうして、口にふくんだ。舌の動きは執拗で、不快さのなかにひそむ甘美が、いっそう彼を不愉快にした。世間的に非力な少年に、にしきは保護を与えてくれた。その代償と思い、彼は耐えたが、つい、足もとにある顎《あご》を蹴り上げたこともあった。にしきは悲しげな眼をするだけで怒りはしなかった。愛されていないのを承知していたのである。そういうとき、彼も、心の奥底で傷ついた。

上野明王院《みようおういん》の高僧尚海《しようかい》と田之助のあいだで、同じようなことが行なわれている。田之助は、足もとにある高僧の顎を蹴り上げはすまい。歯をくいしばって不快さに耐えているだろう。

襲名に必要な莫大な費用の一部は、この僧から出ている。他にも、田之助に肩入れする芝居茶屋や、姉の嫁ぎ先である吉原《よしわら》の妓楼《ぎろう》、そうして贔屓《ひいき》すじのだれかれから援《たす》けられて襲名の金ぐりをしたのだが、そのかわり、田之助の軀は、色の鎖、かねの鎖で、十《と》重《え》二十重《はたえ》に縛りあげられた。色がらみで貢ぐ客ばかりではない。将来の田之助の出世を予想し、いまから資金を投じておこうというものもある。醜い欲とのみは言いきれぬ。すぐれた役者への愛も、そこにはあったけれど。

金で汚され色で汚され、その汚濁を養いに、こうも清冽《せいれつ》な花が咲く。その仕組が、三すじには不思議であった。

ふいに下が騒がしくなった。切迫した声が成田屋の名を呼ぶ。

「ちょいと見てきましょうか」

と三すじが立とうとしたとき、下廻《したまわ》りがかけのぼってきて、

「成田屋が倒れた」

と告げた。

*

由次郎の、三代目澤村田之助襲名の舞台は、海老蔵――七代目市川團十郎の、最後の舞台ともなった。

巨大な力が消滅したとき、いれかわるように、若々しい新しい力が誕生した。

三すじは、そんな感慨を持つ。

正月の『草摺曳《くさずりびき》』で倒れた海老蔵はそのまま床につき、三月の『妹背山《いもせやま》』に大判事と入鹿《いるか》の役がついたが出勤することはできず、四月二十三日、他界した。

奢侈《しゃし》を禁ずるお上の目をはばかりながらも、一代の豪奢を誇った七代目の葬儀は、おのずと盛大にならずにはいなかった。

江戸追放の処分を受けたのも、贅沢《ぜいたく》を咎《とが》められたのが理由である。その住まいは贅をきわめていた。

財力がありあまっていたわけではない。野放図な借財によってささえられた華美驕《きよう》

奢《しゃ》であった。息子八代目團十郎は父の借金に苦しめられとおして死んだ。しかし、海老蔵の華美は、江戸の人々に夢を与えた。

役者はああでなくてはな、と、三すじは死んだ海老蔵の驕慢な一生を壮快に感じる。だれもがやりたくても叶わぬことを、臆《おく》するところなく、やってのけた。ちまちまと帳尻《ちょうじり》をあわせる役者なんざ……。

田之助は、まるで海老蔵の血をひいたかのように、豪放華麗の気性を生得《しょうとく》そなえている。

見た目は團十郎の血すじの者たちとは似ても似つかぬ、淋しいほど華奢《きゃしゃ》な楚々《そそ》とした容姿である。市川宗家のお家芸である荒事《あらごと》には、まるでむかぬ。田之助がもっとも美しく魅力を発揮するのは、愁《うれ》いごとの場面であった。

海老蔵の死による江戸歌舞伎の欠落を、田之助の開花が埋めはじめていた。

もちろん、ほかに、華やかな役者は揃っている。彦三郎、福助、粂三郎《くめさぶろう》、新車《しんしゃ》……。若手では羽左衛門が田之助と肩を並べ、人気を競《せ》りあう。

襲名以来、この一年ほどのあいだに、田之助は変貌した。

悪達者なほど才走った子供から、匂やかな女になった。女、といっても、曙《あけぼの》の初々《ういうい》しさに飾られた若い娘ではあるが、爛腐《らんぷ》の芽を芯《しん》に抱きかかえた危い妖《あや》しさがおのずと滲《にじ》む。

年ゆかぬころから否応なしに色の相手をつとめ、植えつけられた種の芽生えだろうかと、三すじは思う。

権十郎は、実父海老蔵の死んだ直後、追善興行をおこなった。楠正成《くすのきまさしげ》の遺児明王丸《みょうおうまる》に扮《ふん》し、それを守り育てる泣男《なきおとこ》杉本左兵衛を小團次がつとめた。明王丸は、生来の臆病者で、その行末《ゆくすえ》を案じた左兵衛が、不動の滝に祈願をこめ、切腹して生血をのませると、臆病がなおり、楠家を再興するという筋立てである。楠家を市川宗家に擬し、小團次が権十郎を守りたてて、やがては九代目團十郎を継がせることを暗示しているのは、だれの目にも明らかであった。重責を負わされ、権十郎はますます頬がこけ、長い顎がすぼまり、目ばかりがぎょろりとした。せりふまわしはもつれ、踊りの手はあがらないが、團十郎の名は、江戸の人々の誇りであった。その名の栄光が、権十郎を輝かしていた。しんねりと、意地強く、権十郎は重い荷を負って、鈍重ではあるがしぶとい歩みを進めはじめていると、三すじの目にも見えた。水銀の話は、立ち消えになっていた。お常も、その噂は忘れたかにみえ、三すじは、結局のところ、ていよく河原崎家を追い払われたようにも思えた。しかし、釻次郎《かんじろう》が声を失ったのは、事実であった。

田之助髷《まげ》、田之助衿《えり》、田之助紅《べに》、田之助下駄《げた》、何にでも田之助の名をつけさえすれば、女や娘が嬉しがる。

人気は沸き、襲名の翌年、田之助は守田座（安政五年森田座を改称）で立女形《たておやま》となった。十六歳の若さで一座における女形の最高位を占めたわけである。

『忠臣蔵』のおかる、『五大力《ごだいりき》』の小万《こまん》、と、その翌年もまた、大役をこなし、ことに九月興行の『廿四孝《にじゅうしこう》』でつとめた八重垣姫《やえがきひめ》は大当りで、六十日打ちつづけた。

巷《ちまた》では、

「新車増長、田之高慢、芝翫《しかん》ぼんやり、権《ごん》ちゃんナマナマ」と、戯《ざ》れ唄《うた》がはやっている。

芝翫は、福助が襲名しての名である。

踊りの名手であり、美貌で人気の高い芝翫だが、せりふおぼえの悪いこと、銭勘定を知らぬ役者子供であることでも、群をぬいていた。

初日から千穐楽まで、狂言方か弟子が陰につききりでせりふをつけてやらねば、絶句するか、あるいはとんでもないでたらめを言いだすのである。

田之助は、自分がせりふおぼえも早く達者なだけに、とちる役者は年上であろうと容赦せず馬鹿呼ばわりするのだが、芝翫には一目も二目もおいていた。

それほど、芝翫は踊りがみごとなのだった。せりふは覚えないが、踊りの振りであれば、何年前に演じたものであろうと、絃《いと》にあわせてあざやかに踊ってみせる。軀が覚えこんでいるらしい。

ぼんやりと戯れ唄にからかわれながら、お人好しの芝翫は、見物衆にも役者仲間にも愛されていた。

田之助も芝翫に好感を持ちながら、新作の相手役にはだめだ、と、見わけている。

小團次が新七の新作で次々と評判をあげてゆくのを、田之助は、いずれ自分もと、心に期している。

田之高慢。

「田之太夫は、思いきり我儘、存分に高慢が似合うよ」

芳年は、そう言う。いつものように吉原の小見世《こみせ》で女を買った帰りであった。

霜月《しもつき》の夜の風が凍てつくようなので、うどん屋に寄って熱い鍋焼きで腹のなかからあたためながら、

「そうでござんすね」

三すじは、あいづちをうつ。

二人とも、饒舌《じょうぜつ》ではなかった。黙っていても、いっしょに飲むだけで、互いに慰められる。感じかた、考えかたに共通したものがあるからだろう。

「それでも、あれで太夫は、思いのほかまともに舞台はつとめているんでございますよ。世間がいうほど、だだら遊びや女買いに狂っているわけでもなくて」

三すじは、つい先ごろ、田之助が羽左衛門とともに、座頭の亀蔵から大吐言《おおかす》をくった話を告げた。

三すじと二人でいるとき、芳年は、田之助を話題にしたがる。彼の前では、安心して、無防備に内心をのぞかせた。役者にとりのぼせてと同門の者などに取沙汰《とりざた》されるのは、がまんがならないらしかった。

しかし、芳年は、田之助に溺《おぼ》れこんで大金を貢いでいる上野明王院の尚海のように田之助を肉欲の相手とするには、あまりに純情に崇《あが》めきっているようだった。

舞台の評はなかなか厳しく、人気の方が芸を上廻っているの、形ばかりの美しさだのと辛辣《しんらつ》だが、批判したあとで、田之太夫の耳にはいれてくれるなと、いかつい顔に似合わぬ気弱さで、念を押した。

賢い太夫のことだ、放っておいても、いずれ芸は人気に追いつくさ。なまじ悪口を耳にいれて、田之助に嫌われたくないのだと、三すじは察し、芳年の小心ぶりがいささかおかしかった。

「太夫が亀蔵に叱言《かす》をくらったって？　また、ぜんたい、どうして」

芳年は、のりだした。

「うちの太夫が八重《やえ》、市村座の太夫元が桜丸の、『菅原伝授手習鑑《すがわらでんじゆてならいかがみ》』、ごらんになっていますでしょう」

「美しかった。みごとなできだったが、なぜ、叱言を？」

「それは、叱言くった後の、よくなった芝居をごらんになったのですよ。初日、大叱言《おおかす》です」

この芝居で、権十郎は梅王丸《うめおうまる》、彦三郎が松王丸《まつおうまる》、羽左衛門が桜丸の三人兄弟、田之助は桜丸の妻、八重をつとめている。

田之助が権十郎にことごとに意地をはり楽屋でたてついているが、叱られたのは、そのことではなかった。

年のわりに大役をふられた羽左衛門と田之助が、舞台で調子にのりすぎたのである。羽左衛門の扮《ふん》した桜丸は、自分の所業が原因で主君が流罪《るざい》になるという大事をしでかし、老父の賀の祝がすんだ後腹を切る決意で帰宅する。帰りを待ちわびていた妻の八重──田之助──が、なぜおそくなったのか、そのわけを聞かしてとくどき、〝聞きたがるこそ道理なれ〟と、チョボが入る。

見せ場である。

打ちしおれて暖簾口《のれんぐち》から出、二重《にじゆう》に刀をついてうつむいて立つ桜丸に、八重が、刀のこじりをもって、チョボにあわせ、こじりを振り、桜丸は、ぽんと払って刀を突く。

二人はいい気分でたっぷり芝居をし、橘屋《たちばなや》！　紀伊國屋！　と、見物も沸き立ったが、上手からのぞいた亀蔵が、「くさい、くさい、下手くそめ」と、ののしった。

舞台を終えてから亀蔵の部屋に二人であいさつに行くと、「あの醜態《ざま》は何だ」と頭ごなしに叱られた。しかし、どこがどう悪いのかは教えてくれぬ。

たまたま楽屋をのぞいた團蔵が、「そりゃあ、おまえたちが悪い。教えてやるから、今夜うちに来な」と言った。

打ち出しのあと、山の宿の團蔵の家に行く羽左衛門と田之助に、釻次郎と三すじもつきそった。羽左衛門の男衆《おとこしゆ》もいっしょである。

團蔵は、立って稽古はつけず、役の性根を懇切に説いてきかせた。

「桜丸は腹を切る覚悟だから、心が浮かず、ふさいで下を向いているのだ。八重は夫の事情を知らず、なぜ黙っているのか心配でたまらぬから、刀のこじりをとって、夫に呼びかける。それを、桜丸は、ええ、うるさい、と払うのだ。おまえたちは、チョボにのって、一《ひ》ぃ、二《ふ》ぅ、三《み》ぃ、チリレン、ポン、と浮かれて踊っているじゃねえか。桜丸と八重の腹をのみこんでいたら、踊っている場合じゃあねえと、わかるだろう」

深夜まで、くどくどと酒をのみながら長説教であった。

その後《あと》、田之助の家に羽左衛門が寄り、義太夫《ぎだゆう》の三味線ひきを呼んで、朝まで、〝聞きたがるこそ道理なれ〟の件《くだ》りをくりかえした。寝るまもなく、楽屋入りをした。

「それからでございますよ。あの場が、見違えるようになりました」

三すじは、熱燗《あつかん》をもう一本あつらえた。

「芝居のあと、坊さまの相手に呼ばれますよりは、夜通しの稽古の方が、太夫も気色がよろしいようですよ」

「明王院の坊主は、あいかわらずかえ」

「太夫が十か十一のころから、六、七年越しの執心。だいぶ手もとも苦しいとか」

「羨《うらや》ましいほどの執念だの」

芳年の眸《め》の奥が、かすかに炎《ほむら》だった。

＊

文金高島田《ぶんきんたかしまだ》に緋鹿子《ひがのこ》の手絡《てがら》、薬玉《くすだま》に赤白だんだらの房《ふさ》をたらした簪《かんざし》、着付は黒縮緬《くろちりめん》、籠目《かごめ》に菊の折枝の友禅染め、赤地錦に菊を織り出した帯に鬱金《うこん》縮緬の帯揚《おびあ》げという大家《たいけ》の娘が、

「いつわり者め」と、一喝され、

「もう化けちゃあいられねえ、コウ、兄貴、俺ァしっぽを出してしまうよ」

と帯をとき、

「男と見られた上からは、窮屈な思いをするだけ無駄だ、モシお侍さん、ご推察のとおり、わっちゃァ男さ、どなたもまっぴら、ごめんなせえ」

裾をまくって大あぐら、

「知らざァ言ってきかせやしょう、浜の真砂《まさご》と五右衛門が、歌に残せし盗人の、種はつきねえ七里ヶ浜、その白浪の夜働き、以前を言やあ江の島で、年季づとめの児《ちご》ヶ淵《ふち》……」

朗々とうたいあげ、

「極めのついた弁天小僧」

片肌をぐいとぬいだ。肩から二の腕にかけて、鮮やかな刺青《いれずみ》がにおいたつ。

「菊之助たァ、俺がことだ」

見得をきったとき、せりふも聞こえぬほど、見物は沸きたった。

橘屋、橘屋、と四方からとぶ掛け声は、十九歳の羽左衛門の、新しい飛躍を証《あか》ししていた。

可憐《かれん》な娘が、実は刺青入りの美貌の賊。その、娘から男、無垢《むく》から悪への、一瞬の戦《せん》慄《りつ》的な変貌を目前にした見物は、倒錯した二重うつしの影像に酔わされた。

この酔いこそ、たしかに、人々の求めている逸楽であった。

新七は的確にそれをつかみ、羽左衛門というすぐれた素材によって、具現してみせた。

歌舞伎芝居がそもそも、男と女という二つの性の、危い混淆《こんこう》によって成りたっている。しかし、男が、男を殺しつつ、なお、男でなくてはあらわせぬ妖しい女を作りあげている、という歌舞伎の妙が、長年の馴れによって衝撃力を失っているとき、女装の賊の舞台への出現は、その二重性をあらためて新鮮に、人々に思い起こさせた。

田之助はこの月、中村座の『忠臣蔵』で、顔世御前《かおよごぜん》、大星力弥《おおぼしりきや》、おかる、と、若女形として申しぶんのない役どころをつとめている。『忠臣蔵』は、常に人気のある演《だ》しものだし、田之助の美しさも見物をたっぷり魅了してはいるけれど、弁天小僧で羽左衛門がみせた、めざましい新鮮さには欠けていた。

田之助の苛立《いらだ》ちは、だれの目にも明らかだ。新作が欲しい。二葉町（河竹新七）をたらしこんでやろうかしら。田之助のつぶやきを、三すじはきいた。しかし、河竹新七は市村座の立作者であり、田之助はこの年いっぱい中村座に出勤の契約なので、新七の新作は望めない。

市村座では、大道具の長谷川勘兵衛が——というよりは息子の忠吉が、工夫をこらし、大詰《おおづめ》極楽寺の山門上で、弁天小僧が立ちまわりの末、立ち腹を切ると、どんでん返しとなって三十郎の日本駄右衛門《にっぽんだえもん》がせり上がり、花道からは芝翫の青砥左衛門《あおとざえもん》が石橋にのり、二人の家来に松明《たいまつ》を持たせてせり上がってくる、といった派手な仕掛けで見物をよろこばせている。この点でも、中村座の『忠臣蔵』は、遅れをとった。

市村座は、この新作『青砥稿花紅彩画《あおとぞうしはなのにしきえ》』俗称『白浪五人男《しらなみごにんおとこ》』のほかに、大切浄瑠璃《おおぎり》に『助六《すけろく》』を出している。

七代目團十郎と八代目團十郎の追善を兼ねた興行であったので、権十郎が、助六をつとめたのも話題になっている。

しかし、権十郎は、みそをつけた。

意休《いきゅう》の役を芝翫がつとめる予定だったのだが、芝翫の贔屓が、いかに役の約束事とはいえ、芝翫が権十郎ごときに、下駄を頭にのせられるのはかんにんならぬ、と言いだしたのである。とどのつまり、團蔵がかわって意休をつとめることになったが、権十郎の位負けは明らかで、風邪引きの助六などと嘲《あざけ》られている。

「どうだ」

中二階の大部屋で、芳年が、刷りあがったばかりの一枚絵をひろげた。

田之助扮する大星力弥をうつしたものであった。

「けっこうですね」

三すじは、『忠臣蔵』では一力茶屋《いちりきぢやや》の仲居一役なので、出にはまだだいぶ間がある。大序に顔世御前で出場する田之助の身仕度の手伝いは、すでにすませた。いつもなら、舞台の出まで傍につきそっているのだが、田之助の楽屋に女の来客があった。その客が、三すじがいるのが目ざわりな様子をみせるので、彼は大部屋にひきあげてきていたのである。

「けっこうかね、これが」

芳年は、自分の作が十分に気にいってはいないふうだ。

「太夫にすぐにもお見せしたいんですが、いま、ちょっと、さしが」

「客かい」

「柳橋《やなぎばし》の」

「芸者か」

「おかつさんという」

「柳橋のおかつ？　山崎屋（権十郎）のこれではないか」

「よくご存じで」

「知れわたっているだろう。紀伊國屋に鞍替《くらが》えかい」

「さあ、わたしには何とも」

「口が固いことだな」

「いえ……」

権十郎と浮き名のたっている柳橋の芸者おかつは、近ごろ、田之助の楽屋にもちょくちょく顔を出す。

権十郎が贔屓にしているのを承知で、田之助の方から先に手を出したらしいと、三すじは見ている。女には手が早い。権十郎の方は、女を相手にするときもきまじめで、おかつにはかなり本気でいれあげている様子なのだ。田之助はどうせ、いっときの遊び、相手がうちこんでくれれば身をかわす。権十郎が惚《ほ》れている女というので、おもしろがって遊んでいる様子だ。

もめ事になるかもしれないと三すじは思うが、弟子が口を出すことでもない。遠目に、眺めている。

田之助と羽左衛門は、色の遊びでもよく気があい、訥升と三人、誘いあわせて吉原にくり出してゆくが、権十郎は自分から女買いに行くことはあまりないらしい。

「一悶着《ひともんちゃく》、おきるかな」

芳年は、自分の描いた一枚絵に目をむけた。

田之助は、芳年と顔をあわせることがあっても、かねにはならぬ相手とみてか、あまり愛想のいいあしらいはしない。反《そ》りのあう相手であれば、金銭ずくをはなれてもつきあうけれど、田之助は、芳年に対しては、反りがあうもあわぬもない、まるで無関心なのだ。

それでも、この一枚絵を見れば、この先、芳年の絵筆が広告《ひろめ》の役にたつと、笑顔の一つも散りこぼすかもしれないなと、三すじも、前髪におう大星力弥に目をやる。

中通りの一人が、三すじのうしろを通りすがりにのぞきこみ、「おや、美しいこと」と愛想を投げて、鏡の前にじだらくに横坐《よこずわ》りになる。

「ああ、軀がだるいったら」

「飲みすぎだろう」

「いいえ、あたしゃ、血の道」

出場の少ない大部屋役者たちは、投げやりな軽口をたたきあい、笑う声も苦笑まじりだ。

芳年に、三すじのほかの者は皆冷淡だ。

お祝儀をくれる相手ではないし、どうせ大部屋役者の一枚絵なんか描いてくれやしないとわかっているから、お世辞笑いもしないのだが、それればかりではない、「あのひとは、何かうすっきみ悪いよ」と評する者が多い。

「何かこう、冷《ひや》あっとした眼だよ。三すじさん、おまえ、よく平気でつきあうね」

三すじは何も言い返さないが、たぶん似た者同士だからだろうと思う。人は蛇を不気味がるけれど、蛇は、蛇を見ても怯《おび》えも逃げもすまい。芳年が無防備に他人にさらけ出している人の世にあい容《い》れられぬ部分を、三すじは、たくみにかくし通しているだけのことだ。

「力弥も悪かァないが、太夫には、もうちっと毒っ気のある生世話《きぜわ》をやってほしいよ」

芳年は言った。

「太夫も、そう思っていなさいます」

「悪かァないがな」

芳年は錦絵を見なおし、「だが……」と、不満げだ。

「昨日の一件、あれで無事におさまるかの」

「さて、今日あたり、また騒ぎになるかの」

役者たちの話し声が耳に入り、何の話だ？　と芳年は三すじに目顔で問いかけた。

「新門《しんもん》一家の子分衆が三人ほど、木戸銭を払わず無理押しに入ろうとしたのを木戸番が追いかえしましてね」

「それはまた、勇ましいことをしたな。新門の身内は、おとなしくひきあげたのか」

新門辰五郎は、町火消『を』組の頭《かしら》だが、浅草一帯をとりしきる大親分でもある。

その子分の無法《むほう》を、小屋の表方の男たちが力ずくで押し戻し、なぐりあいになり、酔った三人は敵《かな》わず逃げ帰った。

非は向うにある。新門辰五郎はなかなか肚《はら》のできた親分だから、子分の非道は許さないだろうと楽観するものと、かりそめにも新門と名を出したものを打擲《ちょうちゃく》して追い返したのだ、向うもこのままでは顔が立たない、因縁をつけてくるにちがいないと危惧《きぐ》するもの、小屋の者の予測も二つにわかれていた。

「仕返しにくるかもしれんの」

話をきき終わった芳年の声に、事あれかしの期待がこもっているように、三すじは感じた。

柝《き》が鳴った。

「大序《だいじょ》の幕が開きますんで、わたしは、ちょいと太夫のところへ。すぐに戻ってきます」

「なに、おれも土間で見せてもらうよ。枡《ます》はとってあるのだ」

部屋を出ると、顔世御前のこしらえをした田之助が、廊下を楽屋梯子の方に歩いてくるところだ。数歩おくれて、柳橋のおかつが、つつましく目を伏せてしたがう。珊瑚珠《さんごじゅ》のおかつと二つ名《ふたな》で呼ばれているのだが、見てくれは鉄火《てつか》ではなく、しおらしげだ。

田之助は、めっきり背丈がのびた。しかし、その長身は、姿のよさとしてうつる。粂三郎も女形にしては背が高く、それを低くみせようとするので出《で》っ尻《ちり》になるが、田之助は、すらりとした立姿のまま、華奢にみせている。清冽な外貌の内に包まれた爛熟を、三すじは感じとる。顔世や力弥、おかるでは、この田之助の蠱惑《こわく》的な混淆を十分に発揮できない。芳年の不満もそれなのだと、言葉に出して言われずとも、わかる。

梯子を下り、おかつの手が田之助の指先を握りしめ、

「それじゃあ、わたしは桟敷へ。太夫、首尾よい舞台を」

つとはなれた。

六段目までは何事もなく進んだ。七段目、一力茶屋の場が、この芝居における三すじの唯一の出場である。見立て遊びの場面ではせりふもある。袖にひっこんでから、三すじは田之助のおかると我童の大星由良之助のからみを見ていた。

田之助のおかるは美しいが、何か物足りないと、三すじも感じる。田之助に内在する力が、おかるという役を踏み越えてからまわりする。それを押さえて役の中に手足をちぢめようとする。

突然、喚声《かんせい》があがった。

鳶口《とびぐち》をかざした男たちが、木戸口から土間になだれこんできた。

百人あまりもいるようにみえ、見物は総立ちになって、花道や舞台に逃げ場を求める。

三すじは舞台にとび出して、おかるの手をひいた。

だれもが楽屋口から外に逃げようと押しあいになる。楽屋口の外も、鳶の者で固められていた。だれかれなしに、鳶口の鋭い刃先が打ち下ろされる。表も裏もふさがれ、小屋の中のものは逃げ道を失った。

三すじは田之助をかばい、とっさの判断で衣裳蔵に逃げこんだ。作者部屋と並ぶ角部屋である。

壁いっぱいに作られた棚が格子窓をふさぎ、薄暗い。棚を埋めた蔵衣裳は、色彩は闇に塗りつぶされ、しみついた役者たちの体臭が濃厚にこもっている。

板戸に、三すじは心張棒《しんばりぼう》をかった。怒号や悲鳴がすぐ耳もとにあるようにきこえ、遠のき、また寄せてくる。戸をこじ開けてまで乱入する者はいない。

密閉された狭い空間に、田之助と二人きりなのだと、三すじは意識する。

田之助はしどけなく横座りになり、考えごとにふけっているようにも、無心に茫《ぼう》っとしているようにもみえる。

三すじは、ひっそりと、自分の存在を消す。これまでも、三すじは、田之助の前では、姿のないもの、目には見えない便利な手、のようなものであった。田之助に命じられる前に、必要なこと、田之助が望んでいることを、ととのえた。と言っても、ほんの身のまわりの世話にかぎられてはいたが。田之助が三すじに気づくのは、とりあわせの悪い履物を揃えたとか、帯の締めぐあいが気にいらないとか――そんなことはめったになかったけれど――そういうときであった。

まるで気にとめなくていい相手だから、田之助は三すじをいつも傍においている。彼は、そう心得ている。彼が自分を主張しはじめたら、田之助は、あっけにとられ、それから彼をうとんじるだろう。

四歳の田之助の楽屋入りを目にしたときから、目眩《めくら》ましにあったように、魅せられつづけてきた。

二十四、というおのれの齢《よわい》を、あらためて思う。このまま、田之助の影として朽ちるのか。

田之助のかかわり知らぬところで、彼は、田之助という病いに侵されていた。ようやく、それに気づく。

病いであれば、癒えることもあろう。別の世界に踏み出ていくことも……しかし、田之助を欠いた世界は、あまりに索漠《さくばく》と感じられる。

二十四。女房をもらう算段をしてもよい年なのだ。

彼はまだ、鈥次郎とともに田之助の家に住みこんでいた。田之助の次姉も妹もそれぞれ嫁いで家を出たが、訥升が妻をむかえ赤ん坊ができたので、あいかわらず家のなかはにぎやかだ。もっとも、妻子がいるからといって、訥升の吉原通い、女遊びはおさまったわけではなかったが。

気がつくと、喧騒《けんそう》の音は絶えていた。

鳶の者たちがひきあげた後の小屋のなかは、鳴神《なるかみ》が荒れ狂ったかのようであった。

火事とあれば破壊消防にあたる火消したちである。打ちこわしは手なれている。舞台の大道具、花道、桟敷、ことごとく毀《こわ》され、そのあいだに、留場《とめば》や裏方、表方、小屋に働くものたちが、頭を割られ、肩口を裂かれ、呻《うめ》いていた。見物衆には鳶も手加減したとみえ、ひどい手傷を負わせはしなかったが、高桟敷から落ちたり、転んだ上を逃げまどう人に踏みつけられて骨折したり、思いもかけぬ災難にあった客はかなりいた。

座元の中村勘三郎《かんざぶろう》が帳元《ちょうもと》ともども駆けつけた。勘三郎を激怒させたのは、櫓《やぐら》が破壊されたことであった。

〝櫓〟は、本来は、弓矢をおさめる〝矢倉〟から出た言葉である。芝居小屋にあっては、屋根の正面にあげられた九尺四方の囲いで、座元の紋を染めだした櫓幕をひき、ここで太鼓を打って興行のあることを知らせる。櫓が大切なのは、これが、公に興行を許されているしるしとなるからであった。ましで、中村座は、猿若《さるわか》三座のなかでも由緒を誇る小屋である。初代中村勘三郎は、はじめ猿若勘三郎と名のり、江戸中橋《なかばし》に猿若座をひらき、これが江戸歌舞伎の発祥といわれる。

由緒はあるが、経営はゆきづまっていた。それゆえ、なおのこと、火消人足《ひけしにんそく》に馬鹿にされたと腹をたてたのだろう。さっそく奉行所に訴えた。

非はたしかに新門の方にあるのだが、新門辰五郎は、上野大慈院《だいじいん》の覚王院義寛《ぎかん》に目をかけられ、一ツ橋《ひとつばし》慶喜《よしのぶ》のもとに出入りする、江戸きっての顔役である。その子分が、新門の身内と名のったにもかかわらず木戸をつかれたとあれば、子分が腹を立てるのも当然だ。しかも、酔っているのだからと大目に見るどころか、寄ってたかって打擲《ちょうちゃく》したというではないか。

報復におしかけたのは、辰五郎のあずかり知らぬところであった。しかし、談合する前にいきなり奉行所に訴え、子分を召し捕らせた。新門の顔をつぶされた、と、辰五郎の方でも、こじれた。

新門一家と芝居町のあいだに遺恨が生じては厄介なことになると、江戸中の顔役たちが仲裁に入ろうとした。

魚河岸《うおがし》、新場、江戸橋、四日市、日本橋、五ヶ町、小網町、小舟町、南北新堀、新川、大川端《おおかわばた》、築地、鉄砲洲、佃島《つくだじま》、芝浦、金杉浦、高輪《たかなわ》、車町、東西両国《りょうごく》、柳橋船持、大代地、浅草、小《こ》揚組《あげぐみ》屋敷、聖天町《しょうでんちょう》、山の宿、田原町、馬道、それぞれの土地で親分と立てられる達衆《たてしゅ》が和解をとりはからったが、中村座側はことに強硬で、「このように打ちこわされ興行もなりませぬ。どのように口をきいていただこうと、金銭ずくや顔ずくでは、ひき下がるわけにはいきませぬ」と、辰五郎に土下座せよといわんばかりの口上でつっぱねた。

騒ぎのもとになった中村座の木戸番は、打ちこわしの直後、江戸を逃げだして行方知れなくなり、あとに女房と子供三人が残されていた。

事がおさまったのは、箔屋町《はこやちょう》の、道中師の元締《もとじめ》、相模屋《さがみや》政五郎《まさごろう》、通称相政《あいまさ》が、仲裁に立ったからである。

大名の下国に際し必要な人足をとり揃えるのが、道中師である。子分の〝小差し〟が、人足を宰領して、その取締りから、賃銭宿泊料などいっさいの支払いをし、道中に屯《たむろ》する宿人足や土地の顔役などに渡り銭をやり、いざこざの起こらぬようにする。更に、人足の食事も、道中師配下の〝下馬《したうま》〟が、つき添って世話をする。

それゆえ、道中師は各大名とつきあいがあり、ことに、相政は、山内容堂《やまうちようどう》に気にいられ、じきじきに話をかわす仲であった。

そのくらいだから、江戸の達衆にも顔がきく。

和解の手打式《てうちしき》は、達衆の見栄と役者の見栄、そうしてこれを芝居景気を盛りあげる手段《てだて》にしようという座方《ざかた》のもくろみも加わって、とほうもなく盛大なものになった。

座方、役者たち、新門の子分、仲裁に口をきいた各所の達衆とその子分、あわせて千人あまりが集結することになり、これだけの人数をいれる家はないので、場所は四日市の広場とさだめられた。

まず、小屋と櫓の修復を大道具師長谷川勘兵衛が請け負っていそぎ、その費用は新門がいっさい負担すると決めた。

返り初日を明日にひかえた四月十日、八ツを合図に、総勢千人余が集まった。

北の方《かた》に新門辰五郎とその子分数百人、南の方に中村座座元中村勘三郎と、帳元、座方一同。中村座出勤の役者たち、座頭の亀蔵を筆頭に、彦三郎、我童、訥升、田之助、その他大部屋のはしばしまで居並ぶ。三すじはそのなかにいた。役者たちのうしろに、座付の茶屋方が並ぶ。

仲裁に奔走した達衆は子分をしたがえ東西にわかれた。

花どき、酔い心地の群衆が、物見高く手打ちの儀式をとりまいた。

江戸の人気勢力を新門辰五郎と二分する相模屋政五郎は、泰然と中央に進み、口上をのべる。

押さえた声だが、儀式の中央に立った貫禄《かんろく》は千両役者を凌いだ。そう感じたのは、三すじばかりではないようだった。めったに他人に感服せぬ田之助の目にも、三すじは讃嘆と憧憬《どうけい》の色をみた。

相政が音頭をとり、和解の手締めの音がひびいた。

相政の左手は小指が欠けている。そのいきさつは相政の豪気を語るものとして知れわたっており、三すじもだれから聞かされたともなく、知っていた。

この年五十四の相政がまだ三十そこそこの血気ざかりのころ、松平筑後守《ちくごのかみ》の屋敷に呼ばれた。

宴席で、酩酊《めいてい》した筑後守の息子新弥に遊芸を披露するよう強要され、政五郎は、たしなみがないからと辞退した。

新弥は、平伏している政五郎の顎を足先で持ち上げ、侮辱した上、芸がなければ罰盃を干せと命じた。政五郎は、大盃を飲み干した上、腰刀で左の小指を切り落とし、盃洗に投じ、「男子の生血《せいけつ》注ぎ入れしこの盃洗にてあらためし盃、若殿受け給え」と、血の池に小指の浮かぶ盃洗と大盃をさし出し、新弥を蒼白《そうはく》にさせたという。

三すじは、その話には嫌悪を感じた。酔える流血と酔えぬ流血がある。ただ、相手を慴伏《しょうふく》させるためだけの居丈高《いたけだか》な自傷には、彼を酔わせる美しさが欠けていた。酔える美しい流血には、何がしかの哀れさが必要なのであった。

やがて、人々は散った。広場の土埃《つちぼこり》を風がまきあげた。

＊

今戸の小料理屋〈大七〉の座敷は、大川に面している。捲《ま》きあげた簾《すだれ》の向うに、夕涼みにくり出した屋根舟、屋形舟がおびただしい。そのあいだを、冷水、冷麦《ひやむぎ》、冷《ひや》し瓜《うり》、蕎麦《そば》切《き》りはいらんかと、物売りの小舟がすばしこく漕《こ》ぎまわる。

座敷の床柱を背にあぐらをかくのは、相模屋政五郎で、その傍に、酒席にはふさわしくない十三、四の少女が、少し恥ずかしそうに伏目がちに坐っている。

わたしの娘のお貞《てい》だ、と相政は田之助にひきあわせた。

三すじと釻次郎が田之助に付き添ってきたのだが、釻次郎は座敷には入らず、玄関脇の伴待《ともま》ちの部屋で、別に酒をふるまわれている。

「太夫の舞台を何度か見せてもらった」

騒ぎの仲裁をしてくれた相政に、座元がいつでもお好きなときに桟敷をお申しつけくださいと言い、政五郎が女子供を連れて見物に来たのを、三すじも知っている。もちろん桟敷代はとらない。

「これが、太夫に会いたいとだだをこねてな」

相政は、お貞には目がないようであった。

お貞は、渋い男前の父親には似ぬお多福顔で、目も鼻も口もちんまりと小さい。器量よしとはいえないが愛らしかった。

娘のために、相政は一席もうけ、田之助を招《よ》んだのであった。

「お嬢さまに酒をおすすめするわけにはまいりませんね」

田之助は愛想よく笑顔をむける。

商売用のうつろな笑顔だと、三すじにはわかる。何の感情もこもっていない。お貞が夢見心地なのも、三すじにはよく見える。

田之助が相政の方にむきなおり、「お流れを」と盃を出したとき、三すじには、更に、見えてしまった。

田之助の表情は、このときは、うつろではなかった。

むりもないのかもしれない。盛大な手打式の中心に立った相政は、だれもが惚れ惚れする男振りであり、貫禄であった。

役者は人を蕩《とろ》かすのが商売だけれど、どんな役者にも持ちようのない〝力〟が、相政にはみなぎっていた。

——そうして、田之助には父親がいないのだ……。

三すじ自身も父親は持たぬ。しかし、彼はよりかかる大樹を持たぬことに慣れていたし、それを今さら求めもせぬ年になっていた。〝父〟と〝男〟を兼ねそなえた相政に、田之助が、烈《はげ》しく惹《ひ》かれているのが、三すじには明らかだ。

しかも、田之助は、他の贔屓客に対したときのような、甘やかな濃艶《のうえん》な色気を、相政の目からはむしろかくそうとしているふうだった。

田之助が意識してそのようにふるまっているのかどうか、三すじには、そこまではわからなかった。田之助の無意識な自衛ではあるまいか、そう三すじは思う。色で誘えば、相政は、手厳しくはねつけ、二度と田之助をよせつけないのではあるまいか。そう思わせる雰囲気を、相政は持っていた。

「おそくなりまして」

芸者が二人入ってきた。一人は柳橋の珊瑚珠おかつ、もう一人はこれも柳橋の大幸《だいこう》、ともに田之助のなじみである。おかつは、楽屋に入り浸りだから三すじもよく知っている。大幸もこのごろ、田之助の座敷にはしばしば顔を出す。

おかつと大幸は、みてくれは対照的であった。おかつは痩《や》せ形でやや険のある顔立ち、大幸は大柄で物腰もゆったりしている。

どちらも美貌の点では甲乙をつけがたい上に、十分にお化粧《つくり》して、揃って入ってきたのだから、座敷が華やいだ。

「親分さん、お招きにあずかって、ありがとうございます」

「かけつけで、お流れいただかせてくださいな」

「おや、かわいいお嬢さん。まあ、親分さんの。まるで京人形じゃありませんか」

二人とも、競ってお追従《ついしょう》を言い、相政の前で田之助にまつわりつくようなまねをしないだけの心得はあった。

ほどよく酒がまわったところで、相政は田之助に何か端唄《はうた》でもと所望し、大幸とおかつは三味線をかまえた。

田之助は気軽に〝硯《すずり》ひき寄せ書く文《ふみ》の、逢《あ》いたいが色、見たいが病い、恋し恋しが癪《しゃく》となり……〟とくちずさみ、そのあと、大幸の手から三味線をとった。おかつの額に、癇癪《かんしゃく》の筋がぴりりと立って、消えた。

「太夫の三味《いと》で、お貞、何か踊りでも披露するか。だいぶ手があがったのだろう」

「身にあまる面目でございますよ」

田之助は如才ない。

「お嬢さまの踊りに合わさせていただけますのは」

お貞はいま、雲を踏むような心地なのだろうと、三すじはほほえましい。

少しはにかんだが、思いのほか悪びれず、お貞は帯のあいだから扇子をぬいて、膝前におき、

「太夫さん、お願いします」

と、行儀よく頭をさげた。

「お手をおあげになってください。お嬢さまにお手をつかれちゃあ、田之助、身のおきどころに困ります」

こんな殺し文句の一つ一つが、お貞の心にどれほど深く刺さることか。

相政の娘だから、田之太夫が頭を下げるのだということがわかっているのだろうか、この娘《こ》は、などと、三すじは、くつろいだ座敷の気分に浸りながら、よけいなおせっかいめいたことを思う。

くつろいではいるけれど、おかつと大幸の表にはみせない意地のはりあいが、かくし味のわさびか生姜《しょうが》のようだ、などと、おもしろがっていると、隣りの座敷の話し声が、ふいに高くはっきりきこえた。

「それは、何と申しましても」

「隣りに山崎屋がきているようだな」

相政が言った。

「だれに招《よ》ばれたのかな」

「役者仲間で、話せる者といったら、彦三郎だけでございます」と、権十郎の声が、「彦三郎はさすがに識見も高く立派なものでございますが、ほかはどうにも……。役者が世間の方から卑しめられ低くみられるのもいたしかたございません。役者といえども、品性を高く」

「何言ってやんでえ」

田之助が吐き出した。

「てめえだって、女狂いをしていやがるくせに」

相政の前をはばかって、低い声であった。

すぐに、お貞にうつろな笑顔をむけ、三味線に撥《ばち》をあてた。

隣りに客がいると気づいたのだろう、権十郎の声は低くなった。

相政はやがて、「太夫はゆっくり遊んでいってくれ」と厚い祝儀袋を渡し、名残り惜しそうなお貞を伴って、座敷を立った。

隣りでも、客は出てゆく気配だ。権十郎も見送りに立ったようだ。

おかつと大幸は競って田之助に盃をさそうとしたが、田之助は邪険にその手を払いのけた。

権十郎の足音がもどってきて、座敷に入った。

田之助は、廊下に出て行く。手水《ちょうず》かなと三すじが開け放した襖から廊下をのぞくと、田之助は、隣りの部屋の襖をひきあけ、踏みこんだ。三すじはいそいで後を追った。

権十郎は、男衆といっしょだった。

手に、いまの客からもらったらしい紙入れを持っている。紺地に白の荒磯模様だ。

畳の上には、食べ残しの膳部がまだおかれたままだった。

「おう、いい肴《さかな》をもらったじゃねえか」

田之助は、権十郎の手から紙入れをひったくった。

小皿の醤油《しょうゆ》に漬け、

「けっこうな刺身だ。さあ、食いねえな」

権十郎の口にねじこむ。

男衆が、抱きとめようとするのを、

「さわるな」

田之助は一喝した。

「おれに指一本でも触れてみろ。その腕、へし折ってやるからな」

「三すじさん、とめてくださいよ」

男衆は、おろおろ頼む。相手が立者では、男衆としては、力ずくでとめるのもためらわれるのだ。

権十郎の口のまわりは醤油だらけになった。

「てめえ、言いたいことを言いやがって。てめえばかりが高尚面《こうしょうづら》しやがって。てめえ、舞台で、切られ役の下廻りの睾丸を槍《やり》でつついて嬉しがっていたってえじゃあないか。下廻りが嘆いていたってよ。つつかせろ、つつかせなけりゃあ舞台はつとめねえと言うんで困り果てたとよ。品性とやらのお高いことだ。てめえ、坂彦《ばんひこ》（彦三郎）の兄さんと肩を並べられる気か。ほかの役者は十把《じっぱ》ひとからげみてえに言いやがるが、おまえのせりふはどうだ。長ったらしくひっぱるから、幕がのびて、みんな往生していらあ」

敷居ぎわには、大幸とおかつが気をのまれて立ちすくんでいる。騒ぎを知って鈗次郎が伴待ちからかけつけ、男衆とにらみあった。

田之助の見幕に、権十郎は青ざめて、

「あやまる」と言ったが、その後に小声で、うるせえな、とつけ加えた。田之助の耳には入らなかったようだ。

権十郎の〝あやまる〟の一言で田之助はきげんがなおったようで、

「さあ飲みなおしだ」と、座敷にひきあげた。

「おう、権ちゃん、おまえもこっちにくるか」

権十郎はおかつと目をあわせた。おかつは目をそらせ、田之助にしたがった。

＊

明けて文久《ぶんきゅう》三年、羽左衛門は家橘《かきつ》と改名した。市村座の経営がゆきづまったため、弟の竹松に〝羽左衛門〟を名乗らせ座元にすえ、自分は自由な軀《からだ》となって他座にも出勤し身上《しんしょう》（給金）を稼ぐことにしたのである。座元の地位についていては、他座出勤がゆるされないのであった。

森田座は安政五年、守田座と改称していた。火事の火元となったり、災難つづきで、経営も思わしくないところから、縁起をかついだのである。座元もしたがって、守田勘弥と字を変えた。その十一代目守田勘弥が歿《ぼっ》したのが、この文久三年の十一月であった。養子の勘次郎が跡を継ぎ、十二代目守田勘弥を名のった。

守田座の経営の重責を背負った新・守田勘弥は、田之助より一つ年下の十八歳である。

実父に、いろはの次に借金証文に必要な字を習わされたという噂を、三すじもきいていた。芝居師にもっとも大切なのは、他人のかねを借りることと、役者をうまく使うこと、と実父に叩きこまれたという。実父の中村翫左衛門《かんざえもん》は、市村座の帳元を長らくつとめていた。後に、市村座を追われて、森田座の頭取《とうどり》となり、三津五郎《みつごろう》の名で舞台にも立っていた十一代目勘弥より、実務にははるかに長《た》けていた。翫左衛門は、十一代目勘弥に先立って歿したが、息子の勘次郎が十二代目を継ぐことを確約してあったのだという。

三すじは、あいかわらず傍観者であった。狭い芝居町のなかのことだ、翫左衛門も勘次郎も、三すじは顔はよく知っていた。

人の生き死に、浮き沈みが、この狭い町のなかで、三すじの目の前に、舞台よりも鮮やかにくりひろげられる。

十二代目守田勘弥は、名目だけの飾りものの座元でいる気はないようだ。

河原崎権之助のところにあいさつに行き、小僧っ子扱いされたが平然としていたそうだ、ありゃあ胆《きも》っ玉《たま》がすわっている、と取沙汰された。

江戸の市中は、ここ数年、急激に治安が悪くなってきていた。異人を追い払えの、開港条約がどうの、という話は、芝居町にひっそり暮らす三すじにはその是非がわかりようもないし関心も薄いが、諸色《しょしき》（物価）の高騰と無頼浪人の横行は、芝居の入りにひびいた。

「三すじ、おまえもいつまでも中通《ちゅうどお》りじゃあるまい。相中《あいちゅう》にしてやろうじゃないか」

田之助が切り出した。いつになく、まともに三すじをみつめて、そう言ったのである。

三すじは即答できなかった。

中通りから相中へ。名題《なだい》昇進を望めぬ名題下《した》にあっては、大きな出世である。

いまのままでいいのです。心のなかで、三すじは答えた。彼の正直な気持であった。

なぜかと訊《き》かれたら、何と答えよう。

だれにでも納得のゆく理由としては、相中になれば暮らしが苦しくなる、ということがあった。

相中になれば、もちろん、身上《しんしょう》は増える。一興行三両はもらえるはずである。

しかし、中通りにいるあいだは、衣裳も鬘《かつら》も、芝居持ち、つまり座方の方で持ってくれる。衣裳蔵に常備してある蔵衣裳でたいがいまにあわせるし、表衣裳といって、勘定場の方で別に金を出し誂《あつら》えてくれることもある。役者は身一つで小屋に行けばすむのだが、相中より上は、衣裳も刀も自分ですべて誂えねばならぬ。名題役者たちも、それで苦労している。衣裳がよければ役もひきたつ。豪華な衣裳をととのえるために、いやな贔屓に愛想笑いもせねばならぬ。その上、相中より上の身分のものは、男衆をつけないわけにはいかない。中通りでいる方がはるかに気楽なのであった。田之助にしたところが、一座の立女形として周囲から立てられ、華麗きわまりない暮らしと傍目《はため》にはみえるけれど、内緒（家計）は楽ではなかった。

しかし、彼がためらったのは、かねのためではなかった。

——わたしは、血が薄い。

彼は、そう感じるようになっていた。

感動し、激し、それに触発されて自らの力で飛翔しようとする熱い血。それが身の内に欠乏しているのではないだろうか。

世のなかは、過剰に血なまぐさかった。

攘夷《じょうい》派浪士が品川の英吉利《イギリス》公使館を焼き討ちしたり、不逞《ふてい》浪士が極刑を受け、生首がさらされたり、辻斬《つじぎり》、掠奪、放火、理由もなく惨殺された骸《むくろ》が路上に放置され、犬がくぼみに溜った血を舐《な》めている。夜、灯火を持たずにひとりで出歩くなという禁令まで出ているほどだ。

もっとも、だからといって日常が恐怖一色というわけではなかった。だれもが、ごくふつうの暮らしを送っているつもりでいるようだった。

地上に流されるおびただしい血。それと、彼の無感動とが、どのように関わりがあるのか。

彼が、ありがとうございます！　と、喜色を浮かべないので、田之助は、たちまち、肉の薄い額に癇癪のすじをたてた。しかし、珍しく、いきなり声を荒げることはせずに、

「なあ、相中になりな」

と、なだめるように言った。

「かねァかからあな。だが、おまえ、わたしのところに来て、これで何年になる。わたしだって、弟子の出世は嬉しいやな」

「ありがとうございます」

三すじは頭をさげた。とりたてて嬉しくはないけれど、断わるほどのことでもない。

「世帯を持つよ」

ふいに田之助は言った。

「太夫が世帯をお持ちなさるんで?」

どうして太夫はこんな淋しそうな顔で言うのだろうといぶかしみながら、三すじは田之助の言葉を鸚鵡《おうむ》返しに口にしていた。

役者新道《やくしゃじんみち》に、田之助は家を借りてひとり立ちした。女房は柳橋の大幸であった。おさちと本名に返り、身のまわりのものを持って、うつってきた。正式の祝言はあげなかった。女形は、女房持つことをおおっぴらにするものじゃないと、田之助が拒んだのである。

男衆の釻次郎と下働きの女が二人。使用人はその三人であった。そのほか、弟子たちがしじゅう出入りし、泊まりこんだりしている。

三すじは、同じ役者新道の、小間物屋《こまものや》の二階に間借りした。

男衆は持たないことにした。相中になりながら男衆無しでは外聞が悪かろうと周囲の者は言ったが、人を使うのは、使われる以上にわずらわしかった。

出世祝いに、大部屋の仲間たち全員に蕎麦をふるまわされた。

「太夫もおかみさんをもらいなすった。おまえもいいかげんで身を固めなよ」

中通りの頭《かしら》などがすすめる。

「食わしてやれませんよ」

「三両も身上をもらって、ぜいたくを言うな」

女遊びは一人前にしている。それで十分だった。世帯を持って、日がな一日傍においておきたいと思うような女にはいきあったためしがなかった。

「あまりに綺麗なものを、身近に見ているからだろう」

芳年はそう言う。

「迦陵頻伽《かりようびんが》、綺羅《きら》錦繍《きんしゆう》だって、毎日見ていたら、羽の抜けた野良鴉《のらがらす》や物乞《ものご》いの襤褸《ぼろ》の方が目新しくて美しく見えるかもしれませんよ」

彼が言い返すと、

「やれ、もったいないことを言う」

芳年は笑った。

芳年は、おそろしく精力的に、芝居絵だの武者絵だのを版行し、江戸の絵師の人気番付で十位にあがった。

しかし、三すじは、芳年に、彼自身に酷似した血の薄さを感じる。理屈にあわぬ奇妙なことだと、自分でも思う。

仕事の量のおびただしさからいったら、芳年は、血が薄いどころではない。その絵も、油がのってきたというふうで、力強い。

それなのに、体軀《たいく》の堂々とした芳年と会って話していると、軀のなかが空洞なのではないか、と、三すじは思うことがあるのだった。妙に淋しそうだ。

——世帯を持つよと言ったとき、田之太夫がみせたあの淋しそうな翳《かげ》は、何だったのだろう……。太夫自身は、気づいていなかったようだ。そんな淋しさを内側にかかえ持っていることに。めっぽう威勢がよくて、我儘で、芸にだけは熱心で。

この年は、田之助は中村座に出勤したが、権十郎もまた、同座したので、楽屋は険悪だった。舞台では、二人の若い花形が、想い想われる役をつとめるのに、楽屋には、いまにも修羅場になりそうな緊迫した空気がみちていた。

田之助の楽屋には、おさちがまといついて世話をやく。ところが、おかつも、いっこうに遠慮せず入りこんできて、それを権十郎の男衆が呼びにくる。権十郎自身は、さすがに、田之助の部屋に踏みこむことはしなかったが、男衆は間《ま》なしにおかつを呼びたてた。

田之助はわずらわしくなると、出場のないときは楽屋にいつかず、外に出てゆく。三すじが伴をすると、守田座の楽屋口に入ってゆくことが多かった。

若い座元守田勘弥は、狂言の立作者に河竹新七を迎え、座頭に小團次を据え、新作を次々に披露している。

田之助は、作者部屋の框《かまち》に手をついて肩をくねらせ、

「よう、師匠、わたしにも書いてくださいよ。よう」と、若い娘がおねだりをするように河竹新七にねだっている。「よう、師匠、よう」

田之助の闘いの一つなのだと、三すじは思った。狂言がおもしろくなければ、役者は、死ぬ。

＊

柳の糸を大川の風がそよがせる。

川面をとぶようにゆきかう廓通《くるわがよ》いの猪牙《ちょき》は、三すじには珍しくもない情景だ。女のくせにだいそれた、切られ切られと言われるも、疵《きず》がなけりゃあ引き眉毛、自前稼ぎか旦那とり、亭主を色に栄耀《えよう》食い……

口調のいいせりふを、三すじはつぶやいている。

軀のなかを快いさざなみが走りぬけるような感覚を、先月打ち上げた田之助の舞台を思い返しながら、三すじはよみがえらせる。

女を抱くときよりも、はるかに濃密な陶酔感であった。

総身の疵《きず》に色恋も、薩埵《さった》峠《とうげ》の崖っぷち、打込む汐《しお》に濡手《ぬれて》で粟《あわ》、金は取ってもたかがゆ

すり、夜盗かっさき屋尻《やじり》切り、まだ盗みを、

「しゃあしねえよ」

思わず声高《こわだか》に見得を切り、苦笑した。川沿いの道に通行人はいない。まさか猪牙の客が見て嗤《わら》いもしないだろう。

――ついに、やったなあ。

田之助が、田之助ならではという役を、手にした。

二十歳。いまこそ花。酣《たけなわ》の田之助に、河竹新七が書き下ろした新作狂言は、十一年前、嘉永《かえい》六年、瀬川如皐《せがわじょこう》が書き下ろした人気狂言『与話情浮名横櫛《よわなさけうきなのよこぐし》』の、切られ与三郎《よさぶろう》を女に書き換えたものであった。

赤間源左衛門の妾《めかけ》お富は、北斗丸という刀を探している浪人井筒与三郎と恋仲になった。それを知った源左衛門はお富をなますに斬《き》りきざみ、蝙蝠安《こうもりやす》に命じて駕籠《かご》ではこんで捨てさせる。

お富の色香に溺れた蝙蝠安はお富を助け、二人で薩埵峠に茶店を出す。そこへ、与三郎が提灯《ちょうちん》の火を借りに寄り、お富と再会する。

与三郎が北斗丸を買いもどす金を工面するため、お富は安と二人で、女郎屋をやっている源左衛門をゆすりに行き、二百両をゆすりとる。帰途、金を奪おうとする安を殺害する。後に、与三郎とは実の兄妹、安は主筋にあたると知り、自害する。

美しい顔に凄惨《せいさん》な傷をつけた田之助は、人の心の奥底にひそむ嗜虐《しぎゃく》の陶酔感をひきず

り出し、めざめさせた。それは、仄暗《ほのぐら》い芝居小屋のなかでのみ、生き生きと息づくことをゆるされる禁断の感覚であった。

弁慶格子《べんけいごうし》に黒繻子《くろじゅす》の衿《えり》、髪は馬のしっぽと呼ばれる下げ髪。粋で自堕落で鉄火。それが、与三郎と再会する場面では、疵痕《きずあと》だらけの凄《すさ》まじい顔をいとおしい男に見られるのを恥じ、「ええ、お恥ずかしうございます」と袖で顔をかくす。このとき、田之助は、淫婦、悍婦《かんぷ》、鉄火の悪女でありながら、しおらしいやさしさ、何ともいえぬ哀しさの性根をあらわし、見物を涙ぐませた。

それが一転して、殺し場になると、出刃庖丁《でばぼうちょう》を安につきつけ、「仮にも亭主にしたそなた、殺すも因果《いんが》殺さるるも因果と思って往生しねえ。そのかわりにゃあ死んだあとで、一本花に線香の、煙りはたえず手向《たむ》けるから、それを土産に金を渡し、七本塔婆《とうば》になってくだせえ」。凄艶《せいえん》な眼、凜《りん》ととおる声で見物を恍惚《こうこつ》とさせた。

大川端を歩きながら、三すじは思い返し、涙がにじむ。陶酔のあまりの涙であった。蝙蝠安に扮した市川九蔵が、また巧みな小悪党ぶりで、田之助の頽《くず》れた美しさをひきたてていた。

——もう、言うこたァねえやな。

血の気の乏しい、感動を忘れた毎日であったのに、その乏しい血のありったけがかきたてられる。

あの若さで、太夫は、一つの頂点をきわめてしまった。いや、のぼりつめたら、下りるほかはない。これから、太夫は更に高みに……。

「ごめんなさいまし」

川沿いに建つしもた家の玄関口で、三すじは声をかけた。

田之助が今戸《いまど》橋場《はしば》に持った妾宅《しょうたく》である。大道具師長谷川勘兵衛の住まいは三軒おいた同じ並びだ。

小女《こおんな》が顔を出した。

「太夫ご到着の先《さ》き触《ぶ》れにまいりました」

ちょっとふざけて、ものものしく告げた。小女の顔が明るんだ。

下は六畳二間、四畳半、五畳の納戸《なんど》、二階は八畳一間という、小体《こてい》な造りである。

たどたどしい三味線の音と、女の笑い声、そうして、「お嬢さん、ちょいと、おさらいを怠けなさいましたね」

小花《こはな》の声だ。

「相政の親分のお嬢さんがみえていなさるようですね」

「お稽古にね」

妾宅を持つのも役者の見栄だが、田之助は、櫓下から落籍《ひ》かせてかこった小花をかわいがってはいた。

おさちもおかつも田之助より年上であり、田之助にはいささかうっとうしいのかもしれない。小花は十七で、すれかげんが、まだ、おさちやおかつほどではなかった。

もっとも、いつ倦《あ》きられ捨てられるか、小花はそのあたりの覚悟はできているのだろうか、などと三すじは思う。

田之助がまだ由次郎と名のっていたころから溺れこみ、襲名にも莫大な金を工面した上野明王院の高僧尚海は、寺の金を使い込んで追放刑を受けた。発狂したとか自殺したとか噂が流れたが、消息は知れない。

贔屓に金を使わせるのは役者の甲斐性《かいしょう》。田之助はそういう世界に生まれ落ち、育ち、他の世界の心得は知らぬ。己《おの》が身一つを壮麗な花と咲かせる以外のことは、思いわずらいもしない。女は、倦きれば捨てる。欲しければ奪う。そういう点では、子供も同然の残酷さであった。それゆえ、三すじは常に一定の距離を田之助とのあいだにおく。若い主《あるじ》が必要とする近さより内には踏み入らぬ。夢のなかでのみ、彼は、若い主の骨のしなやかな軀を抱いた。抱き、そうして、時には抱き殺した。

遠ざけられぬために近づき過ぎないようつとめる悲しい小ざかしさを、田之助もまた、だれに教えられもせぬのに、身につけた。あの傍若無人な太夫が、相政の前では思慕をかくす。身についた手管《てくだ》の数々を、最初《はな》から使おうともしない。想っても受け入れられぬと、本能が感じとったのだ。

「三すじさんかい、おあがりな」

奥から小花が呼びかけた。

奥の座敷で、小花とお貞が向かいあっていた。

「お嬢さん、だいぶ手がおあがりになりましたね」

三すじがみえすいたお世辞をいうと、小花が笑いながら、

「甘やかしてはいけませんよ、三すじさん。このお嬢さんは、お稽古はうわの空、太夫に会いたくて来なさるんだから」

すっぱぬいたが、小花の声に毒はなかった。

お貞が田之助にのぼせあがり、三味線の稽古を口実に小花のもとを訪れるのは、三すじでさえ承知しているけれど、年の端《は》もゆかぬ小娘、役者は女子供に騒がれてこそ冥加《みようが》と、小花も気にかけない。田之助がお貞を子供扱いしていることもわかっている。

本宅のおさちのあしらいは、お貞には居心地のいいものではないらしく、そちらは敬遠して、小花のところにばかり入り浸っている。

のどかな空気であった。本宅は、おさちがどっしりとかさ高く居坐っている。

「太夫は、まもなくこちらにみえますよ。勘兵衛さんのところに、舞台の工夫で寄っていなさいます」

三すじが言うと、お貞は無邪気に、全身で喜びをあらわした。

「どんな工夫をしなさるの？」

大道具師長谷川勘兵衛は、明暦のころから、代々、舞台の仕掛けに工夫をこらしてきた。

初代は江戸日本橋の宮大工だったといわれる。書割《かきわり》や出道具類を請負ったのがはじま

りで、芝居大道具をすべてひきうけるようになった。

二代目のとき、寛文四年、市村座ではじめて、狂言の一切《ひときり》ごとに黒幕をひき大道具を飾ることにした。引幕《ひきまく》のはじまりで、二代目はこの道具立にたずさわり、柴垣《しばがき》や立木などを創案したのだそうだ。

六代目のころには、長谷川は大道具に関しては独占的な勢力を持つに至り、八代目勘兵衛は、二重舞台、道具幕、書割幕、遠見《とおみ》の打返しなどを発達させ、上方《かみがた》の狂言作者並《なみ》木正三《きしょうぞう》の工夫をとりいれ、宝暦十二年三月、市村座で、江戸ではじめての廻り舞台を完成させた。

そうして、十一代目は、蛇《じゃ》の目《め》返《かえ》しやら、土間の引割、三重や五重の塔のセリなどを工夫し、ことに、南北《なんぼく》の怪談物を、みごとなからくり仕掛けで効果をあげさせた。『四谷怪談』の戸板返しだの提灯抜け、仏壇返しなど、みな、十一代目の創意であった。

いまの十三代目勘兵衛は、それほど華々しい業績はあげていないが、息子の忠吉──田之助と幼なじみの──は、大道具の工夫にかけては、先祖の名を辱《は》ずかしめない。

だから、お貞はわくわくしてたずね、小花も身をのりだしたのだが、

「いえ、今度は、仕掛けものじゃないんで。太夫は『金閣寺《きんかくじ》』の雪姫をつとめなさるんですが、舞台に所作《しょさ》舞台をおいてくれと言いなさるんですよ。その方が、縛られての芝居がやりやすいし見栄《みば》えがすると言いなさる」

「そりゃあそうだわねえ」

お貞は、たわいなく感心する。

「所作舞台の方がきれいだものねえ。さすがに太夫はよいところに目をつけなさるよ」

「しかし、勘兵衛さんは往生ですよ。舞台は高さが一丈一尺、そこに金閣寺を飾りますでしょう。もう、いっぱいなのですよ。所作舞台をおいたら、そのために四寸、とられてしまいます。一丈六寸のあいだに金閣寺を飾るのは、丈がつまって苦しうござんすよ。それで坂彦《ばんひこ》さんやら仁左《にざ》さんやら、太夫元やら、皆で、『昔の偉い役者でも金閣寺に所作舞台はおかなかった。それが定法《じょうほう》というものだ』となだめなさったんですが、何しろ太夫はあの気性で」

「言いだしたら、あとにはひきなさらないものね」

小花が笑った。てこずったおぼえがあるのだろう。

「ことに、芝居のこととなりましたら、もう、てこさい退《の》くこっちゃござんせん。ご承知のとおり、気の短いのも人一倍。『昔の役者は偉かったろうが、わたしは偉くないから頼むのだ』と怒ってききなさらない。勘兵衛さんじゃあ埒《らち》があかないとみて、息子の忠吉さん――ほれ、太夫とは子供のじぶんからの遊び仲間で気心が知れていましょう、その忠吉さんに、『よう、忠さん』と、いつものあの口調ですよ。『よう、忠さん、頼まあな。おまえの親父は頭が固くて古くてだめだ。おまえ何とか苦しんでくんねえな』とくどいていなさいました。今日も、その談合で」

二人の無邪気な女を前に、三すじも、いつになく口が軽くなる。

河竹新七をくどき落とした結果が、切られお富の大成功だった。自分を舞台で最高にひきたたせるすべを、田之助は心得、さらに工夫をこらしている。つややかな所作舞台においてこそ、たしかに、雪姫は映えるだろう。豪奢な赤姫の衣裳、うしろ手に縛りあげられ、桜の花びらが散りかかる。素足の先で花びらをかき寄せ、ねずみの絵を描く。

——所作舞台なら、足指の動きもなめらかに美しい。

「太夫さんですよ」

お貞が、腰を浮かした。そのとき、田之助のきげんのよい声がした。

「お嬢さんの耳ざといこと」

小花は笑ったが、その声にほんの少し嫉《ねた》ましさが混った。

Ⅳ

女二人の罵《ののし》りあう声は、三すじのいる大部屋にもきこえた。

またはじまったよ、と、中通《ちゅうどお》り相中《あいちゅう》たちは嗤《わら》う。

「三すじさん、いいのかい、放っておいて」

珊瑚珠《さんごじゅ》おかつが、近頃、おおっぴらに田之助の傍にまつわりつくようになった。それも、ひどく自信ありげなので、田之助が何か弱みを握られたかと、楽屋雀《がくやすずめ》は取沙汰《とりざた》する。

大幸《だいこう》が本名のおさちに返り、眉を落とし、田之助の女房として家に居坐《いすわ》っているのだが、おかつはそれを無視して、楽屋で女房きどりだ。そこにおさちが来あわせれば、烈《はげ》しい口喧嘩になるのは当然で、〝泥棒猫〟だの、〝甲斐性《かいしょう》なしだから奪《と》られるのさ〟だの、月並みな悪口雑言の応酬がとめどない。

「なまじ途中で仲裁に入っても、騒ぎが大きくなるばかりなんですよ。お二人さんが疲れきったころあいを見はからいませんとね」

「悪態も、もうちょいと粋に俠《きゃん》にやってほしいやね。あれじゃあ泥のなすくりあい、太夫もさぞかしやりきれないことだろう。やつれなさったじゃないか」

「やつれなさったのは、芝居の工夫のためですよ」

「紀伊國屋の太夫ともあろうお人が、女の押さえもきかないのかえ。女だろうが坊主だろうが、十人二十人、手玉にとる凄腕《すごうで》はどうしなさったのさ」

「なに、太夫は作者部屋で、二葉町の師匠（河竹新七）と話しこんでいなさいます」

去年、河竹新七が田之助のために書き下ろした新作『切られお富』の大成功に気をよくして、守田座の若い座元勘弥は、今年も河竹新七と田之助で座組《ざぐみ》をし、新七に田之助にあてた新作を書かせた。

目下興行中の『魁駒松梅桜曙黴《いちばんのりめいきのさしもの》』は滝沢馬琴の読本《よみほん》『皿々郷談《べいべいきょうだん》』を新しく芝居に仕組んだもので、継子《ままこ》いじめの話である。

継母片《かた》もいが、実の娘の紅皿《べにざら》ばかりをかわいがり、先妻の娘の欠皿《かけざら》を責め折檻《せっかん》する。田之助は、いじめ抜かれる継娘《ままこ》の欠皿に扮《ふん》するのだが、新七は、ここでも田之助の凄《せい》艶《えん》な魅力をひき出すのに成功していた。

「ちょいと、修羅場になったようだよ、三すじさん」

悲鳴をあげているのは、おかつだ。おさちが髪をつかんでねじ伏せたか、なぐりつけたかしたのだろう。

おかつがこのところ急に強腰になったのは、田之助の子を妊《みごも》ったからだ。三すじはおかつからそのことをきかされているが、だれにも口外したことはない。田之助は、権《ごん》ちゃんの子か己《おい》らの子か知れたもんじゃない、と、相手にしないふうだ。田之助でも、女を抱けば子ができる。それが三すじには奇妙に感じられる。女を心底から愛することのない田之助である。躯《からだ》が求めるから女を抱くけれど、田之助がしみ真実いとしく思うのは、己《おの》れ一人――いや、それでさえ、怪しいものだ。己れ自身をさえ、どこまでいとおしんでいるのか。

相政《あいまさ》に惚《ほ》れている。惚れてはいるけれど、心中立てはすまい。うつろな花だ。そのうつろに芝居の役の精がみちたとき、田之助は耀《かがや》き初める。三すじは、そんなふうに理屈だててみる。しかし、じきに、そう理詰めなことを考えるのも馬鹿らしくなる。田之太夫が何者であろうと、あたしはかまやしないのさ。

泣き叫びながら、おかつが梯子《はしご》を走り下りてゆく気配だ。

三すじは腰をあげた。

田之助の楽屋をのぞくと、おさちが、ゆたかな肉《しし》おきの躯を田之助の化粧鏡の前に据え、立膝で煙管《きせる》に刻みを詰めていた。思うさま罵り、手まで出して、おさちの方は胸がすかっとしているのだろう。喧嘩のあとにしてはきげんのいい顔で、「女狐《めぎつね》ァ追んだしたよ」とうそぶいた。「あいつ、二言めには、太夫の嬰児《やや》をみごもったと言いたてやがるが、三すじさん、あいつの腹ァ蹴とばして、堕《お》ろしちまっておくれなね。うっとうしくてならないよ」

三すじは階下におりた。娘衣裳に頭は羽《は》二重《ぶたえ》をつけただけの田之助は、作者部屋の框《かまち》に手をついてしゃがみこみ、書き抜きを手に新七と向かいあっている。作者部屋に役者があがりこむことは許されない。おかつはその傍で泣きじゃくっていた。

新七の机の上には、筆や正本《しょうほん》（台本）のほかに好物の勝栗《かちぐり》と胃薬の金生丸《きんしょうがん》がのっている。酒も煙草もたしなまず、食事も少食で節制している新七だが、栗には目がなく、本を読んだり書きものをするあいだも、つい食べすぎて胃をこわすので、栗があるあいだは金生丸を手ばなせないのだそうだ。

若いころは痩《や》せぎすで、すらりと姿がよく、猪牙《ちょき》舟《ぶね》と渾名《あだな》され、緋《ひ》縮緬《ちりめん》の襦袢《じゅばん》に玉虫色の丹後《たんご》縞《じま》の着流しといったきざな装《なり》もしたというが、四十を過ぎてから急に肥《ふと》りはじめた。

五十になった新七は、いつも眉根を寄せ、結んだ口もとの角が気むずかしく下がり、無口でとっつきが悪い。ちょっと見たところは、田舎の朴訥《ぼくとつ》でがんこな爺さんというふうで、彼の書き下ろす狂言の粋で洒脱《しゃだつ》で艶《つや》っぽいのとは、まるで裏腹であった。耳たぶだけが異様にふっくらと大きく丸みを帯びている。

去年七月大評判をとった『切られお富』につづき、十月にも新七は田之助のために『身光於竹功《みのひかりおたけのいさおし》』を書き下ろし、これもまたたいそう評判がよく、田之助の人気もいっそうあがった。そうして、いま興行中の『魁駒松梅桜曙微《いちばんのりめいきのさしもの》』もまた、田之助の魅力を十分にひき出しているので、田之助の新七に対する信頼はいよいよ厚い。

「うるせえな。いま、大事の話だ」

泣きながら田之助の腰にむしゃぶりついて何か訴えるおかつを、田之助は突きはなした。

「太夫……」

「うるさいよ」

「ちきしょう、死んでやるゥ」

歯ぎしりするような捨てぜりふで、おかつは舞台裏の方に走りだした。

新七に、目顔でうながされ、三すじはおかつの後を追った。

舞台裏の大道具が置いてある薄暗がりに、おかつは駆けこんだ。腰紐《こしひも》を解き輪に結ぶと踏み台にのぼって、手近な松の枝にかけた。もちろん、作りものの松である。

わたしが追ってきたのを承知の上で、狂言自殺をやらかすつもりか。小面憎《こづらにく》い。ちったァ苦しい思いをするがいいや。それから、助けてやらあ。

おそろしく意地の悪い思いが、彼の心に生じた。田之助の子を宿したというおかつに、彼はどうしてもやさしい気持になれない。

彼の足は、瞬時、止まった。それに続く短いあいだ、彼は思考が停止したもののようだった。おかつが腰紐の輪に首を入れるのが眼にうつりながら、頭のなかが空白だった。だが、おかつが踏台を蹴った瞬間、我に返り、走り寄った。おかつの足に抱きついてささえた。踏み台を足でひき寄せ、おかつの足をその上に立たせた。おかつは半ば失神したように軀の重みを彼にあずける。よろけながら、苦労して腰紐をおかつの首からはずし、二人で床に倒れこんだ。

おかつは目は開けているが、黒眸《くろめ》があがって白くなっている。

大騒ぎして人を呼びたてるのはよくないと判断し、三すじはおかつを膝に抱き上げ、頬を叩いた。正気づいたおかつは、三すじにしがみついて泣きだした。鳥肌のたつ思いがしたが、

「姐《ねえ》さん、落ちついてくださいよ。水でも持ってきましょうか」

「やさしいねえ、三すじさんは。ねえ、聞いておくれよ。ひどいったらない。こんな踏みつけにされたのでは、わたしは生きる瀬がないよ」

「話なら聞きますが、まもなく幕が開く。ここではちょいと……。わたしはしばらくは出がございませんから、半刻《はんとき》ほどならお相手いたしますが」

「それじゃあ、茶屋の座敷でも借りようか」

楽屋口を出て、向かいの茶屋に入り、一間に落ちつくと、おかつはあらためて、「口惜《く》《や》しくてならないよ」と泣いた。

「太夫まで、山崎屋の子だろうなどと言いなさるんだから。わたしは太夫に心中立てをして、権さまは不首尾になりました。再々呼び出しは受けても、権さんの座敷には出ないようにしているんだよ。それを……」

「そうですかい」と三すじはあいづちを打っていたが、心の中に湧きおこる残酷な想念

を、どうしても消せなかった。

腹の子など、流れるがいい。流れるがいい。

女の腹に宿っているいのちが、三すじには、不気味であった。

「エエ何だ、人が異見《いけん》を言っているに、空耳《そらみみ》を走らしやがって。よく耳を明けて聞きやァがれ。見れば見るほど、面の憎い奴だなァ」

関三十郎の継母片もいは、憎々しく、乱れ髪となった欠皿のたぶさをつかみ、ひきずりまわし、煙管で打ち叩く。

見物のあいだから、ひでえ婆だ、くたばりやがれ、と罵声《ばせい》がとび、若い娘は田之太夫《たのだゆう》が哀れだと涙ぐむ。

縛られたまま逃げようとする欠皿を、縄尻《なわじり》とった下郎《げろう》の脚平《すねへい》がひきもどす。

「これ、脚平、このままでは埒《らち》があかぬ。その松の枝に吊《つる》しあげてくりゃ」

片もいに命じられ、脚平は、綱を松の枝にかけ、欠皿を吊し上げ、綱の端を幹に結《ゆわ》えつける。

三すじは袖にいる。おかつは繰《く》り言《ごと》を三すじにぶちまけ、いくらか気が晴れたように帰っていった後であった。

仕掛けはなくて本当に吊し上げるのだから、ずいぶん苦しいにちがいない。しかし、田之助はなまの苦痛の顔を見せず、芝居の型にしている。

「どれ、これからはこの母が、継子の折檻《せっかん》してくりょう」

片もいは脚平の手から割竹《わりだけ》をとり、吊された欠皿を打ち叩く。

身もだえながら欠皿が、

「あまりといえば、情ない」

「ムム、情ないとはこの母を、そちゃ邪険だというのだな」

「何のそうではござりませねど」

「いや、そうだ、そうだ。誠の人にしてやろうと、折檻なすも親の慈悲。それをそうとも思わずに、おれを邪険というからは、邪険の折檻せにゃおかぬ」

「どうぞ此《こ》の身はない命、お腹の癒《い》ゆるよう、どうなりと」

哀切な声を田之助はふりしぼり、

「親を親とも思わずに、どうともせいとはふてがって。うぬ、どうしたら腹が癒えよう」

関三十郎の片もいが割竹をふりあげたとき、田之助を吊した松の枝が折れ、田之助は墜ちた。

「幕だ！」思わず三すじは叫ぼうとしたが、田之助は床に倒れたまま、屹《きっ》と片もいをふり仰ぎ、

「早《はよ》う殺してくださりませいなァ」

と、芝居をつづけた。

「何だ、おれをにらみやがって。コレ、親をにらむと藪《やぶ》にら目になるぞ」

本釣鐘が鳴り、

「もはや、夜明けにほど近し。隣り近所の起きぬうち、雑物蔵《ぞうもつぐら》へ」と片もいは脚平に命じる。

「心得ました」

脚平は綱を肩にかけ、

「これ、きりきりと、失《う》しゃあがれ」

と、欠皿をひったてようとする。

田之助はこのとき、はじめて、なまの呻《うめ》き声をあげた。

〽燈火《ともしび》もなき雑蔵《ぞうぐら》の、黒闇地獄へ獄卒に、引かれ引かれて。

とチョボにのって、脚平にひったてられる欠皿が、片もいを恨みのこもった目で見上げ、片もいはにったりと笑い、本釣鐘、風の音三重にて、この場は幕となる。

脚平の役者の肩にもたれて足をひきずりながら袖に入ってきた田之助は、床に坐りこみ、足を投げ出し、

「痛え、痛え」

と地の声になった。

落ちたはずみに鎹《かすがい》にでもひっかけたのか、右脚の踵《かかと》が血を噴いている。

大道具方をまっ先に、頭取《とうどり》だの奥役だの、皆が駆け集まってきた。なかにおさちと釻《かん》

次郎《じろう》もいた。

「すんません、とんだ粗相をいたしやした」

大道具方は青ざめ、床に這《は》うようにして頭をすりつけた。

「早く、だれか医者を」

おさちが叫びたてている。

三すじは楽屋に行き、血止めにする紅絹《もみ》の布を探した。傷口を洗うのに焼酎《しょうちゅう》がいる。稲荷町に徳利《とっくり》の一本二本ころがっていないかとのぞこうとすると、鈥次郎が稲荷町の部屋から出てきた。彼と同じことをとっさに思いつき、袖からとってかえしてきたものらしい。徳利を持っていた。

袖にもどると、おさちが、わたしがやるというふうに手を出したが、鈥次郎も彼も無視した。鈥次郎は焼酎で傷口を洗った。痛え、と田之助は鈥次郎をなぐりつけた。三すじは紅絹《もみ》で縛った。痛え痛えと田之助は堪《こら》え性《しょう》なくわめいた。

座元の守田勘弥が、田之助の前にかがみこんだ。

勘弥は田之助より一つ年下の二十で、柄はそう大きくはないが、はるかに大人びている。

角ばった顔に、目もくちびるも剃刀《かみそり》ですうっと横に裂いたように鋭い。ちんまりと小さい鼻が愛嬌《あいきょう》を添え、鋭さをやわらげていた。

「どんなぐあいですね、太夫。歩けないようだね」

「歩けますよ」

「無理をしないがいい。大詰の立ちまわりは、無理だな。代わりをたてましょう」

「冗談じゃない。出ますよ」

田之助が反撥《はんぱつ》するのを見越して、代役をたてるなどと言っているのだ、と三すじは勘弥の肚《はら》を推しはかる。若いくせに、勘弥は、役者をこき使う腕はたしかだ。役者は根は単純なお人好しが多い。田之助にしたところが、我儘《わがまま》いっぱいといっても子供のだだと同じで、勘弥のような手練《てだ》れの言葉には、わけもなく丸めこまれる。勘弥がかさにかかって舞台に立てと強《し》いれば、田之助は、傷の痛さを大げさに言いたて、休むと言いはるところだ。

大道具の長谷川勘兵衛と医者が、ほとんど同時に着いた。忠吉が父親について来ていた。

「長谷川さん、おまえさんのところも、ずいぶんとやわな仕事をするようになったものだね」

おさちが座元や頭取をおいて、頭ごなしに言い、田之助は顔をしかめ、

「おまえはすっこんでな」

「それだって、太夫……」

「いいから、黙ってろ」

「太夫、申しわけない」

平あやまりする長谷川勘兵衛に、勘弥が、

「長谷川さん、あとで、私の方にちょっと来てもらおう」二十の若僧とは思えぬ凄みと重みのある声だ。

医者は、巻いてある紅絹《もみ》をむりにはがすと、せっかくふさがりかけた傷口がまた開くから、このままそっとしておくのがいい、と言って、かくべつな手当てはせずに帰った。

大詰は、雑蔵に閉じこめられている欠皿が、忠僕に救い出され、父の仇《あだ》を討つという場面で、烈しい立ちまわりがある。紅絹《もみ》を巻いた足を少しひきずりながらの立ちまわりに、見物は喝采《かっさい》をおくった。

数日後、月岡芳年《よしとし》が楽屋に遊びに来た。上機嫌であった。芳年のここ三年ほどの制作量はおびただしい。『賤《しず》ヶ峰《たけ》大合戦両雄血戦』『桶狭間《おけはざま》合戦今川義元陣歿』『一の谷大合戦之図』といった武者絵から、『小團次《こだんじ》の袈裟太郎』『訥升《とつしょう》の足利三七郎』『宮島だんまり』などの芝居絵、それも一枚絵ばかりではなく、二枚つづき、三枚つづき、六枚つづきの大作もある。今年に入ってからも、『和漢百物語』『英名組討揃』などを版行しはじめていた。

その活力も機嫌のよさも、いささか度をすぎ、狂躁《きょうそう》的とさえ三すじには感じられる。

世のなかの狂躁的な血なまぐさい騒がしさと符節をあわせているかのようだ。

尊王《そんのう》浪士を称するやからや、その名を借りた無頼《ぶらい》の徒の押し込み強盗はますます頻発し、一昨年西の方でおきた薩摩と英国のいくさなどは遠い国の話としても、昨年江戸にほど近い水戸《みと》でも、天狗党《てんぐとう》というのが蜂起《ほうき》していくさをおこし、これはたちまち潰走《かいそう》した。

芳年は徳利を持参してきていた。

「飲まないか」

と、ありあわせの湯呑《ゆのみ》に手をのばす。

「これから舞台ですよ。酒などくらったら、大吐言《おおかす》です」

「まあ、やってみな」

徳利をかたむけると、湯呑に注ぎこまれたのは、白い液体であった。

「奇妙なにおいだ。どぶろくですか」

「なに、牛の乳さ。近ごろ、売りだしている。軀に精がつく。やってみな」

「ごめんこうむりますよ。気色の悪い」

「毛唐《けとう》はこれを飲むから、精が強い。太夫にもすすめてみなよ。今月、太夫は車輪玉《しゃりんだま》じゃないか。精をつけねば軀がもつまい。おまけに、足を痛めたってな」

「責め場で、大道具の松の枝が折れましてね」

三すじは、楽屋のなかを見まわした。他の役者たちは、喋《しゃべ》ったりうたたねしたり、三すじの話に聞き耳をたてているものはいない。しかし、三すじは、他人のいないところで芳年に話をきいてほしかった。

「閉《は》ねましたら、どこかにお伴できませんか」

いいだろうよ、と芳年はうけがい、終幕後、うなぎ屋に入った。

「……おかつさんが首をくくろうとしたのが、あの松なんです」

足が台を蹴ったとき、三すじはとっさに抱きついたつもりだったけれど、おかつの軀の重みがもろに枝にかかった瞬間が、

「……あったのだと、枝が折れて太夫が落ちてから、思いました。あのとき、枝の付け根に割れめでも入ったのだと……」

「毎日、太夫の軀を吊り下げていた枝だろう。それでも何ともなかったのに、おかつさんがぶらさがったら折れかけたというのは、理にあうまい」

「でも、前の日まで何ともなかったのが、ふいに折れたというのは、あのせいだとしか思えないのです」

「そのせいだとしたら、どうする」

「どうもしませんが……。わたしが太夫に怪我をさせたのだな、と思うだけで……」

「おまえさんの論法なら、太夫に怪我をさせたのは、おかつさんということになる」

「いいえ。わたしが、あの後、松の枝をよくしらべておけばよかったので」

「どうでも、己《おの》れのせいにしたいような口ぶりだ」

「そうではございません」

「太夫に詫《わ》びをいれるか。わたしのせいでございます、と」

「いいえ。わたしの肚《はら》んなかにおさめておきます」

「奇妙な人だよ、おまえさんは」

「そうでしょうか」

「まあ、飲みな。白いやつを飲むか」

「いいえ、わたしはこちらの方が」

「実は、おれもだ」

なみなみと注がれている茶碗酒を、芳年は、口の方から迎えにいった。

＊

華やかに、よりいっそう華麗に、咲き誇れと願う。その心の奥に、いつ朽ちるのか、腐爛《ふらん》するのか、と待ちうけるものがひそむ。

三すじは、その己が心のありようのうとましさから目をそむけようとする。わたし一人じゃあ、ありゃあしない。田之太夫の足の怪我を知ったときの、人々の反応はどうだった。

しみ真実、憂えたのは、鈨次郎と長谷川の忠吉さんぐらいなものではなかったか。この二人からは、三すじは、複雑な屈折は感じなかった。ひたすら、案じていた。

だが、たとえば長谷川勘兵衛は、大道具師の棟梁《とうりょう》としての自分にかかってくる責任を考えて気が重いふうだったたし、守田勘弥が田之助の身を案じたのは、田之助が欠勤すれば客の入りにひびくからだ。

役者たちは、顔には出さないが、いい気味だという肚《はら》のなかが見え透けた。溜飲《りゅういん》さげた者ほど、口はきれいに見舞いをのべたてる。権十郎のところからは、弟子が見舞いの口上をつたえにきた。ゆきとどいた口上であった。

家橘は……九郎右衛門、羽左衛門と名乗っていたころから、田之助とは気があい、親しい仲だ。しかし、たがいに、相手が己れより人気芸評まさることは我慢がならない勝気者同士である。

この年、田之助は、小團次、芝翫《しかん》、七代目半四郎、彦三郎など大先輩の名優と肩を並べる千両役者の一人となっていた。権十郎の給金は九百両、家橘は九百五十両。給金の差は、位階の差をあらわす。家橘が案じるのは本心にしても、相手の立ちおくれをよろこぶ心も、無意識だろうが芽生えよう。

わたしは、田之太夫に惚れ、そうして憎んでいるから……。なぜ、憎むのか。すぐれたものへの嫉妬《しっと》か、と、彼は久しく意識にのぼらせなかった虚しい自問自答を、またよみがえらせていた。

田之助は、二、三日、足に紅絹《もみ》をまいたまま出勤し、そのあとは何事もなく、すこやかに舞台をつとめるようになった。怪我は、ささやかなできごとであった。江戸の娘たちのあいだに、田之助をまねて足に紅い布をまくことを流行《はや》らせたのが、事件のただ一つの名残りといえた。

三すじは、折れた松の枝とおかつとのかかわりを忘れるわけにはいかなかった。そのことは、いつまでも心によどんだ。おかつはこの符合に気づいているのかいないのか、何も言わないが、嬰児《やや》は流れたと告げてきた。

田之助はあいかわらず、いや、いっそうきらびやかに傲慢《ごうまん》に、のびやかにふるまっていた。

〝田之高慢〟を存分に発揮したのは、この年八月、大坂から江戸に下ってきた大谷友《おおたにとも》右衛門《えもん》と一座したときである。四月に年号は元治《げんじ》から慶応に変わっていた。

立役《たちやく》も女形もこなす友右衛門は、生まれは江戸だが、長らく旅まわりをし、その後大坂の舞台に立って人気を得ていた。

八月の守田座は、『季翫穐成駒攝負《ときもようみのりのこまひき》』、二番目に書き下ろしの『笠森《かさもり》おせん』、中幕に、友右衛門のお目見得《めみえ》狂言『安達原《あだちがはら》』と決まったのだが、稽古のために三階の楽屋に役者が顔をそろえたとたん、田之助は、

「わたしはできないよ」と、うそぶいた。

「下りさせてもらいます」

『笠森おせん』は、田之助にあてはめて、わざわざ書き下ろされたものである。狂言作者は桜田治助《じすけ》だが、河竹新七がスケをし、ほとんど新七の新作といってもいいものであった。

おきつ、おせんという姉妹の二役が田之助に与えられ、しかも、嫉妬に狂い、惨殺さ

れ、亡霊になって男を苦しめるおきつは十分に仕どころがあり、田之助にはうってつけの世話物だ。

一座は、芝翫を座頭《ざがしら》に、立女形は田之助。脇役として芸達者な若手の九蔵、若女形の三津五郎、福助、梅幸《ばいこう》、八百蔵《やおぞう》など。それに大坂下りの友右衛門が加わっている。

田之助にとっては、居心地のいい顔ぶれであるはずだった。

好き嫌いの烈しい田之助だが、座頭の芝翫には十分な敬愛の念を持っている。どれほどせりふのおぼえが悪かろうと、金勘定にうとかろうと、踊りのみごとさは、他の追随をゆるさぬと、田之助もすなおに冑《かぶと》をぬいでいるからだ。

九蔵は、田之助に輪をかけた喧嘩っ早さ、口の悪さで、憎々しい顔つきのために人気の点では損をしているが、舞台の上で、田之助をひきたてる、得難い相棒であった。九蔵の蝙蝠安の好演がなかったら、田之助の切られお富も、あれほどの評判はとれなかったと、田之助も九蔵も承知している。九蔵に対しては、田之助は、はりあう必要はないのだった。九蔵の芸達者は、田之助を食うことはなく、逆に、田之助を耀かせるのに役立つ。

またはじめやがった、というふうに九蔵は顔をしかめたが、田之助はそ知らぬ顔だ。色をなしたのは立作者の桜田治助であった。

「太夫、何が気にいらない。私の正本《しょうほん》が不足ですか」

「いえ、笠森おせんは、まことにけっこうな趣向ですよ。しかしね、山本さん」と、田之助は奥役の山本治兵衛に顔をむけた。

「『安達原』の袖萩《そではぎ》は、立女形の役じゃあなかったのかい。いつから、立女形をさしおいて、立役が袖萩をすることになったのさ」

ああ、そのことか、と、納得のいった表情が皆の顔に浮かぶ。解《げ》せない顔なのは友右衛門一人だ。

三すじはほかの相中役者たちと隅の方にひかえている。

「しかし、太夫さん、明石屋《あかしや》（友右衛門）さんで袖萩を出すことは、前もってお話ししたじゃございませんか。そのとき、太夫さんも、よかろうとおっしゃいましたので」

「いいや、おまえさんは、袖萩を明石屋がやるとは言いませんでしたよ」

「いえ、たしかに……」

「おまえさんは、明石屋に『安達』をやらせると言ったよ。だから、わたしは、明石屋が『天下茶屋』の安達元《もと》右衛門《えもん》をやると思ったものさ。安達元右衛門なら、明石屋の家の狂言。やるのは当然と思ったから、どうぞと気持よく言ったじゃあないか」

「これは、私が言葉が足りませんでした。このとおり、手ェついてお詫びいたします。今度のところは一つ、手前におあずけになってくださって」

「いやですね。山本さん、わたしはこの一座の何なのかい。十六で立女形をつとめるようになってこのかた……」

言いつのる田之助を、

「田之さん、ここはまあ、山本にあずけねえな」

九蔵が割りこんでなだめたが、

「若年《じゃくねん》だからといって、こけにされちゃあ、己《おい》らの顔がたたねえやな」

「明石屋がおまえのところに挨拶にいかなかったを根にもっているんだろうが、そりゃあ了見が小せえぜ」

九蔵はつけつけと言う。

了見が小さいと言われて、田之助は色をなした。

「己らァ、ものごとのけじめを言っているんだ。立女形には立女形の役どころってものがあらァ。ねえ、そうじゃありませんか、成駒屋《なりこまや》の兄さん」

矛先をむけられ、論争の苦手な芝翫は、うむうむと鷹揚《おうよう》にうなずくだけだ。

ふいに難癖をつけられたていの友右衛門は、苦々しい顔つきで、これ以上田之助が横車を押してきたら容赦はしないという気がまえをみせた。大柄で目鼻立ちもりっぱな友右衛門は、みるからに貫禄《かんろく》がある。芝翫より三つ年下の三十二歳である。二十をようやく一つ越えたばかりの田之助を、子供扱いしているのは、だれの目にも明らかだった。江戸の芝居町における田之助の力を、大坂から下ってきたばかりの友右衛門は、まだ十分に知らない。

「山本さん、言っておくが、おまえさんが坊主になってみせたところで、わたしの肚《はら》は変わらないよ」

奥役が、役者の苦情をなだめるために頭をまるめるのは、よく使う手段《て》だ。そうまでされちゃあと、役者の方でも我《が》を折るのである。

田之助は、それを見越して釘《くぎ》をさした。

田之助一人がおさまらないからといって狂言をさしかえるわけにはいかない。『安達原』の袖萩は、友右衛門が上方《かみがた》で何度もてがけた持ち役であり、だからこそお目見得狂言にえらんだのである。しかし、田之助のきげんを損じて他の座に移られでもしたら、守田座の入りががっくりと落ちるのは目にみえている。

奥役は半泣きになったが、田之助は、泣き顔をつくるのも奥役の手と心得ている。

「あいすみません、ちょいと」と奥役は座を立った。

いつまでこっち了見をほざいているのだと非難の目が集まるのを、田之助は平然とはね返した。

「まあ、そりゃあ、袖萩は立女形の役どころだが、明石屋もせっかくお目見得興行なのだし……」

芝翫は歯ぎれ悪く口ごもる。座頭の面目にかけて、何とかこの座をとりまとめねばと思いながら、どうしていいかわからず途方にくれている。踊り以外のこととなると子供のような人だと、三すじはほほえましくなる。

奥役が、座元の守田勘弥を先に立てて戻ってきた。

「話はききました」

勘弥はゆったりと皆を見わたす。

「これは、山本の手落ちだった。田之太夫が顔が立たぬと怒りなさるのも、もっともだ。どうだろうね、太夫。安達は安達として、もう一本、太夫に存分に仕活《しい》かしてもらう狂言をたてようじゃありませんか。それも、初役をやってごらんなさいよ。笠森おせんが世話物だから、もう一本は時代物《でんでん》だねえ。太夫、これぞという役はありませんかね」

守田勘弥は、あくまで田之助を立てながら、座元として有利な話に誘導してゆく。

「そうですね」

田之助は、やすやすと乗せられた。

「てがけてみたい役はいろいろあるが……」

「私が思うには、太夫は、三姫のうち、雪姫と八重垣姫《やえがきひめ》は、持ち役にしているでしょう。しかし、時姫《ときひめ》はまだ」

「そうだ。『鎌倉三代記《かまくらさんだいき》』ですね。なるほど」

田之助は、手を打たんばかりだ。

豪奢な赤い裲襠《うちかけ》をまとうところから赤姫と呼ばれるお姫様役のなかでも、『本朝《ほんちょう》廿四孝《にじゅうしこう》』の八重垣姫、『金閣寺』の雪姫、『鎌倉三代記』の時姫は、特別に〝三姫〟と呼ばれるほど難役中の難役とされている。

この際、難役に挑《いど》めという勘弥のそそのかしは、たちまち効果をあげた。

「成駒屋の親方に佐々木高綱をお願いしましょう。明石屋さんは、いうまでもない、三浦之助だ」

三浦之助は、時姫が愛するいいなずけである。

明石屋が三浦之助？　と田之助は不快な表情をみせたが、家橘でも一座していればともかく、今回の一座に、白塗りの若い二枚目が似合うのは、友右衛門のほかにはいない。

「田之太夫は、勘弥に手玉にとられたわけだ」

いきさつをきいて、芳年は笑った。

「役者子供だなあ。一番もうけたのは、太夫元の守田勘弥か」

「しかし、あの狂言、いつまでやれますか」

「なぜ？」

「田之太夫の、明石屋いびりのひどいことといったら」

思い出して、三すじは吹きだした。

三浦之助は、病床の母にいとま乞いするため、戦場からぬけ出してくるが、木戸口までたどりついて悶絶《もんぜつ》する。いいなずけの時姫が走り出て、介抱するのだが、

〽幸い気付けの独参湯《どくじんとう》、灌《そそ》ぎかけたる薬水の一滴五臓《ごぞう》に浸《し》み渡り……

のチョボにあわせ、薬湯を口うつしに飲ませる場面で、初日、田之助は、「おお、くさい口だ。明日から楊子《ようじ》を使ってきな」と、捨ぜりふを混ぜた。見物にもきこえ、笑いが起きた。

「あとで、成駒屋の親方がさすがに頭取台に立っての大叱言《おおかす》ですよ。田之太夫は、はい

はいと首をすくめていなさいましたが、〝それでもくさい口に口うつしはいやだもの〟と小声で言いなさるのが、わたし、聞こえてしまいましてね。次の日、太夫はまあ、口うつしはやめて、湯呑でのませなさった」

「それは考えたものだな」

「いえ、あなた、その湯呑に熱湯をいれておいたんですよ。明石屋は、舞台の上だから吐き出しもならず、飲み下しましたがね。ひどいことをしなさる。殺してやる、と明石屋は半分本気で言っています。太夫の方はお冴々《さえざえ》しい顔ですが」

三すじも芳年も冴々しい顔になったが、このとき三すじは、久しく忘れていた水銀の噂をまた思い出していた。芳年も同じことを思ったのだろうか。

しかし、見物の前で堂々と熱湯を飲ませたいびり方は、水銀のように陰湿ではなかった。二つの企みは、性質がちがっているようにも、三すじには思えた。やはり、水銀は根もないことか。田之太夫は、容赦なく相手をいびるが、そのやりようは陽性だ……。

＊

「あなたが、お気の毒になりました」

我知らず、言葉がこぼれた。

言ってしまってから、三すじは、はっとした。

芳年が、どれほど憤ることか。芳年が精魂こめたにちがいない刷りものが、畳の上にひろげられていた。

十四枚。

黒紋付に浅葱《あさぎ》の襦袢《じゅばん》、浪人風の男が腕を組みあぐらをかいて、手紙を見下ろす。その手紙はところどころ血に染まっている。破れ行灯《あんどん》の傍の台におかれた布包み。ひきちぎった着物の袖で包んである。結び目から凶々《まがまが》しくはみ出しているのは、女の髪だ。布包みの藤色の地に紅い花模様は、これも滲《にじ》み出た血痕《けっこん》であった。

右上に、くろずんだ赤の短冊《たんざく》に、〝英名二十八衆句〟としるし、勝間源五兵衛、と男の名もあらわしてある。

並木《なみき》五《ご》瓶《へい》のあらわした狂言、『五大力恋緘《ごだいりきこいのふうじめ》』による、図柄である。包みのなかは、男が殺した女の生首だ。

三すじは、伏せた目をわずかに右にうつす。

泥にまみれての、團七九郎兵衛《だんしちくろべえ》の殺し場。

泥と血に汚れた手が逆手に握った刀も、柄まで血に濡れている。血刀の下に踏みつけられた義平次《ぎへいじ》は、血と泥の塊りで、もはや、人の姿ともみえぬ。黒く開いた口と怨《うら》みをこめて見上げる眼は、野獣のそれだ。九郎兵衛は、背をみせている。藍と朱の刺青《いれずみ》に一面おおわれた背中である。

石段の上に屹立《きつりつ》し、月光を浴び、血刀を拭《ぬぐ》う男は、因果小僧六之助《いんがこぞうろくのすけ》だ。

福岡貢《ふくおかみつぐ》は、お紺《こん》の首を斬り落とした瞬間である。白絣《しろがすり》の着流しに血しぶきが散り、紙吹雪が化鳥《けちょう》のように舞う。お紺の首は、血溜りのなかにある。

妲妃《だつき》のお百《ひゃく》の絵は、めずらしく血は少ないが、お百の極彩色の着付の裾に薄白く坐った亡霊の、半髑髏《どくろ》の額や首すじに流れた血は色が淡いだけにいっそう凄《すさ》まじい。

次の絵を、三すじは見まいとする。さっき、何も知らずに見てしまったのだ。もう、いやだ、二度と見たくない、と思いながら、目はやはりその絵の上にゆく。

鮟鱇《あんこう》のように逆さ吊りにされた女の全身から血がしたたり流れ、ことに、臀《しり》の傷口がなまなましい。男は、見得をきった姿で、なおも刀で苛《さいな》もうとする。そのふんばった足に女の血がしたたる。女の顔には、すでに苦痛はなく、恍惚としているようにさえみえる。

三すじは目を閉じる。しかし、瞼《まぶた》の裏に、直助権兵衛《なおすけごんべえ》の皮はぎの無惨絵が、色あざやかに灼《や》きついている。顔の皮を剝《は》ぎとり、ひきはがす。はがされる男の丸い眼球。あめのようにのびた皮膚。ねじくれて投げ出された両手。そうなるまでの争いが、直助権兵衛の腕や脚に捺《お》された血染めの手型で察しられる。

養父に出刃《でば》で刺し殺される笠森於仙《おせん》は、のけぞって裾を割り、血に染まった手で虚空をつかみ、髪をつかんだ養父の腕に、その髪の先がからみつく。

色刷りの絵にすぎないのだ、と三すじは思おうとする。

世のなかには、たしかに、ここ数年、おびただしい血が流されている。三すじには、いったいどうしてこうも、暗殺騒ぎやらいくさやらが起きねばならぬのかわからないし、世のなかがどう動いているのか見当もつかぬ。ただ、血のにおいが濃くなりまさりつつあることは感じとれ、猿若町の芝居も、それをうつしとるかのように、残虐で淫猥《いんわい》で色《いろ》狂《ぐる》いじみてきている。河竹新七の新作に、それは顕著だ。

しかし、舞台で流されるのは、あくまで血糊《ちのり》であった。残酷な殺し場、責め場も、美しい型になり、快い陶酔感をもたらす。

芳年は、ひたすら死をみつめ、死を描く。

生まれたときの星の運行を人の運命に結びつけて占う七曜《しちよう》十二宮《きゅう》二十八宿《しゅく》に語呂《ごろ》をあわせた『英名二十八衆句』を版行したのは、錦盛堂《きんせいどう》主人佐野屋富五郎である。同じ国芳《くによし》門下の落合芳幾《よしいく》と芳年に、十四枚ずつ描かせ競わせた。

国芳は生前、二人の弟子を評して、

〝芳幾は器用だが絵に活気がない。芳年は不器用だがおそろしいほどの熱気がある〟と言ったそうだ。

三すじには、芳幾の絵とくらべての巧拙はわからないが、芳年の激烈な執念、意欲に圧倒される。

圧倒されながら、気の毒に、というつぶやきも洩《も》れる。なぜ気の毒なのか、三すじには、言葉にならない。

「血が、奇妙にねっとりと光りますね。刷り物でこんな色ははじめて見ます」

「刷った上から、手描きで、膠《にかわ》をなすってある」

おれの工夫だ、と芳年はつけ加えた。

女が階下から茶をはこんできた。家主の姪でおみよといい、亭主に死に別れ、半年ほど前からここに住み込みで小間物屋の店を手伝うようになった。女の方から三すじに誘いをかけ、軀のかかわりを何度か持った。女房にする気はないよと、三すじは釘をさしてある。わたしには、手のかかる御亭主がひとりいるのでね。これ以上、女房だの子供だのはごめんなのだよ。

年上で後家《ごけ》というのをひけめに思うのか、おみよも、女房にしてくれとは言わなかった。

部屋をのぞいて、おみよは悲鳴をあげ、両手で顔をおおったが、指をひろげ、そのあいだからそっと盗み見る。また、顔をおおう。

「わたしはね」と三すじは芳年に言った。「世のなかと、十《とお》のうち三つほどしか関わらぬことにしているんです。十見えても、三つしか見えないのだと、自分に言いきかせます。つまり、七分がた、死んでいるようなものです。そうしないと、辛くて苦しくてかないませんもの。十のところを十二も見てしまって、それを十五に描きあらわさずにはすまないあなたが、気の毒……。でも、羨《うらや》ましくもあるんですが」

溢《あふ》れる血が、次第に三すじを酔わせる。しかし、三すじは、醒《さ》めていようとつとめる。この血に溺《おぼ》れたら、自滅すると、本能が知らせる。

「なぜなんですかね、わからないんですが……わたしがうちの太夫を大切に思っているのは、知っていなさいましょう。ところが、憎んでもいるんでして」

「そりゃあ、そうだろう」芳年は言った。

「それが、時によって、憎しみが強くなったり、ほとんどないくらいに淡くなったりします。この絵を見ていると、太夫への憎しみを忘れるんですよ。いとおしさばかりが強くなります。どういうわけでござんしょうね」

「わからんな。奇妙な心のありようだの。皆目、わからん」

「人間、こんなもんでござんすよね」と、三すじは、まともに血みどろ絵をみつめた。

「皮の下にゃあ、だれだって、こいつが流れている」

めまいがしてきました、と三すじは畳に片手をついた。

三座の太夫元と主だった役者に奉行所から差紙《さしがみ》がきたのは、『英名二十八衆句』が売り出されてまもない、慶応二年の三月二十七日であった。

この月、田之助は中村座で瀬川如皐《せがわじょこう》の新作『蟒お由《うわばみおよし》』で悪の美しさを見物に堪能《たんのう》させていた。田之助は気をいれて工夫をこらし、衣裳を考案したり、場面に手を入れたりした。

通人《つうじん》、大工、番頭、田舎侍、百姓など、七人の毛色の変わった客をそれぞれ廻し部屋に入れ、女郎のお由が廻しをとって言葉たくみにかねを無心する〝七人廻し〟の場は、田之助の工夫によるものであった。

つぶし島田に白縮緬の切れをかけ、緋縮緬の長襦袢、縫模様の補襠《しかけ》、浅葱博多の巻帯という こしらえのお由と、七種類の客たちとの、それぞれの特性をあらわした仕草《しぐさ》、せりふの応対がおもしろおかしく、客を笑わせ、その後、仲蔵《なかぞう》を相手の愁嘆場《しゅうたんば》では、見物をたっぷり泣かせている。

軍十殺しの凄惨《せいさん》な場面で着る長襦袢は、田之助が自分で意匠を考え染めさせたものであった。藤色の地に日本橋の纏《まとい》を白く染め抜き、右の肩から袖口へ馬簾《ばれん》を流し、裾は消し札の、みるからにいなせなものである。

田之助がこれほど力を入れているのは、一つには、守田座の小團次の評判に負けまいとしてのことであった。

守田座は、河竹新七の新作、『鋳掛《いか》け松《まつ》』である。

小團次の扮する実直で地道な鋳掛け屋、松五郎が、両国橋の上から田舎大尽《だいじん》の船遊びを眺めているうちに、まじめにつつましく暮らすのが馬鹿らしくなる。

〝こう見たところが江戸じゃあねえ、上州《じょうしゅう》あたりの商人体《あきんどてい》だが、横浜《はま》ででも儲けた金か、切放《きれはな》れのいい遣いぶり、あれじゃあ女も自由になるはず、鍋釜《なべかま》鋳掛けをしていちゃあ、生涯できねえあの栄耀、ああ、あれも一生、これも一生……こいつァ宗旨を替えにゃあならねえ〟

と、泥棒になる決意をし、鋳掛けの荷を大川に投げ捨てる場面が、人気をよんでいた。

人々の本心を新七はさぐりあて、つかみ出して舞台にさらした。

最後に松五郎は悔いあらためて腹を切り、一応、勧善懲悪の形はとっているのだが、その死の場面は、立腹《たちばら》を切って墓石の上に磔《はりつけ》の型になるという凄絶なもので、見物はその無残美に嘆声をあげるのだった。悪が滅びる姿というよりは、悪を美に昇華させたものであった。

「高島屋さん、大丈夫かね」

送りの男衆に肩をささえられて息を切らしよろめきながら歩く小團次に、同行の者たちが声をかける。

奉行所へと歩んでいく一行は、男衆は別として、皆、黒紋付に羽織袴《はおりはかま》であった。三すじは黒紋付など持たないので、衣裳を質にいれ、ととのえた。

一行は、

中村座は太夫元勘三郎と、田之助、新車、仲蔵、芝翫。

市村座は太夫元であり舞台にも立つまだ少年の羽左衛門——家橘の弟——と、家橘、権十郎、彦三郎、菊次郎。

守田座は太夫元勘弥と、紫若《しじやく》、三津五郎、友右衛門、小團次。

「高島屋さん、駕籠《かご》をよんだ方がよくはありませんか」

額に脂汗をにじませた小團次の青黒い顔を勘弥がのぞきこむ。

せっかく評判をとった『鋳掛け松』だが、小團次は三月十日に病いを発し、十一日から欠勤している。ほかのものでは小團次の穴は埋まらないので、勘弥は歯ぎしりしながら休座した。

身上《しんしょう》や役柄が不足だと、いやがらせのため役者が欠勤することはよくあるが、小團次が病いが篤《あつ》いのは、一日で知れた。

医師の診立《みた》ては疝気《せんき》だというが、脇腹にこぶのようなしこりができ、なみたいていの痛みではないようで、ひどく憔悴《しょうすい》している。

しかし、

「駕籠でお奉行所に乗りつけてみなさい。どれほどお叱りを受けることか。それでなくとも、役者の増長贅沢《ぜいたく》を叱るのが、今日のお呼び出しの主旨らしいというじゃないか」

小團次は言い、おぼつかない足をはこぶ。

奉行所から呼ばれるというような事態となったきっかけは、小芝居のおかした失策であった。

『せ』組の鳶頭《とびがしら》金太郎という男が、京橋伝馬町《てんまちょう》三丁目の東横丁に、佐の松座という、寄席とも芝居小屋ともつかぬものを建てた。芝居小屋とすれば、その規模はすでに定めを破っていた。江戸に於《お》いては猿若町の三座のほかは、芝居は掛け小屋しか許可されていないのである。

佐の松座は、間口十一間《けん》、奥行九間半、舞台四間余、三方に二階桟敷をめぐらしたものであった。

そこに、十二歳から十六、七歳の少年を集め、首振り芝居をはじめた。丸本物《まるほんもの》の義太夫《チヨボ》にあわせ、役者はせりふは言わず、身ぶりだけで芝居するのである。せりふはすべて、チョボが語るから、素人芝居にむいている。

これがたいそう繁盛し、舞台、衣裳にかねをかけるようになったが、『先代萩《せんだいはぎ》』を出したとき、政岡の衣裳に葵《あおい》の紋がついていたため、厳しいお咎《とが》めを受けた。興行はもちろん停止である。

この一件のとばっちりで、猿若町も、近来芝居町のものは公儀をはばからぬ所業が多い、と、呼び出しを受けたのであった。

めったには見られない豪華な顔ぶれの人気役者たちが勢揃《せいぞろ》いして、素顔をさらして町中を歩いてゆく。

野次馬が物見高く集まり、女たちは、あれ、成駒屋だよゥ、紀伊國屋があでやかじゃないか、こっちをむいておくれよゥ、と騒ぎたてる。大胆なものは近寄って袖にふれ、あわよくば手を握ろうとする。

番所櫓《ばんしよやぐら》のついた黒渋塗り、白漆喰《しつくい》の海鼠壁《なまこかべ》の、北町奉行所の長屋門は、いかめしく威圧的であった。門前通りに数軒ある茶屋の一つで、一行はしばらく待たされた。奉行所内にも公事人溜《くじにんだまり》はあるが手狭なので、茶屋が控所に使われている。四つ五つに間仕切りし、縁台を並べ葭簀《よしず》でかこってある。小團次は縁台に横になった。

呉服橋内のこの界隈《かいわい》はさすがに粛然としていて野次馬が無遠慮に集まってくることは

ない。

「罪人として吟味をうけるのではないとわかっていてもいやな気分だ」と、皆、口々に言いあう。

一刻《とき》近く待たされ、ようやく、下番の小者が呼びに来た。縞木綿《しまもめん》に小倉《こくら》の角帯《かくおび》、素足に草履《ぞうり》ばきで、髪は八丁堀風に小銀杏《こいちょう》に結っている。

当節は芝居も、生世話《きぜわ》は写実を重んじるから、役者たちは怯《おび》えながらも、下番の風態《ふうてい》やら仕草に目をくばる。

「猿若町のもの、這入《はい》りましょう」

下番はものものしく声をかけた。

長屋門のくぐりから入ると、突き当たりの玄関の式台まで、六尺幅の青板の敷石、その両側一面に敷きつめられた那智黒《なちぐろ》の砂利石は、打水《うちみず》のあとが黒々と濡れて光っている。

左手の白州入口に一行は導かれた。細長い公事人溜を通り抜けた先が、白練塀《しろねりべい》にかこまれた砂利敷きの白州である。取調べではなく、申し渡しなのだが、罪人並みに白砂利の上の筵《むしろ》に坐らされた。左右に六尺棒を持った蹲《つくば》い同心が威嚇《いかく》するように控えている。うしろの塀ぎわには石抱きに用いる伊豆石だの算盤《そろばん》板だの海老《えび》吊《づ》り用の太縄だの、六具の拷問《ごうもん》用具が飾ってある。白州で責め問いをすることはなく、これは脅《おど》しのためだと前もって聞かされてはいるが、何とも兇悪《きょうあく》で、不気味であった。

高い座敷は三尺の板縁のむこうが一段高い奥縁、そこに与力らしいのが二人左右にわかれて控え、奥から奉行池田播磨守《はりまのかみ》があらわれて正面に端座した。

役者たちは額に筵のあとがつくほど、平伏したままである。

奉行よりの申し渡しは、予想したとおり、奢侈《しゃし》と増長をきついましめるものであった。

芝居町は、何かといえば、手綱をしめあげられる。諸人のみせしめとするのに都合がいいからだ。海老蔵——七代目團十郎が江戸を追放されたのも、贅沢を咎められたのであった。

しかし、世間は役者に豪奢に耀《かがや》いていてほしいのだ。役者は、どこにいても、一目でそれとわかる。ふだんでも薄化粧に引き眉毛、対《つい》の小紋縮緬や、夏でも大柄の縮緬浴衣。役者はその風態ばかりではなく、存在そのものが、並の人間を超えたものなのだ。

そう、三すじばかりではない、役者の大半は思っているのだけれど、お上の側からいえば、役者はそもそも、世の役に立たぬもの、世の仕組からはみだした、並の人間以下のものであり、それを役者にも世の人にも忘れさせまいとしている。

「天保度《てんぽうど》仰せ出されし御趣意がなおざりになり、当節では、其方《そのほう》ども編笠《あみがさ》も着用せず市中を往来するは沙汰の限りである。以前の如く、掟《おきて》をかたく守り身をつつしめ」

役者は外出するとき編笠で面体《めんてい》をかくせという決まりは、あることはあった。しかし、だれ一人守っているものなどありはしない。それを突然、ことごとしく咎められたのである。

笠をかぶれというのが、そもそも、役者を人まじわりのならぬもののようにみる、役者たちにしてみれば我慢のできぬさだめであった。なぜ、そうも卑しめられねばならぬのか。

しかし、奉行にむかって異議を申し立てられるものではない。一言でも言いかえそうものなら縄かけられ、この場から牢《ろう》にぶちこまれかねない。

掟どおり一応編笠を用意してきていたのは、小團次と彦三郎、仲蔵の三人のみであった。もとより、往路は、かぶってはこなかった。

たった今より、笠で面《おもて》をかくさねば一歩も外を歩いてはならぬというお達しに、他の者はあわてて男衆に笠を買い求めに走らせた。

花の顔《かんばせ》をさらすのが、なぜ罪か。腹立たしさをこらえ、世を忍ぶもののように笠をかぶって奉行所を出た。

小團次は静養のためまっすぐ家に帰ったが、他の者は腹がおさまらず、どこかで一杯やっていこうということになり、日本橋の料亭に繰り込んだ。

「わたしたちが世人の尊敬をかちうるためには、芝居を高尚なものにすることだ」

そう、権十郎が言った。沈痛な声であった。

「どれほど世にもてはやされていようと、今日の御沙汰からもわかるとおり……」

「やめろ、やめろ」

田之助がさえぎった。

「『道成寺《どうじょうじ》』もろくに踊れないやつが、高尚高尚と、寝ごとを言うない」

「なに」

気色《けしき》ばんで権十郎は腰を浮かす。田之助があてこすった意味は、痛いほど、権十郎にはわかったはずだ。

数年前芝翫と『二人道成寺《ににんどうじょうじ》』を出したときだ。両花道の出を一日替りにしたいと権十郎は希望して、芝翫の番頭にはねつけられた。せめて、見せ場である恋の手習のくだりを権十郎に踊らせてくれと交渉したが、シテの踊るところと決まっているあのくだりを権十郎がやるなら、芝翫は下りると言われ、権十郎はひき下がらざるを得なかった。そうして、二人の力の差は、踊りの舞台に如実にあらわれた。難曲の『道成寺』を、芝翫は苦もなく踊りぬいたが、権十郎は汗みずくになり疲れはて、楽屋に入ると声も出ぬありさまであった。その話はほかの座の楽屋にもたちまち伝わったのだった。

権十郎は唇を嚙み目を伏せたが、

「芝居は変わらあな。変えなくては、いつまでもおれたちはさげすまれ踏みつけられるのだ。芝居は淫猥愚劣であってはならぬ、芝居によって世間を善導せよ、というお上の御趣意はもっともなのだ」

と、低い声で言いはった。

「化けもの芝居や血みどろ芝居、卑猥な色ごとの狂言ばかりが盛りだが」

言いかける権十郎に、田之助は盃を投げつけた。田之助が得意とする役柄は、権十郎があげつらったものに、ことごとく当てはまる。高雅な姫をつとめても、田之助は江戸前の猥雑な色気がのぞき、それが見物に愛されている。持ち前の伝法《でんぽう》で烈《はげ》しい気性とは裏腹の、楚々《そそ》とした容姿である。舞台に立つと、淋《さび》しく、はかなく、しかも淫蕩《いんとう》な女が、忽然《こつぜん》と顕現する。

三すじは、芳年と芳幾の『英名二十八衆句』を思い浮かべていた。あのおびただしい血。陰惨な死。どれほどお上が禁じようと……。

権十郎は席を蹴って帰り、やがて芝翫や彦三郎も帰宅し、その後、田之助は仲蔵たちとなおも飲んでいたが、うっ、と眉をしかめた。

「どうなさいました」

三すじがにじり寄ると、

「足の先に、びりびりと痛みが走りやがった。お白州の砂利の上に長いあいだ坐らされていたせいだ。駕籠を呼んでおくれ。もう、かまやしないだろう。早く呼びな。今夜は小花のところだ。おまえもいっしょに来な」

駕籠が今戸の小花の妾宅《しょうたく》に着くころには、田之助の足の痛みは消えていた。それでも内湯を沸かさせ、一風呂浴びたあと、小花にしばらく足をさすらせた。さすらせながら田之助は眠り、小花も眠そうにあくびしはじめたので、三すじは交替した。

いつまで、このひとの影でいるのか、と、ふと思った。

お上の芝居町に対する締めつけは、執拗《しつよう》であった。

半月とたたぬ四月初旬、役人と猿若町の名主が市村座の芝居茶屋〈中菊〉に出張し、打ち出し後、三座の太夫元、名題《なだい》役者、立作者等を呼び出して申し渡した。

近来、世話狂言ととなえ町方風俗を微細に写し、また人情を穿《うが》つと申して盗賊遊女などの心事にくわしく立ちいり、色事などあまりに濃厚にいたすは、勧善懲悪の主義にそむくゆえ、以後はそのあたりははぶき、世情そのままのことは芝居に仕組むな。

というのが、お達しの主旨であった。

小團次は、病勢が重くなり、この席には出ていなかった。

小團次が死んだのは、それから一月《ひとつき》と経たぬ五月八日であった。

奉行所からのお達しを河竹新七が病床の小團次につたえたところ、小團次は、お上のやり方はあんまりわからねえと激怒し、容態がその夜から急変したという話を、三すじも耳にした。

烈しく噴き上がろうとするものを、お上は力ずくで押さえこんでいる。

小團次の葬儀は質素なものであった。小團次の女房のおことと養子の左團次《さだんじ》が、喪主をつとめた。

うしろ楯《だて》の高島屋に死なれちゃあ、左團次はしっぽを巻いて大坂に帰らざあなるまい。

そんな取沙汰がかわされた。

左團次は田之助より三歳年上で、目鼻のくっきりした、立役にふさわしい顔立ちである。そこをみこんで、中村座の奥役が大坂から呼び寄せ、小團次が気にいって養子にした。ところが、上方訛《かみがたなま》りがひどい。押し出しはいいが、せりふを言うたびに見物の嘲笑《ちょうしょう》を買うありさまで、大根だの棒鱈《ぼうだら》だのと野次を浴びせられている。

おことと並んで弔問を受ける左團次は悄然と肩をおとしていた。

小柄な小團次だが、その死は、何か巨木が引き抜かれ、あとにうろを残したような感じを与えた。

三すじは、奉行所のお達しを思わずにはいられなかった。世の中を写すな、と言う。写されては困るような世の中なのか。芝居に仕組むことを許さずとも、そういう世の中に、すでに、おれたちは生きているのだ。

しかし、三すじは、まともに腹はたてず、また、すいと逃げた。己れの非力が視《み》えていた。

客の入りが思わしくないのは、小團次の死のせいばかりではない。一揆《いっき》だ、闇打ちだと世間が落ちつかず、米の価はますますあがり、江戸の人々はのんびりと一日がかりで芝居をたのしむ気分ではなくなってきていた。左團次は舞台を休んだきりだ。

夏枯れの八月、守田座の番付《ばんづけ》が人目を惹《ひ》いた。

狂言は河竹新七の新作で、加賀千代と飛騨内匠《ひだのたくみ》を主役にした世話狂言だが、その口上《こうじょう》書《がき》に、〈大仕掛大道具、土間の真中より橋セリ上がります〉とあって、前評判を沸かせた。

田之助は中村座に出勤している最中だが、あいまを縫って三すじを伴い評判の仕掛けを見に行った。袖から、二人は見物した。

蓬莱《ほうらい》宮三橋の夢の場で、平土間が、見物を坐らせたまま左右に開きはじめた。東西の花道がこのとき折りたたまれ、その片寄った幅だけ、平土間が移動するのである。

そうして、中央の空間から長生殿《ちょうせいでん》の朱塗りの橋が迫《せ》り上がり、それがまた左右にひらいて三橋となり、見物の頭上に架けわたされた。

口上にいつわりのない、破天荒の大仕掛であった。

忠公、やりやがったなあ。田之助は讃嘆の声をあげた。

大道具師長谷川勘兵衛の仕事だが、守田勘弥に何か大仕掛をと頼まれて、実際に工夫考案したのは、息子の忠吉である。

「あいつに言やあ、何だってできらあ」

無邪気な信頼をこめて、田之助は言った。

＊

明けて慶応三年の猿若町は、不景気をはねのけるように華やぎたった。

守田座が芝翫と彦三郎に仲蔵、友右衛門と揃えた大一座を組んだのに対抗して、市村座は、若手の家橘と田之助に河竹新七の新作をつとめさせ、これが大当りをとったのである。

若さの盛りの花が清冽《せいれつ》な、そうして匂やかな舞台であった。

家橘の硬質な色気と田之助の頽《くず》れた可憐《かれん》さが、これまでにない魅力を、互いにひき出しあっていた。

「太夫、閉《は》ねたら……」

田之助の楽屋をのぞいて、そう言いかけ、三すじは言葉を切った。

「わたしは明日から出ないよ」

田之助が奥役にまた文句をつけている。

「はて、何がごきげんを損じましたか。不行届きがありましたら、手前がどのようにでも」

「おまえさん、何年、芝居で飯を食っている。ここは、江戸だよ」

左團次に腹をたてているのだと、三すじは、すぐに察した。

奥役も、わかったはずなのだが、自分の口から左團次の悪口は言えないから、そらとぼけている。

「あいつがせりふを言うたびに、客が笑うじゃないか。受けているんじゃない。あまりにひどい大根だから笑うんだ。おかげで、こっちまで割りをくう。わたしの下りるのが困るなら、あっちを下ろしな」

「あの、もう少しお静かに」

奥役は指をたてて天井をさした。

中二階の田之助の楽屋の真上は、左團次の楽屋だ。声が筒抜けになる。

「大根を大根と言ってるんだ。葱《ねぎ》を生姜《しょうが》と言ってるわけじゃねえや。何かまうことがあるものか」

小團次の死後、左團次はうしろ楯を失って気落ちし、小團次の女房、左團次には養母にあたるおことも、先《さ》きゆきの見込みはないから役者をやめさせ大坂に帰そうかとまで思っているとき、河竹新七が、自分がきっと大成させるからと、思いなおさせた。新七としては、小團次への強い情誼《じょうぎ》があって、その遺子を見捨てられないのだと、まわりも承知している。

顔立ちは立派な役者顔なのに、左團次は上方訛りがいまだに抜けない。

「二葉町の師匠が思案して、こんだの狂言にしたところが、せりふのない箱王のだんまりの一幕で、高島屋（左團次）をひきたてようとしなさっている。それでも、わたしと家橘のかけ合いを、上方訛りでぶちこわしてくれているじゃないか」

田之助は三階にむかって、「おう、おまえのことだよ、高島屋」と、大声をかけた。

三階はしずまっている。

左團次は歯嚙みしながら、大根なのは衆目がみとめる事実だから言葉をかえせないでいるのだろうと、三すじは思う。

家橘の〝大蛇丸《おろちまる》の辰〟と田之助の〝自雷也《じらいや》お雪〟のかけ合いは、二人とも口跡《こうせき》がさわやかだから、見物を一種の恍惚感《こうこつ》にひきこむ。

〝……わっちゃあけちな舟乗りだが、疾風《はやて》をくっちゃあいつ何時《なんどき》、いのちを捨てるか知れねえ商売。死ぬのは年中覚悟の前だ。ここも名に負う大磯の、汐《しお》と真水の流れのさと、床《とこ》に並べた船底の枕の番のお侍、一番棹《ざお》をつっぱって、いのちの綱のもやいづな、すっぱり斬ってくんなせえ〟

と見得をきる家橘に、田之助の芸者、自雷也お雪が、

〝いいえ、お止め申さねばならぬというは青柳《あおやぎ》の、風にもまれしそのなかを、丸く結ぶが芸者の役、どういうわけか白梅の花を散らして角目《つのめ》だつ、牛島さんに船頭さん、どちらをどうというわけも……江戸市村と市川の水にゆかりの沢むらさき、色気を捨てず御不承でも、わたしにあずけてくださんせいなァ〟

三人の名を織りこんだ、口調のよいかけ合いにうっとりした見物は、左團次の牛島主税《ちから》が、

〝元は根もなきゆきちがいの喧嘩なれども買って出た武士の一分刀の手前……〟と、せりふを謳《うた》いあげはじめると、我にかえって、くすくす笑いだすのである。

「明日は、あの贅六《ぜえろく》大根を下ろすか、わたしが下りるか、二つに一つだよ」

「太夫」と、三すじは声をかけた。

「相模屋の親分さんからお招きです。閉《は》ねたら、今戸の〈大七〉におはこびくださいとの口上で」

「また、あのお嬢さんのお相手かい」

田之助は苦笑した。

「今日は、相政《あいまさ》の親分さんと、有馬屋さんもごいっしょだそうで」

「おや、そうかい」

さりげなく田之助は応じたが、その動揺を、三すじは見のがさなかった。そうして、見のがさない自分に、いささかうんざりする。

相政と田之助が会ったところで、何が起きるわけでもなかった。芸者を呼ぶのと同じように、客は役者を呼ぶ。宴席に艶《つや》を添え、華やがせるのが目的だ。それ以上のことは、相政と田之助のあいだには生じないのだった。

高名な役者を呼びつけ、座のとりもちをさせる。それが、客の見栄になる。相撲取りとも似ていた。

「橘屋さんもごいっしょにお招《よ》ばれだそうでございます」

「そうかい」と言いながら、田之助は鏡にむかう。そのあいだに、奥役は消えていた。

——お多福だと思っていたが、けっこう見られるようになったじゃないか。

そんな内心の感想はそぶりにもみせず、三すじは、ひっそりと座敷の隅にいる。

ちょうど旬の白魚が、黒塗りの膳《ぜん》にのせた小鉢のなかで透きとおったからだをうごめかす。

床柱を背に相政と有馬屋清左衛門が並び、お貞は父親の隣りに、少し軀をかくすようにしている。

ほかに、芸者だのたいこもちだので、座はにぎやかだ。

五年前、同じこの今戸の〈大七〉で、はじめてお貞を見たときは、十三、四の小娘だったが、一昨年ぐらいから、急に大人びてきた。

大柄でものしずかで、年よりいくらかふけてみえる。親の家業からいったら、もっと伝法であっていいところだ。

有馬屋清左衛門は、神田今川橋の横で口入れ業をいとなみ、これも数年前から田之助を贔屓《ひいき》にし、ときどき座敷に招ぶ。

有馬屋も相政も、今度の市村座の興行には金を出している。それが当たったので、田之助と家橘を招いてねぎらおうという席であった。もちろん、金主はこの二人だけではない。太髷《ふとまげ》の河原崎権之助も出資しているし、ことに山の宿の千葉勝《ちばかつ》という金貸しが、費用の大半を請け負っていた。

ねぎらってくれるといっても、結局は、役者の方で客を遊ばせ楽しませなくてはならないのだが。

家橘と田之助がまことに似合いの組みあわせだと、有馬屋と相政は、口々にほめ、あと三、四年もしたら、二人が天下を取るだろうとまで言った。

「それに、山崎屋だな」相政は言った。

田之助の表情が動くのを、三すじは目にとめた。

「山崎権ちゃん、にくい人」と、芸者が、巷《ちまた》でうたわれている唄をくちずさみ、

「きどりのいいのが田之太夫」と、田之助ににっこりしてみせる。

障子に、外の灯がちらちらうつる。大川の水面《みなも》を埋めた白魚舟の篝火《かがりび》だ。四ツ手網にすくいあげられた魚が、月の光を浴びて勢いよくはねていることだろう。

家橋と田之助に三味線を弾かせたり唄わせたりしてから、有馬屋は、相政とうなずきあい、仲居に、「あれを」と命じた。

何か特別な料理か土産物でも出るのだろうと、三すじは思った。田之助にしろ家橋にしろ、そう思ったはずだ。

仲居が盆にのせてはこんできたのは、二つの湯呑だった。一つずつ、田之助と家橋の膳の上におく。

においと白い色で、三すじは、わかった。以前、芳年に飲まされそうになったことがある、牛の乳だ。

「精のつく、珍しい飲みものだ。まあ、二人とも、試してみてくれ」

有馬屋が言った。

田之助も家橋も、湯呑を口もとにもっていって、顔をしかめた。においのせいだろう。

「飲んでみてくれ」

有馬屋は強《し》いる。

「どうだ?」

うまいかまずいかを訊《たず》ねているのではない。褒め言葉を強要しているのは、明らかだ。

「けっこうなお味です」

田之助は言った。

「何と奇態《きたい》な」と言ったのは家橘である。これは褒め言葉ではないのだが、有馬屋は相好をくずし、居並ぶ芸者やたいこもちたちに、

「どうだ、聞いただろう。紀伊國屋と橘屋が牛の乳をうまいと感心したぞ。おまえたち、よそにひろめてくれよ、今のことを。人気役者が、二人が二人、うまいと言ったと聞いたら、牛の乳の売れゆきも、ぐんとのびるというものだ」

「あれ、わたしもお流れをちょうだいしてよござんすか」

芸者がはしゃいだ声を出す。

「よいとも」

「ちょいと、姐さん、牛の乳ですってよ。額に角が生えるんじゃありませんか」

「田之太夫や橘屋の旦那をごらんなね。角が生えてきたかい。あら、妙なにおいだよ」

「有馬屋の旦那、口入ればかりではなく、牛の乳の売り出しもしなさるんですか」

芸者の一人に訊《き》かれ、

「いや、お得意先にたのまれてね、ひろめに一役買うことにしたのだ」

強情我儘な田之太夫も、贔屓の前では頭があがらないのだ、と三すじは思い、そのとき、権十郎を思い出した。白州に呼び出された帰り、権十郎は、役者が世に蔑《さげず》まれることを憤っていた。

おひらきになり、家橘は駕籠を呼んで猿若町一丁目の自宅に帰ったが、田之助は、すぐ近くの妾宅に寄ると言い、白魚舟の篝火がきらめく大川端《おおかわばた》を歩き出した。釻次郎が提《ちょう》灯《ちん》をもって先に立ち、三すじは、しんがりにつく。

田之助は、身をかがめて、少し吐いた。

「おかしなものを飲ませやがって」

立ち上がりかけ、短い呻き声をあげて、うずくまった。

「どうしなさいました」

足が……と、田之助は、また呻いた。

釻次郎が走り寄り、提灯を足もとにさしつけた。

「怪我でも？」三すじがたずねると、田之助は立ち上がり、

「もう、なおった」と言ったが、額に脂汗がにじんでいた。

「あの、牛の乳のせいだ。くそいまいましい」

歩き出して、また膝をついた。

「いけねえ、つーっと走りやがる」

痛みが、と、三すじは、自分の足にそれが一瞬走りぬけるように感じた。

「じきにお宅ですから、何とかご辛抱を」

三すじが言いかけたとき、銑次郎が提灯を三すじに手渡して田之助の前にかがみこみ、背負《いで》いあげた。

「痛え」と田之助は銑次郎の頭をなぐったが、その肩に顔を押しつけ、呻き声になった。

小花はおろおろして床をのべた。しかし、横たわったころは、田之助の足の痛みは遠のいていた。

「通り魔みてえだ。気色が悪い。小花、酒だ。熱くしてな。さっき妙なものを飲まされた口直しだ」

長火鉢にかけた銅壺に錫《すず》の銚子《ちょうし》をしかけ、酒はすぐに燗《かん》がついた。

盃を口にはこびかけ、田之助はまた、白い乳を吐いた。足の痛みがぶりかえした。

＊

隣家の庇《ひさし》が窓の軒近くまで迫っているので、陽が入らない。田之助の猿若町の本宅は、今戸《いまど》の妾宅より薄暗く湿気が多い。家が建て込んでいるせいだ。

狭い庭に水をひいて植えこんだ菖蒲《しょうぶ》が、まだ花には早く、青々した葉をつんとのばしている。

「五月の興行には、必ず出勤しますよ」

二月以来、足の痛みが癒えず、寝込んでいた田之助だが、もう床についてはいなかった。ひげは、三すじが毎日きれいに剃《そ》り上げ、髪も結い直しているので、病人くさくはない。

客は河竹新七であった。新七は酒は一滴ものまないが、茶にはうるさい。おさちよりも、三すじの方が、新七の口にあうような茶の淹《い》れかたは心得ている。贔屓からもらいものの上等の玉露を、ゆっくりと淹れた。

「痛風かい」

「医者はそう言うんですがね。とんと、『大晏寺堤《だいあんじづつみ》』の春藤治郎右衛門《しゅんどうじろうえもん》だ」

田之助は、素足の指先をさする。

「まだ、むくんでいるようじゃないか」

「なに、初日が開くまでにはなおります。師匠、今度の狂言の、わたしのお役はどんな趣向です？」

「ほれ、妲妃《だっき》のお百《ひゃく》だよ」

「燕玉《えんぎょく》の講談のあれですか。そいつはいいや。わたしに似合いだ。ねえ、師匠。よいところに目をつけてくれなさった」

「あれを芝居に仕組もうと思うのだよ。もう、腹案はできている。ざっと粗筋《あらすじ》をいえば、大坂廻船問屋の桑名屋徳兵衛《くわなやとくべえ》が、小間使《こまづかい》のお百に迷い、二人で江戸に駆落ちする。毒婦のお百は徳兵衛を捨てて小三《こさん》と名乗り、深川芸妓《げいこ》になる。おちぶれてつきまとう徳兵衛を、十万坪《じゅうまんつぼ》で殺す。この殺し場は、なかなかだよ。最後にお百は善心にかえって自害するから、見物衆に憎まれることはない。それに、和尚次郎の筋をからませる。太夫のお百に、橘屋の和尚次郎、左團次には徳兵衛をつとめさせます」

太夫、お手やわらかにたのむよ、と新七は左團次のために、田之助に釘をさした。

「左團次は、先の高島屋が目をかけただけあって、決して悪い役者じゃあない。役者の腕があがりゃあ、訛りも気にならなくなるものだ。あれは、白塗りはよくないね。二月に端敵《はがたき》の牛島主税をやらせたら、人《にん》にはまっていた」

「わたしの見せ場は、どういう按配《あんばい》です」

「それは何といっても、十万坪の殺しだろうな」

新七は懐から和紙を綴《と》じた正本《しょうほん》を出した。

痛風だろう、と医者は言っている。痛風であれば、手当てのしようがない。食べものに気をつけ、痛みが過ぎるのを待つほかはない、というのであった。

牛の乳のせいではないかと田之助はこだわって訊ねた。牛の乳のことはよく知らないが、飲んだとたんに痛風が出ることはあるまい、と、医者はあやふやに答えた。

有馬屋清左衛門は話をきいて訪れてきて、牛の乳と痛風は何のかかわりもないと力説し、見舞いを十分において帰った。

〝以前にも、足が痛くなりなさったことがありましたが、あんなぐあいですか〟

痛みが薄らぎ、田之助のきげんのいいときに、三すじはたずねた。

〝あのときは、お白州の砂利の上に坐らされていたせいだ〟

その前に、大道具の松の枝から落ちて、足を痛めている、と、三すじは思い出す。しかし、あのときは、踵《かかと》に傷をつくったのだ。

あの傷はとうに癒えて、痕《あと》も残っていない。お奉行所の帰りに痛くなったときは、右足の親指から痛みが走りぬけたと言っていた。今度も、右足の親指から痛みははじまったという。

「あとで、これの書き抜きをとどけさせるよ」

「正本をそっくり写したのをいただけませんか。役の性根は、書き抜きじゃあわからない」

「弟子に写させよう。二、三日待っておくれ」

「師匠、ありがとうございます」と、田之助は甘えるように新七を見上げた。新七の気むずかしげな目もとが、わずかに和んだ。

数日後、新七の弟子が写本をとどけに来たとき、田之助は、烈しい痛みにのたうちまわって呻いている最中であった。右の足首から先が腐肉のような赤紫色に腫《は》れあがり、蒲団《ふとん》の上に投げ出され、その一本の脚は、ほんのわずか動かしても痛みが加わり、田之助は、上半身だけ起きたり寝たり、少しでも痛みを楽にする姿勢をとろうとする。呼ばれてきた医者も手のつけようがなく、あたためろと命じたり冷やせと言ったりした。しかし、痛む足にわずかでも触れると、田之助は灼熱《しゃくねつ》した鉄の棒を押しあてられたような悲鳴をあげるので、あたためることも冷やすこともできない。

田之助も、まわりのものも、手をつかねて、痛みが自分から鎮まってゆくのを待つほかはなかった。

叩っ切れ。このやくざな足を叩っ切ってくれ。よう、三すじ。こいつァ、おれの足じゃねえ、おれに逆らいやがって。

うわごとのようにでも、そんな悪態がつけるのは、まだしもましなときで、痛みが絶頂に達すると、意識も朦朧《もうろう》となり、ただ激痛ばかりが知覚されるというふうらしい。痛みが遠のくと、「足んなかに鼠がいて骨を齧《かじ》りやがるようだった」などと、冗談が混った。

嘔吐のような呻きをあげてのたうっているとき、来客があった。

三すじが応対に出ると、家橘が、市村座の頭取、奥役を伴っていた。

「どうだい、田之さんの按配は」と言いかけ、奥からきこえてくる呻き声に眉をひそめた。

「たずねるまでもないな」

「この二、三日、おさまっていたんですが、さっきから、ちょいとひどくなりまして」

「ちょいとなんてものではなさそうだ。あがらせてもらうよ」

他人に会える状態ではない、と三すじはためらったが、

「今日は、座元の代人できたのでね、会って様子を見ないことには」

市村座の座元は、家橘の弟が、羽左衛門の名を兄からひきついでつとめているが、まだ年若く、名前だけの飾りものなので、実際のつとめはほとんど家橘がひきうけている。

田之助の枕もとに坐り、

「これは些少《さしょう》だが、座元から見舞いに」と、袱紗《ふくさ》包みを畳において、おさちの方にすべらし、

「田之さん、しっかりしておくれよ」

田之助の返事は呻き声ばかりだ。

「明日から稽古なので、どんな按配かと気になって寄ってみたのだが」

「稽古には出る」田之助は、あえぎながら言った。「お百は、おれのために、二葉町が。痛むのは、ちっとの間だけだ。嘘のように楽になるんだ、ちっと経てば。ひどいところを見せちまった。帰っておくれ。明日は、出る。足首叩っ切っても、出らあ」

田之助は家橘に背をむけ、搔巻《かいまき》をかぶったが、その動作だけでも痛みをいっそう誘ったとみえ、語尾は呻き声になった。

「おさちさん。いいかい？」

家橘はおさちに足を見せてほしいと目顔で示した。

おさちは掻巻の裾をめくる。足首から先が、赤紫に腫れあがっている。

「やはり痛風かねえ」

「お医者はそう言うんですがねえ」

「痛風にしちゃあ、ちっと永《なが》びきすぎるようだが。まあ、そのうち痛みもひくだろう。田之さん、だいじにしておくれ。おまえが休むと、己《おい》らァ淋しい。客も承知しないのだよ。おさちさん、おまえさんも苦労だが、よろしくたのみますよ。田之は、わたしにとっちゃあ、かけがえのない女房役でね。それから、おさちさん、表を出歩くときァ、気をつけなさいよ。世のなか、ますますぶっそうになる一方だ。ゆうべ、吉原田圃《よしわらたんぼ》だの日本堤だのに、歩兵の死骸《しがい》が十ばかりころがっていたそうだよ。あまりにあの連中の乱暴がひどいので、どうやら廓《くるわ》の若い衆が、夜の闇にまぎれてぶち殺したらしいのだ」

「胸がすくじゃありませんか」おさちは言った。「歩兵ばかりじゃない、新徴組《しんちょうぐみ》とやら、竜虎隊とやら、小倉の袴に朴歯《ほおば》下駄《げた》、長刀《なぎなた》の野暮な田舎者が、お江戸を我がもの顔にのさばり歩きやがって、何ぞといえばだんびら抜いて、いやな御時世になりました」

向う両国では、つい数日前、象の見世物の小屋を酔った歩兵たちが喧嘩して打ちこわし、兵《ひょう》（豹）が象に勝ったなどと、猿若町にまで戯《ざ》れ口《ぐち》がひろまっている。

「今度は、牛《ぎゅう》（妓夫）が豹をぶっ殺したというわけだ」家橘は笑った。

田之助が胃液を吐いた。

夜も昼もわからぬような痛みは、その後三日ほどつづいた。四日めには少し楽になったが、赤紫の腫れは少しもひかず、いっそうふくれあがった。

「稽古は始めたのか。わたしの役はどうなっている」

「橘屋さんが、和尚次郎とお百と、二役を兼ねて」

「そいつァいけねえや。稽古に出るよ、おれァ」

田之助は立ち上がりかけ、右の脚に軀の重みがかかったとたんに、拷問にあったような声をあげて倒れた。

「表が騒がしいようじゃないか」

おさちが聞き耳をたてた。

「鈌次郎、見てきておくれ。いえ、鈌次郎では……。三すじさん、頼まれておくれな」

鈌次郎では、様子を報告することができない。

三すじが外に出ようとしたとき、小屋の若いものと出会い頭にぶつかった。

「表の戸を閉《た》てて用心しておくんなさいよ」

そのことを告げに走ってきたのだと、若い衆は言った。

「守田座に、歩兵が三人ばかり、無銭で入りこんで乱暴しやがったので、しかたないから打ち出しにして、市中取締りの大岡様に御出馬を願ったんです。歩兵はたちまちお召捕りになったんですが、歩兵のやつらが仲間の仕返しだと、藪の木戸に集まって騒いでいやがるんです。やつら鉄砲を持ってますんで、用心しておくんない」

口迅《くちど》に告げ、またすっとんでゆく。町内に触れまわっているのだろう。七ツごろになると、小具足をつけ槍長刀《やりなぎなた》をかまえた旗本衆が、歩兵取締りのために、ものものしく芝居町に集結してきた。

歩兵はそもそも江戸市中の治安を守るために編成されたものであるのに、この連中が一番手がつけられない。組頭が歩兵を浅草五重塔前までひき下がらせ、夜に入って、無事に騒ぎはおさまったが、そのあいだ、三すじは呻吟《しんぎん》する田之助の声を、胃に釘を打ちこまれるように聞いていた。

足首から先は、死肉とかわらぬ色となり、腐臭をはなちはじめた。足の指は、最初のころのような激痛は薄れたが、そのかわり感覚が鈍麻した。痛みは足首から脛《すね》の方に移りつつあった。

畳にまでかびが生えそうに梅雨がつづいている。

「まさか、かったいじゃござんせんでしょうね、先生」

医者に、おさちが声をひそめてたずねている。襖越しに、その声が田之助の床の裾近くに坐った三すじの耳にとどく。田之助は、うつらうつら眠っている。

「何とも言えませんの」

自信なげな、頼りない医者の返答だ。

「いやですよ。わたし、かったいばかりは辛抱ができないんですよ。うつるっていうじゃありませんか。まだ、うつってやしませんよね、先生。何か薬をくださいましよ。いえ、わたしが飲むんです。早手まわしに、うつらない用心ですよ」

かったい……だろうか。田之助の軀は、内側から腐爛しつつあるというのか。水に落ちた泥人形のように溶けくずれてゆくのか。そうであれば、そのさまを、わたしは逃げまい、しかと見ていよう。月岡芳年の、直助権兵衛の皮剝ぎの無惨絵が瞼《まぶた》に浮かび、三すじは目の前を両手で払った。

何の役にもたたず医師が帰ると、おさちは簞笥《たんす》の抽出《ひきだし》を開け、着物を出しはじめた。質屋にでも持ってゆくつもりか、内緒が苦しいことはわかっている。三すじがそう思っている目の前で、おさちは着物を行李《こうり》に詰め、紐でからげ、銕次郎を呼んだ。

これを背負ってわたしについてきておくれ、と命じ、三すじと目が合うと、「なに、すぐに帰ってくるのさ」といいわけがましく言った。

そうか、かったいと聞いて逃げるのか。

「はい、行っておいでなさいまし。留守はお気づかいなく」

「そうかい。すまないね。それじゃちょいと」

浮き足だつおさちに、

「よそへ行って、妙な話はなさいませんように。あなたの身に傷がつきます」

三すじは言った。田之助がかったいなどと言いふらせば、連れ添ったあなたも人にうとまれますよ、と念を押したのである。

「わかっているよ」

あたふたと出て行くおさちに、行李を背負った鈬次郎が、むっつりとつき従った。

――かったいならば、わたしにもうつるのだろう。この痛みを、わたしもわかちあうことになるのだろう。そうして、いっしょに腐爛してゆくのだろうか。

芳年を誘いこみたいと、三すじは、ふと思った。芳年なら、わかるだろう、三人の血肉がともにとろけ、一つに溶けあってゆく嬉しさを。

＊

田之助は、父親を早くになくし、母親も三年前他界したが、七つ年上の兄、訥升《とっしょう》がいる。二人の姉、妹が一人。身内は揃っているのだ。一介の弟子にすぎないわたしが出すぎたことをするまでもない。

そう思いながら、箔屋町《はこやちょう》の相政のもとにむかう三すじの足は速くなる。

おさちが出ていった後は、姉たちが交替でやってきて、世話をしている。

「よいお医者にみてもらわなくては」と口々に言いながら、さて、だれといって心あたりはなく、困惑した顔を見あわせるばかりの訥升と女たちに、

「相政の親分さんなら、お顔が広うございますから、よいお医者をご存じかもしれません。日頃、太夫をたいそう贔屓にしていてくださいますし」と、三すじは口を出したの

だった。訥升は舞台があってすぐには軀があかない。まず、三すじが相政に会って医師の心あたりをたずね、よい医師を紹介してもらえそうなら、あらためて訥升と姉のお歌があいさつに出向くという段どりになった。

「五月の狂言に紀伊國屋が出ないと、お貞ががっかりしていたが、まだそんなに悪いのか」

「どうも、痛風というのは町医者の診立《みた》て違いのようでございます」

「町医者では、頼りにはならんの」

免許を受ける面倒はいらない。医者だと自称すれば、無学であろうと薬の調合も知らなかろうと、医者で通用するのである。

「診立ての確かな医者となると……」

考えておこうと相政はひきうけた。

それから数日後、相政から駕籠の迎えがきた。お歌が、三すじ、鈌次郎とともにつき添った。歩行のかなわぬ田之助は、駕籠に乗るにも下りるにも、鈌次郎の背を借りなくてはならない。

連れて行かれたのは、両国にある相政の妾宅であった。そこの二階に田之助は休まされた。猿若町から両国まで駕籠にゆられたため、田之助は痛みが増し、血の気を失っていた。

「横浜に、たいそうりっぱな蘭方《らんぽう》の先生がいなさる。そのかたが、たまたま江戸にみえておられるので、太夫のことをお頼み申してみた。

その先生のお名前を申せば、佐藤泰然《たいぜん》先生と申し上げてな、若いころ長崎に遊学して、和蘭《オランダ》商館の医者について蘭方を勉学されたというお人だ。両国薬研堀《やげんぼり》でしばらく開業しておられ、そのころ、わたしもご昵懇《じっこん》に願ったことがある。たいそう気さくなお人柄だ。その後は下総《しもうさ》佐倉《さくら》に移り、藩の殿さまの侍医もつとめられた。佐倉に順天堂という養生所も作られてな。いまは隠居して、養子の尚中《しょうちゅう》先生に順天堂も藩医の仕事もゆずられ、横浜に住んでおられる。もう六十四だか五だか、お年ゆえ、公に診立てはしなさらないのだが、ほかならぬ太夫の大事だ、江戸に来ていなさるのを幸い、おすがり申してみたのだ」

「あの、佐倉の殿さまの御侍医をなさったお方が、田之の病いを診てくださるんでございますか」

お歌は仰天して、おろおろ声を出した。

「ありがとうございます。そんなお偉い先生に診ておもらい申しましたら、田之の病いも、一度で癒えるに違いございません」

「太夫に両国まで来てもらったのも、そのためなのだよ。いまは隠居の身とはいえ、芝居町に出向いて役者を診るわけにはいかぬ。ご身分にさわるからな」

――役者ゆえ、またも卑しめられる……と三すじは思った。奉行所に呼びつけられ、笠をかぶれと厳命されたことや、権十郎の慨嘆を思い出していた。

お歌も田之助も、それを口惜しいとは思っていないようだった。役者は身分卑しく表向き人まじわりはならぬという昔からのありように、なじみきっているのだろう。表向きどうであろうと、役者は蔭《かげ》の世界では貴人なのだ。

「ここなら、さしさわりはなかろうということになった。明日、おいでくださるはずだ」

「もったいないことでございます」と、お歌はひれ伏した。

＊

壊疽《えそ》。脱疽《だつそ》ともいう、肉や骨が腐って壊死《えし》する病いなのだ、と佐藤泰然は診断した。

「かったいとは違いますんで」

お歌が訊いた。

かったいとはまったく関わりないと泰然に言われ、

「まあ、よかった。ありがとうございます」

お歌は手をあわせた。

「しかし、これは、壊死した部分を截断《せつだん》する以外に、治療の方法はないのだ」

今のところ、と泰然はつけ加えた。一見、朴訥《ぼくとつ》な老爺《ろうや》だが眼光が鋭く、とっつきにくい。

「そいつは困ります」

田之助が、半ば身を起こして叫んだ。痛みのひどい最中には、自分から、叩っ切れと喚《わめ》きもしたが、いまは少し痛みがおさまっている。

「わたしは役者で」

と言いかけるのを、

「知っておる」泰然は、にべもなくさえぎった。

「しかし、おまえが死にたくなければ、切るほかはない。放っておけば、腐敗は進み、やがて命とりになる」

「でも先生、足を切っちまったら、舞台には立てない」

「それは、私のあずかり知らぬことだ。生きたかったら、切れ」

「切らないと、軀が腐って死ぬんでございますか。何て因果な」お歌は泣きくずれた。

「ひところより、ずいぶん痛みが薄らぎました。なおってきているんじゃございませんか」

田之助はくいさがる。

「足先の痛みが薄れたのは、神経が完全に壊死したからだ。それに、先ほど服用した和《わ》痛散《つうさん》が効きめをあらわしはじめたので、痛みが減っているだけだ」

「それじゃあ、先生、その和痛散とやらを、たくさんいただかせてくださいませ。痛みさえなけりゃあ、田之助、足が腐っていようと舞台に立てます」

「まだわからんのか。痛みがあろうがなかろうが、壊死は、着実に進行しつつあるのだ。いまなら、ここから切ればすむ」

泰然は、右脚の膝の下をさした。

「そんなところから切るんですか。そこは、まだ腫れてもいなけりゃあ痛くもないんでございますが」

はちきれそうにふくれあがっているのは、くるぶしから二寸ほど上までであった。田之助の抗議を無視し、泰然は、

「截断を一日のばせば、それだけ腐敗は進む」

「あの、先生が切ってくださいますんでございますね」お歌がすがりつく目で言うと、

「わたしは、もう執刀はしない。切るなら、ヘボン先生に紹介しよう」

「へぼ?」とお歌はけげんそうな顔をし、「おかしな渾名《あだな》の先生でございますね」

「アメリカ人だ」

「毛唐《けとう》!　いやでございますよ。毛唐に足を切られるなんざ、まっぴらだ」

田之助が叫ぶのを、

「これ」と相政が横からたしなめた。

「相模屋、わたしにできるのは、ここまでだ。截断する以外に、手段はない。截断をするときは、ヘボン先生に紹介しよう。いま、日本で、ヘボン先生にまさる名医はいない。早ければ、命はたすかる。手遅れになれば、どんな名医も手のつくしようはない」

泰然はそう言って立ち上がった。みなりには無頓着《むとんちゃく》とみえ、袴の裾は皺になっていた。部屋を出ていこうとする背に、

「先生、和痛散とやらをくださいまし。お願いでございます」

田之助は必死な声をかけた。

「よう、先生、くださいよう。痛みさえなけりゃあ、舞台に立てますんですよう。よう、先生。くださいませよう」

襖が閉まった。相政が泰然の後を追って出ていった。

「しみったれ」田之助は毒づき、

「三すじ、あの先生のところから、何としてでも、和痛散というのを奪《と》っておいで。くすねてもかまわない。あのおそろしい痛みが消える薬が目の前にあるというのに、よこしやがらねえ。どれほど高値《こうじき》だろうと、おれが舞台に立てば、そのくらい稼ぎだしてやらあ。澤村田之助は、千両役者だ。医者がどれほど稼ぐか知らないが、澤村田之助の身上《しんしょう》ァ、千両だよ。片脚切った田之助ァ、脱けがらじゃねえか。蛇の衣《きぬ》さ。だれが……」

威勢よい啖呵《たんか》の語尾がかすれ、田之助は眠った。

ほどなく、相政がもどってきた。

「眠ったの」

と、いたましそうに見下ろし、お歌とむかいあって坐ると、

「これが、和痛散の効きめなんだそうだよ、お歌さん。痛みは薄れるが、眠ってしまう。

舞台に立つどころではないそうだ。何を言っても病人を昂《たか》ぶらせるばかりだからと、泰然先生は、奥の部屋でわたしにくわしく話してくれなさった。和痛散には、病いをなおす力はない。ただ、いっとき痛みを感じさせなくするだけだ。しかも、次第に量を増さなくては効かなくなる。その上、おそろしいことに、毒を含んだ薬なのだそうだ。服《の》みつづけて大量に服むようになると、頭《ここ》がおかしくなるという」

「そんな恐ろしい薬なんでございますか。まあ、どうしたものでござんしょうねえ。足を切らねば命とりだというし、切ってしまえば、田之としては死んだも同じこと……」

舞台に立てばこそ、千両も稼ぐ。片脚失い、ただ飯食うだけの荷厄介、と、お歌はそこまで思いはしなかったろうが、いずれは、身内にも、そう思うものが出てきかねないと、三すじは先が見える気がした。見える自分を、また、うとましがった。

＊

蒸し暑い夏を、田之助は、足の痛みをなだめながら過ごした。体組織の壊死は、緩慢ではあるが、確実に進んでいた。毎日見ていても気づかぬほどにゆるやかではあるが、十日前とくらべれば、赤紫の腫れは、明らかに脛を這いのぼっている。痛みは間歇《かんけつ》的に襲いかかった。激痛にのたうつときは、切る、たった今でも切る、と喚くのだが、痛みがおさまると、前言をひるがえした。

訥升にしろ、お歌にしろ、田之助に足を切らせる決心はつきかねていた。ついこの間までの全盛ぶりが、だれの眼裏《まなうら》にも鮮やかだ。舞台に立てなくなった田之助は、皆で養ってやらねばならぬ。ことに、訥升の肩にその重荷がかかってくる。子供のころから、兄を凌《しの》ぎ、露骨に兄を大根扱いした弟であった。訥升が快く田之助の身柄をひきとる気になれないのも、だれにもわかる。田之助もまた、兄の世話になるのは意地がゆるさないというふうで、ひょっとしたら、明日は腫れがひき、きれいな足になっているのではないかという空頼みを、ときどき、だれかしらが口にした。口にすれば、その願いが実現するとでもいうように。

七月の末、田之助は、三すじに命じ大道具の忠吉をよびにやった。三すじは、ついでに小花のところに寄り、忠さんといっしょにおいでなさいましと誘った。小花の無邪気な笑顔が田之助を和ませるかと思ったのだが、小花はいやだと言った。おさちが出ていってから、はばかるところがなくなったので、小花は一、二度田之助のところに来たが、凄まじい苦悶《くもん》のさまを見て怯え、逃げ帰っている。

あんな太夫を、とても見ていられません。

小花は、しおらしく言った。それでも、月々のお手当ては、しっかり受けとっているのだ。思いのほかしたたかなのだなと、三すじはそのとき苦笑したのだった。

今度も、小花は、いやだと言いながら、「元気な顔をみせてくれなさるのを待っていますと、太夫に伝えてくださいね」愛らしい笑顔で言い添えた。

いらぬおせっかいをしたばかりに、見たくもない人の裏を見てしまった。三すじは自《じ》嘲《ちょう》し、忠吉を伴って帰宅した。

この五月に忠吉の父親は隠居し、忠吉が十四代大道具師長谷川勘兵衛を襲名している。

「忠さん、ちっとも顔をみせてくれなかったじゃないか」

田之助はきげんよく言う。昨日今日、痛みが少し遠のいていた。絞りの浴衣の衿もとをゆるめ、投げ出した足には薄物をかけてある。三すじは団扇《うちわ》で二人に風を送る。

「病いにさわると悪いと思って、遠慮していたのだよ。思ったより元気そうじゃないか」

「市村座の入りはどうだい」

「田之さんが出ないのだもの。桟敷代を下げたのだけれど、それでも入りが薄くて苦労しているよ。己《おい》らも橘屋にたのまれて、ずいぶん苦しんだのだが」

「その話を聞きたくて呼びたてたのだよ。忠さん、おまえ、また目新しい工夫を家橘のためにしたそうじゃないか」

「休んでいても地獄耳だな」

「累《かさね》は、己らが出ていりゃあ、己らの役どころさ。家橘の累は、どんな工夫だえ」

『新累千種花嫁《しんかさねちぐさのはなよめ》』が、七月市村座の狂言の外題《げだい》である。

「橘屋は、例の凝《こ》り性だからね、累の亡霊が、土左衛門で、川から流れてくるという趣向でやりたいというのさ。それで己らも、一晩寝ないで考えて、ようやく、花道を川に見立てようと思いついた」

「思いついたときは、嬉しかったろう」

「そりゃあもう、それこそ飛び立つ思いだったよ。それからまた一心に図面をひいてさ、橋屋のところに駆けつけたよ」

聞きいる田之助の目が輝きを帯びはじめる。

「土間割りを工夫した忠さんだものなあ」

「花道の板張りをはずして水をはって、川にしたんだ。水のなかには竜《りゅう》の鬚《ひげ》なんか浮かせて、揚幕には葭《よし》をたくさんおいて、この葭の茂みをわけて累の土左衛門が流れてくるんだ。橘屋ときたら、何から何まで本物らしく仕立てなくては気のすまない性分だろ。古筵を胸のあたりまで掛けて、その上に仕掛物の鴉《からす》がとまって、ときどき嘴《くちばし》でつつくのだよ」

「それはずいぶんと心持ちの悪いことだな」

「土左衛門には綱をつけて引くんだが、うまくいかないときもあるので、橘屋の若い弟子が二人、気の毒に、水のなかに入って、もぐりっ放しでは息ができないから、顔を半分ばかり出して押してゆくんだ。頭に蓮《はす》の葉っぱをかぶってさ」

「河童《かっぱ》だな、まるきり」

久しぶりに田之助の笑い声を三すじは聞いた。

「打ち出しのあとで、毎日水を替えるのが一騒ぎだよ。留場《とめば》が総がかりでさ、五斗も入る桶《おけ》で大川から汲《く》んではこぶんだ。井戸水ぐらいじゃあ間に合わない」

「毎日替えずともいいだろうに」

「川に見立てた花道の内側は黒渋《くろしぶ》が塗ってあってさ、そこに竜の鬚なんかいれてあるから、もう、鼻の曲がりそうな嫌なにおいなのだよ。それにこの暑さだろう。一日おくと、水が腐ってしまう」

「それで？」と、田之助はうながした。

「累の土左衛門が舞台に流れつくと、仕掛けで刺股《さすまた》のようなものを下からつき出す。己らが草土手のかげにしのんでいて、その刺股を累の背にとりつけた環《わ》に嵌《は》めこんでやる。下からズウッとこう刺股を上げると、土左衛門が水からすうっと立ち上がる。これは怖いよ。土左衛門の両足に車をつけてあるから、らくに立ったり寝かしたりできるのだよ」

「おもしろい趣向だが、ほかの幕で花道が使えないでは困らないのかい」

「ほめておくれ、田之さん、そこが己らの苦しんだところさ。ほかのときは、横板を並べておくのだ。それも、大勢が出てとりはずしたり並べたりするのでは体裁が悪かろう。横板の下に細引《ほそびき》を二本通しておいて、細引を巻くと、横板も巻かれていくんだ」

「たいしたものだよ。仕掛けにかけちゃあ、おまえにできないことはない。己らも心が決まった。忠さん、己らァ、脚をぶった切るよ」

　田之助は、無造作に、右足をおおった薄布をとった。異臭がたちのぼった。

足の五指は、炭化したようにまっ黒で、さわればかさこそとくずれ落ちそうだ。踵は腐爛した肉のあいだから骨が露出している。くるぶしの上は赤紫の瘤状《こぶ》になり、膝下まで腫れあがっている。

忠吉は悲鳴をあげ、「田之さん……」と泣きだした。

「切らないでおけば命取りだと医者に言われたが、舞台に立てねえ軀になって長生きしたところで味気ねえと、ほったらかしていたんだ。しかし、脚一本なくたって、田之助ァ、舞台を仕おおせてみせらあ。そのためには、おまえの助けがいるんだ。よう、忠公、頼まれてくんねえな。おれに、脚を作ってくれ。自在に動ける脚をよ。なに、切るのは膝の下からだ。足首のところが、自在に動けばいい。それでも、動きは不自由だろうが、そこはこっちの工夫で何とでもなる。頼んだぜ。己ら、明日にでもぶった切ってくるからな。二葉町にも、そう言って新しい正本《ほん》を頼まなくては。三すじ、おまえ、兄貴と姉さんたちのところへ行って、いや、相政の……相政の親分のところが、まず、まっ先だ。田之助が脚を切りますと言ってきておくれ」

言いだしたら待ったなしの田之助に、三すじは馴れている。

「切りなさいますか」

ほとんど声には出さずに言い、「はい」と立ち上がった。のどに塊りができ、芳年に会いたいと、三すじは思った。田之助はいまの長広舌で精根使い果たしたように、疲れた顔で目を閉じた。

V

東海道を西へ、品川の宿から大森、蒲田《かまた》、多摩川を越え川崎と、四挺《ちょう》の駕籠《かご》がゆく。そのうちの一挺は、紅白の布で屋根を飾り、露したたらんばかりの七草を挿し、吊《つる》した金銀の短冊《たんざく》には、澤村田之助の名がしるされ、垂れは下ろしてあるがそのかげから浪に千鳥を染め出した紫の大振袖の端がなまめかしくこぼれる。

夜の明けきらぬうちに出立し、横浜の異人居留地まで、一日がかりの旅である。芝居の乗り込みとはちがうのだ、足を切るなど人聞きのいい話ではない、人目に立たぬように行け、と訥升《とつしょう》は言ったのだが、田之助は、

〝澤村田之助が足を切ります、成功したら、その後、再びみごとに舞台をつとめてごらんにいれます〟と、ひろめを兼ねて道中するのだ、それに、足切りがうまくゆけばめっけものだが、毛唐の医者がしくじったら、田之助、そのまま三途《さんず》の川を渡って、蓮華座《れんげざ》への乗り込みだ。一世一代、綺羅《きら》をかざっての道行きだい、と言いはった。

姉のお歌、品川の女郎屋〈青柳〉に嫁いでいる妹のお梅、そうして三《み》すじが、それぞれ、これは飾りなどつけぬ駕籠にのり、お伴は鈥次郎《かんじろう》とほかに男衆《おとこしゅ》が二人、他に相政《あいまさ》の身内の若いものが三人、駕籠脇についている。

だいたい、役者はそれと知られると、周囲に見栄をはらねばならず、泊まり泊まりで出銭《でぜに》もかさみ、雲助《くもすけ》にたかられたりもするので、素性を悟られぬようわざと汚くこしらえて旅するものなのだけれど、田之助は、みじめったらしいのを嫌う。

相政の子分が同行したので、不当な酒代《さかて》を強請される心配はなくなった。

海に注ぎ入る掘割にかけられた弁天橋を渡って異人居留地に入るころ、駕籠は西日をまともに浴びた。三すじは垂れをあげ、港に碇泊《ていはく》するおびただしい巨船にみとれた。前の駕籠からお歌が身をのり出し、男衆に何か命じている。男衆は田之助の駕籠のそばに寄って話しかけ、そのまま戻ってきた。

おそらく、お歌が、異国めいた珍しい横浜の風物を田之助にも見せたいと思い、垂れをあげるよう、男衆にすすめさせたが、和痛散《わつうさん》の効きめの切れてきた田之助はそれどころではないのだろうと、三すじは察した。訥升に啖呵《たんか》をきったのがせいいっぱいで、足痛に加えて発熱と悪寒にこのところ苦しめられている。

大川を行き来する猪牙《ちょき》や屋根舟、屋形舟、まれに河口から沖を見はるかして目にする千石船、そのくらいしか見たことのない三すじに、異国の船の高い舷側《げんそく》は、そびえたつ城壁のように見えた。

横浜の異人居留地は、去年の十月二十日大火を出し、大半焼失したが、一年足らずのあいだにほとんど復興し、しかも以前より地域をひろげ、建物も木造をやめ煉瓦《れんが》造りにしたと、来る前に耳にしたとおり、異様な赤煉瓦の壁が道すじに建ち並んでいる。

昨日まで降りつづいた雨のおかげで泥田のようになった道を、異人をのせた馬車が、泥しぶきをはねあげてすれちがう。

頭から泥を浴びた相政の子分が、ばかやろう、とどなった。異人は一瞥《いちべつ》もくれなかった。

紅毛の異人ばかりではない。辮髪《べんぱつ》をたらした南京《なんきん》さんだの、黒漆を塗ったような黒人だのが行きかう。

居留地の東側には、砂糖屋だの唐物屋《とうぶつや》だの生糸屋だの塗物屋だの、銅板葺《ぶき》の屋根に土蔵造りの大店《おおだな》が、日本橋あたりより豪壮に建ち並ぶ。黒いいかめしい塀にかこまれた一画は、運上所であった。

〈港すし大勘〉の暖簾《のれん》をさげた店に、一行はまず入った。相政の息のかかったこの店に、今夜は泊まり、ヘボンの診療所には翌日行く手はずになっている。

田之助が足を切る決意をしてからこの日まで、すでに一カ月以上たっていた。ヘボンに手術を乞う患者はひきもきらず、前からの約束がつまっていて、延引されたのであった。

店の二階に一行は通された。鈫次郎が田之助を背負って梯子《はしご》段《だん》をのぼった。

相政から話をとおしてあるし、田之助の評判は知れわたっているから、大勘の店の者のもてなしは行き届いていた。

しかし、どれほど丁重にもてなされようと、気持が浮きたつわけはなく、ことにお歌は沈みこんでいた。

笛の音よりもいっそうもの悲しい奇妙な音色が夜の町からきこえてくる。南京さんのチャルメラだと、大勘の若い衆が言った。

翌朝、田之助だけ駕籠にのせ、他の者は徒歩《かち》で、大勘を出た。駕籠の飾りはとりのぞいた。田之助は、はりつめていた気力が失せたとみえ、人形のような軀《からだ》を釻次郎にゆだねた。

居留地の西のはずれ、海岸通りと堀川に沿った通りが交叉する角地、谷戸橋の袂《たもと》に建つ三十九番館が、アメリカ人医師ヘボンの診療所である。谷戸橋のむこうは小高い丘陵地で、こんもり茂った樹々はわずかに色づき始めていた。

大小二つの木造の建物が並ぶ北に、もう一つ大屋根をかけた煉瓦造りの家があり、そちらはヘボンの居館で、塾を兼ねる。手前の二つが診療所と病人の宿舎にあてられている。

一行はまず、診療所の方に通された。

畳を敷いた広間は患者の溜《たま》りらしい。眼病《めや》みやら青いむくんだ顔をしたのやら、たえず咳《せき》をしているのやら、三十人近い人々がすでに集まっていた。

一行はその部屋で待つように言われ、ほどなく、別室に通された。若い日本人の男が、きびきびと指図し、田之助だけ診療室にはこばれていった。そのあとでお歌が呼ばれた。三すじは、呼ばれなかったがお歌の後に続いた。できる限りのことを、この目で見とどけよう。そう、三すじは思い決していたのである。

呼ばれた部屋に、田之助はいなかった。

「オペレイションする部屋にいます」

ヘボンは、かなり流暢《りゅうちょう》な日本語で言い、若い日本人の男の顔を、何か促すように見た。

「オペレイションというのは、截断《せつだん》、執刀のことだ」と若い男は言い、更に、「私はヘボン先生の助手で波多《はた》という」とつけ加えた。

ヘボンの深々《ふかぶか》とした眸《め》に、三すじは、安堵《あんど》感をおぼえた。信頼しきれる。そう感じた。

異人の年は見当がつかないが、五十を過ぎているのだろう。

ヘボンの言葉は、三すじにはわからぬ異国の言葉になった。波多が歯ぎれよく通訳する。

「直ちに執刀するが、すでに截断の時期を逸しているかに思われる。奏刀《そうとう》のあいだに斃《たお》れ、あるいは、截断の後、創口が再び腐敗してかえって死期を早めるやもしれぬ。それを、わきまえておくように」

「あの、手遅れなんでございますか。足を切っても、死ぬんでございますか」

泪声《なみだごえ》になるお歌に、さっきの部屋にもどって待っておれと、波多は命じた。

「お願いがございます」と、三すじは床にひざまずいた。

「截断をなされますとき、わたくしめが立ちあいますことをお許しくださりませ」

「先生の執刀に信がおけぬというのか」

「めっそうもござりませぬ。先生さまをしんそこ、お頼り申し上げております。わたくしは……太夫のおそばに、いつもつき従っておりました。こんな大事のときに、おそばを離れるわけにはいかないのでございます」

三すじはそう言ったが、そんな忠僕のような言葉は、自分の気持を正確にあらわしてはいないという気がした。

「見ていたいのでございます」

「ならぬ」

にべもなく、波多は言った。

「お願いでございます。わたくしは、田之太夫の、影でございます」

波多には通じない言葉であった。しかし、ヘボンが、意味はわからずとも三すじの気迫を感じとったのだろう、うなずいた。

＊

室内には奇妙な臭気がみちていた。田之助の足の腐肉が発する悪臭と薬品のにおいが入りまじっているのである。

寝台に横たえられている田之助の顔を見た瞬間、死んでいる、と三すじは思った。血の気がまったく失せていた。

「コロロホルムという薬で眠らせてあるのだ」

波多が言った。

その部屋には、波多のほかに、小倉《こくら》の袴《はかま》に筒袖《つつそで》の着物、たすき掛けの若い男が数人集まっていた。

「和痛散とはくらべものにならぬ強い薬だ。截断しても目もさまさぬ。先生のお許しがあったから、同室をゆるすが、これから、我々は先生の執刀を見学しながら、教えを受けるのだ。おまえは、いかなることがあっても口を出すな。その場を動くな」

ヘボンが、ゆったりと入ってきた。手の形をした薄い皮膚のようなものを、一枚手に嵌《は》めたので、それだけでも三すじは仰天した。

ヘボンは、横たえられた田之助の右に立ち、異国の言葉で波多に命ずる。

「真田紐《さなだひも》、幅四分、長さ六尺を以《もっ》て、股《もも》を緊縛し、血脈の循環を止める」

波多はそう通訳しながら、言葉どおりの動作をしているようだ。塾生たちが寝台の周囲をとりかこんでいるので、せっかく同座させてもらったものの、三すじにはほとんど何も見えない。

塾生たちは、波多の言葉を矢立《やたて》の筆で帖面《ちょうめん》に書きしるしたり、熱心に聴きいったりしている。

「委中《いちゅう》、及び趺陽《てつよう》の動脈を按《あん》ずる。先生、まだ絶脈には至らぬようですが、きわめて沈微です」

ヘボンは自ら脈をさぐり、うなずいて、鋭利に光る細い小刀をとりあげた。

「膝下凹《しつかおう》にして宛々《えんえん》たるところの皮をつまみあげ、尖首刀にて横に穿断《せんだん》し、指を創口に入れ動脈の有無をさぐり、コロンメスにて割開する」

ヘボンの執刀の様子を、波多は述べる。

塾生たちに筆記させながら、わたしにも聞かせてくれている、と三すじは思った。

「小なる血脈は烙鉄《らくてつ》にて止め、大なる血脈は鑷子《かんし》にてひき出し麻糸にて結紮《けっさつ》す。大田、それを結べ」

「創口の上部の血はまっ赤で、下部の血は赤黒いですね。動脈と静脈だ。解剖で学んだとおりだ」

まだ幼な顔の塾生が感嘆したように言う。

「膝頭の筋をことごとく截《き》り、関節の間にコロンメスを入れて軟骨及び骨膜を断つ」

三すじは目まいをこらえた。いやな音が聞こえ出した。

「膝蓋骨《しつがいこつ》を截り去る。ついで、股骨頭を鋸《のこ》にて、大田、鋸だ、早く先生に渡せ。鋸にて截断す」

いやな音は、耐えがたいほど長い間つづいた。

「断頭の稜角《りょうかく》になりたるところは小刀にて面をとり、そうだ、大田、それだ。円滑ならしめる」

骨の角をやすりで削っているのだろうか。

「皮肉を周囲より合聚《ごうしゅう》して縫合する」

三すじの額から汗がしたたり落ちる。

「血止まりたらば、直に真田紐を解き去る。綿布にて十重九重に包む。川上、おまえ、綿布帯を巻け」

ヘボンは、部屋を出ていった。白衣の胸に血痕が散り、薄い透明な皮膚を一枚かぶせた手も、血に浸したように紅く濡れていた。

塾生の一人が、金属の桶《おけ》に受けた血をはこんでゆく。およそ、五合ほどか。あの血はどうするのだろう、切られた脚は……と三すじは思ったが、たずねるのは憚《はばか》られた。それから、田之助の生死より、切られた脚や流れた血のことをまず気にした自分がうとましくなった。

截断のあいだ、医師も波多や塾生たちも、田之助に関しては、血脈だの骨だのしか意識においていなかった。意志だの感情だのを持った存在であることは、まったく無視されていた。もちろん、意志や感情は、コロロホルムによって消滅させられてはいたのだけれど。そういう空気にわたしも侵されていたのかもしれない。

「お弟子さん、患者が意識が戻ったら、これを飲ませてくれ」

いったん部屋を出た波多が、湯呑《ゆのみ》をもってもどってきて、命じた。

「水分を補給せんといかんのだ」

「あの、太夫は、助かるんでございますね」

「あたりまえだ」

くつろいだ声で言った波多の顔が、三すじの目の前で、霧をすかしたようにぼやけた。

涙を流している自分に、三すじは驚いた。

また、何かが始まる。これから、始まる。三すじは、そう思った。

*

綿布帯がとりのぞかれてゆく己《おの》れの脚を、田之助は、寝台に仰《あお》のいたまま、頭を少しもちあげて見つめる。

寝台が六基、頭あわせに二列に並んだ、ヘボンの養生所の病室である。手術の後、この部屋に移され、お歌と三すじ、鈦次郎が泊まりこんで付き添っている。ほかのものはひとまず江戸に帰った。

コロロホルムの効果が切れてめざめてから、田之助は少しぼうっとしていたが、やがて截断した切口の痛みを訴えはじめた。波多が、金属の筒の先端にとりつけられた細い針を田之助の腕に刺し、びーどろの中筒を押し下げた。鎮痛効果のある薬液を注ぎこんでいるのだと説明され、三すじもほかのものも、そうして田之助自身も、一種の畏怖《いふ》をもって、波多の手もとを眺めたのだった。

二日め、波多が綿布帯の交換にきたので、田之助は、はじめて、傷口を自分の眼で見ることになったのである。

巾着《きんちゃく》の口のように縫いちぢめられた切口があらわれたとき、田之助は、信じられないものを見たように、茫然《ぼうぜん》とし、

「膝がない！」

と叫んだ。聞きようによっては滑稽《こっけい》な言葉だが、だれも笑うものはいなかった。

膝下で截断されるのと、膝上、大腿部から截断されるのとでは、大きな違いがある。しかし、周囲のものは、それを十分に気にとめてはいなかった。

田之助は一目見て、重大な損失に愕然《がくぜん》としたのだ。忠吉――長谷川勘兵衛の、細工の腕を信頼して田之助は手術に踏み切ったのだけれど、たとえ見ためは本物とかわりない忠吉でも、膝の屈伸の自由な継ぎ足は作れまい。となると、たとえ見ためは本物とかわりない継ぎ足をとりつけようと、舞台で坐《すわ》ろうとしたら、曲らぬ脚をぶざまに投げ出すほかはない。

芝居は、形を重んじる。どれほど顔立ちが美しくせりふが哀切であろうと、片脚投げ出したのでは客の笑いを買うばかりだ。

田之助は、無言で、取り返しのつかぬ形となった脚を凝視する。

「しかたなかったんだよ、田之。毒がね、もう……」お歌が言いながら、田之助より先に泪をこぼした。

田之助は、涸《かわ》いた目で、己れの喪失と対峙《たいじ》しつづけた。

何を視《み》ているのか、と、三すじは思った。あらかじめ失われてしまった、未来の光輝。死ぬまでつづく暗黒。それらをか。

毛唐め、殺してやる。そう田之助がつぶやいたような気がした。

そこにヘボンが入ってきて、創口をあらため、波多に何か指示して、すぐに出ていった。

「食欲はあるか」

波多はたずね、田之助はわずかに首をふった。新しい綿布帯を分厚く巻きつけた後、波多は熱湯を台所から運んでくるよう命じた。鈌次郎がのっそり立っていった。力仕事はほとんど、ことさら名指されずとも、鈌次郎がひきうけている。

波多は針のついた鉄の筒をとり出した。これは、ゆうべ鎮痛剤の注入に用いたものの四、五倍はある太いもので、針も太い。

鈌次郎が熱湯をみたした桶を持ってくると、手拭《てぬぐ》いを数本、熱湯に浸して絞っておくように命じ、波多は太い針を田之助の腕に突き立てた。びーどろの中筒が鉄筒の中に沈みきるまで、ずいぶん長い時間がかかった。田之助は呻《うめ》きながらも波多には罵声《ばせい》を浴びせなかった。騒いでも無駄と、あきらめているのだろう。薬液が注入されるにつれ、腕

はふくれあがった。針を抜いて、

「あとを、その手拭いで巻いて十分に揉《も》みほぐしておけ」

波多は指示した。

「食物を十分に摂《と》れるようになるまで、これで滋養を補なう。よく揉み散らしておかぬと、あとが痛むぞ」

波多が去った後、お歌が火傷《やけど》しそうに熱い手拭いを田之助の腕に巻きつけ揉みはじめると、田之助は、ばかやろう、痛いじゃないか、人の腕を何と思ってるんだい、と言いたい放題をわめきはじめた。

「とても可哀そうで、わたしにはできないよ」と言うお歌にかわって、三すじは、田之助の腕の熱く固いしこりを、力をこめて揉みほぐした。田之助はわめき、罵《ののし》り、だが体力が衰えているのでじきにくたびれて黙った。

滋養液の注入とそのあとの揉みほぐしは、五日ほどつづいた。手拭いは素手では絞れぬほど熱いので、熱湯に浸したのを乾いた手拭いで包み、そのはしを捻《ひね》り上げて絞った。田之助の腕も火傷のように赤くなり、ひりひり痛むので、針を刺す場所は、健全な方の脚の太腿《ふともも》だの、肩だの、場所を変えてつづけられた。

四日めごろから食欲が出はじめ、八日めに傷口を縫いちぢめた糸を抜き去ると、微熱がとれ食欲も増した。

縫いちぢめた傷口から、血管を縛った糸のはしが垂れ、膿汁《のうじゅう》がそれをつたわってしたたり落ちていたのだが、膿《うみ》もとまり、糸のはしは自然にとれた。傷口はきれいに癒着した。

台所で食器を洗っている三すじに、波多が声をかけた。

「経過は順調なようだな。これなら、あと四、五日もすれば、帰宅が許されるだろう」

「ありがとうございます」

「太夫は、牛の乳はどうしても飲まんのだな。恢復《かいふく》に効きめがあるのに」

湯吞に手をつけずに残っている牛乳に、波多は目をむけた。

「足が腐ったのは牛の乳のせいではないと、いくら先生がおさとしくださっても、ちょうどこれを飲まされたのと足の痛みが始まったのがいっしょなものですから、気味悪がって飲みなさらないんです」

「原因がいまだにわかっておらんのだよ、この病いは。おまえに一度訊こうと思っていたのだが、あの鈋次郎という男は、生まれつき口がきけぬのか。耳は聞こえるようだが。ふつう、口がきけぬものは、耳も聞こえぬものだ。耳が聞こえぬから、言葉があることを知らず、口きくすべもおぼえぬ。あの男は、人の言葉は十分に解するようだが」

「水銀を飲んだらしいんでございます」

「水銀?」

いつ、どのような事情で? と波多はたずねた。

「安政の大地震のときでございますから、こうっと、十二年も前になりますか。とつぜん、声が出なくなったので」

「それは、水銀のせいではあるまい」

波多は、自信ありげに言った。

「水銀の毒に侵されたのであれば、めまいがしたり手足が痺《しび》れたり慄《ふる》えたり歩けなくなったり、さまざまな症状を併発するものだ。銕次郎は、声が出ぬほかは、身体いたって壮健ではないか」

「水銀ではございませんので！」

ちがう、と波多は断言し、ヘボン先生に一度診《み》てもらえるようはからってもよいと言った。

しかし、三すじが波多の言葉をつたえると、銕次郎は、診療をはげしく拒んだ。異人の医者だから怖がっているのか、田之助のように眠らされてどこかを切られてしまうと怯《おび》えているのかと、三すじは、ヘボンが信頼のおける医師であることを力説した。銕次郎は頑なに拒みとおした。

水銀ではない。そうわかったことは、三すじには、嬉しかった。田之助は、陰湿な悪業はやらなかったのだ。なぜ、水銀などと権十郎の養祖母お常は言ったのだろう。だれがそんな噂を流したのだろう。

その疑問は残ったし、銕次郎がどうして声が出なくなったのか、その原因もわからない。しかし、心のなかに蟠《わだかま》っていたものが、すっと溶けたような気がした。

もっとも、それによって、田之助に対する彼の気持がどう変化するわけでもなかった。

権十郎に水銀を飲まそうとしようがすまいが、田之助は、田之助であった。

女郎屋の割り床で、月岡芳年に、〝おまえはどう思うのだ、いや、どうあってほしいのだ、そんなおそろしい性《さが》の子ではないと信じたいのか〟と訊かれ、

〝どちらでもよござんす、どちらであろうと由坊《よし》ちゃんは由坊ちゃん〟と答えたときと、彼の気持はいささかも変わっていないのだった。

そのことを、彼はあらためて自認した。


江戸に帰る道中、田之助は、意気軒昂《けんこう》としていた。ヘボンが、母国アメリカから、精巧な継ぎ足をとりよせることができると言ったのである。船賃も加えると、二百両という高価なものだというが、二百両が千両でも、と田之助は即座に頼みこんだ。

知らぬまに膝の上から截断されたと、恨みがましい気持をもっていたのが、一気に氷解したようであった。

三すじにも、おまえ、異人の医者というのは、たいしたものだよ、と信頼しきった口調で言うようになっていた。

継ぎ足で舞台をつとめた役者は、古今、いないよ。きっと大評判をとってみせる。

――だが、その評判は、珍しいもの見たさの、いわば見世物……と三すじは思ったが、

口には出さなかった。意気ごんでいる田之助に、あまりに酷《むご》い言葉だ。田之助なら、見世物の域を越えて、継ぎ足であることを忘れさせるような舞台を……。

見世物となる田之助に、妖《あや》しく惹《ひ》かれる自分の心を、三すじは、自分にも悟らせまいとした。

川崎の宿の茶屋で一休みしているとき、表が騒々しくなった。

「新門《しんもん》の親分さんだよ」

「たいそうな道中だねえ」

物見高い群衆のうしろから、三すじものびあがって眺めた。

二百人近い旅装束の男たちが、西にむかって行く。

その先頭に近いところにいる半白髪の男が、三すじも顔は知っている町火消『を』組の頭《かしら》、新門辰五郎であった。衿《えり》に〝新門〟、背に〝丸に作の字〟を染めぬいた袢纏《はんてん》、大小二本を腰にさし、七十という年には見えぬ矍鑠《かくしゃく》とした足どりである。

「京に上られた将軍さまをお守り申し上げるために、子分衆をひきつれて行くのだそうだよ」

そう語っている野次馬の声が三すじの耳に入る。

お歌が呆《あき》れた声で、

「あれ、いやだよ。あれは、奥山の独楽《こま》まわしじゃないか。あれあれ、砂絵描きだの膏薬《こうやく》売りもいるよ」と指さす。

辰五郎がとりしきる浅草奥山の香具師《やし》たちが、いなせな装《なり》で鳶《とび》の仲間に加わっている。頭数を揃えるためなのだろうが、将軍さまの身辺を守るのに香具師までかり出されるとは奇妙な御時世だと、三すじは思った。

猿若町《さるわかまち》の自宅に帰り着いて何日とたたぬうちに、大政奉還とやらで、将軍さまが京の天子さまとやらに頭をさげなさったというふうな話が伝わってきた。そうして、ひきつづいて、幕府というものがなくなってしまったと、聞かされた。三すじなどにとっては、幕府とは、日輪と同じように、はじめもなく終わりもなく永遠に存在すると信じて疑わぬものだった。

それが崩壊した、消滅したといわれても、世のなかがどう変わるのかわかりようもなく、毎日のありさまは、いっこう変化はなかった。ぶっそうな流血騒ぎは絶えることがない。江戸城の二の丸が火事になったり、三田《みた》の薩摩屋敷が焼き討ちにあったり、不穏なことがつづいた。

田之助が継ぎ足で舞台に立てると知ると、三座の座元は我がちに訪れてきた。一幕でもいい、市村座の舞台をつとめてくれと、家橘《かきつ》と弟の羽左衛門《うざえもん》が揃って頼みに来、守田勘弥《かんや》はにこにこ顔で田之助を煽《あお》りたて、中村座の勘三郎《かんざぶろう》も角樽《つのだる》を男衆にかつがせて訪ねてきた。

田之助は、かねが入り用だった。有馬屋、相政をはじめ、贔屓《ひいき》たちが見舞金を贈ってくれはしたけれど、ヘボンに払う手術代、入院費、そうして二百両という継ぎ足の代金には足りぬ。

役者は入るかねは大きくとも、出るかねはそれにも増して大きい。舞台の衣裳はすべて自分持ちだし、日常の暮らしも、名前にかけてもけちくさいまねはできない。弟子の暮らしの世話もみねばならぬ。小屋で働く裏の人々は、立者《たてもの》たちの懐をあてにせねば暮らしが成りたたぬ仕組だ。小屋の木戸口で番付の読み立てをし、客寄せをする木戸芸者にしても、着付を座頭が出せば、羽織は書出し（番付の筆頭に名がのる役者）、帯は立女形《たておやま》が持つというふうである。大入りが続けば三階で当り振舞いがあり、大入りとるした団子提灯がくばられ、それを持って吉原《なか》にくりこむしきたりだが、この遊びの金も、立者の負担になる。

田之助は、ことさらかねの使いようが派手で、あと先のことなど考えないから、蓄えなどはまるでなかった。

三座から身上《しんしょう》が払われれば、これに越したことはない。三座かけもちでつとめると、約束をかわした。

継ぎ足で、どんな舞台をつとめるのかと、客が好奇心をもって押しかける。それを座元はあてこんでいるのだ。見世物、という言葉が、またも三すじの心に浮かぶ。三すじは、それを消そうとした。

華やかにひるがえる幟《のぼり》。

〝一番太鼓ともろともに、永当《えいとう》永当御見物のほど、ひとえに願い上げ奉りまする〟と咽《のど》いっぱいの声をはりあげる木戸芸者。

晴れ着を着飾った見物客たち。

＊

例年、初春の芝居町は活気に溢《あふ》れているのに、この年の正月は淋《さび》しく開いた。

年が明けると早々に、西の鳥羽伏見《とばふしみ》で徳川方《とくせんがた》の兵と薩長兵が戦闘を開始したという報がつたわり、それを実証するように、大敗した徳川方の敗兵が江戸に逃げ帰ってきた。町家を押込み強盗が襲うのは連夜のこととなった。官軍が江戸に攻めこんでくる、江戸を焼き払うそうだと噂が流れ、芝居町は、初日を出すどころではなくなったのである。たとえ小屋を開けても、客は集まりそうもなかった。

小屋が開かねば茶屋も商売は成りたたず、木戸を閉めている。

正月というのに、芝居町じゅうが時代の終焉《しゅうえん》の喪に服しているようだ。

田之助の住まいでは、例年のように、床の間に七福神の軸、松竹梅の挿花、供物台に一尺五寸の鏡餅《かがみもち》の蓬莱《ほうらい》と、めでたずくめの飾りつけをし、脇床には役者たちから贈られた鏡餅をずらりと並べ、年賀の客と酒を酌みかわす。

鱈昆布《たらこぶ》の汁だの口取鮃《くちとりひらめ》の刺身だのぬただのは、お歌が作ってはこんできた。奉書の紙に金銀の水引《みずひき》をかけた祝箸の箸袋には、田之助が自分で筆をとって、客の名をしるした。客はそのめいめいの箸袋を持ち帰るならわしである。

田之助はおそろしくきげんが悪かった。

身動きするのに、いちいち人手を借りねばならぬ。�次郎か三すじがいつもつき添うようにしているのだが、鈬次郎とちがって非力な三すじは田之助を背負うことはできなかった。

「小屋が開かないのでは、何のために足を切ったのかわからない、と焦《じ》れなさいましてね」三すじは、使いに出た道で出会った芳年《よしとし》にそう語った。

芳年は、時折たずねてきては三すじに田之助の容態を訊くのだが、直接逢《あ》おうとはしない。

「澤村田之助が脚を切った。その年に、徳川幕府は滅びたのだな」芳年は、三すじが考えもしなかったことを言った。二つのことは、それまで、三すじの心のなかでは密接に結びついてはいなかった。しかし、芳年に言われてみると、ぬきさしならぬ関わりのように、三すじにも感じられた。

ようやく初日が出たのは、三月に入ってからであった。氷雨が降りつづいていた。

市村座と守田座の狂言は、河竹新七が田之助にあてはめて書いた新作であり、田之助の三座かけもちは評判になりはしたが、世の中の混乱の方が甚《はなはだ》しく、土間や桟敷に空きが目立った。ヘボンの継ぎ足は、この興行にはまにあわなかった。田之助は黒衣に助けられ、また共演のものが手を貸して動きを助けたりして、どうにかつとめてはいたが、入りの薄いこともあって、生彩を欠いた舞台であった。

四月四日には勅使の下向《げこう》があり、将軍の座を退いた慶喜《よしのぶ》は、更に上野に謹慎した。十一日、有栖川宮《ありすがわのみや》を大総督とする大軍が、江戸になだれこんできた。江戸城は官軍にひきわたされ、慶喜は水戸に蟄居《ちっきょ》した。それに先立って、出府していた大名小名は国もとにひきあげ、屋敷跡は荒廃の気配を見せ始めていた。

錦《にしき》の袖印をつけた官兵は江戸市中を横行し、押し借り、強奪、女を手ごめにするなど狼藉《ろうぜき》をきわめる。

降伏にあきたらぬ血気の旧旗本などは、隊を組んで官兵に抵抗し、血まみれの官兵の骸《むくろ》が辻々《つじつじ》にころがり、雨に打たれていた。これらの旧旗本たちは彰義隊《しょうぎたい》と名乗り、上野の山にたてこもって抗戦のかまえをみせている。

土間も桟敷も、いっそうまばらになった。長雨も、客足の出を悪くした。

ついに、四月の半ば、小屋は三座とも木戸を閉めた。

この年は閏《うるう》で四月が二度ある。閏四月、芝居町はさびれたままだ。

何とかして客足を呼び戻さねば、町は死ぬ。

そんな矢先、横浜のヘボンのもとから使いが来た。船便で継ぎ足がとどいたというのであった。

足首から先は、木で作られていた。脛《すね》から腿は、へぎ板を筒形につらね、その上を薄い弾力のあるものでおおってある。布にしては織目も縫い目もなかった。

「ゴムというものだ」と波多が教えた。

田之助の足を切るとき、ヘボンが手にはめた薄皮様のものを三すじは思い出し、あれも同じ材質かと納得した。

田之助は、これから自分の軀の一部分となるものを、手にとって仔細《しさい》にしらべた。

膝は屈伸できるが、そのためには、いちいち仕掛けの部分を操作しなくてはならないとわかり、表情がくもった。つまり、坐るときに、その部分を操作すれば、脚を折り曲げて坐ることはできるが、立ったとき、もう一度、仕掛けをいじらなくてはならない。歩くときは膝が曲がらないから、杖《つえ》にすがり、片脚をひきずらねばならぬ。田之助が夢想したように、生身の脚とかわらず自由自在に動くわけではないのだった。せいぜい、立っているとき、坐っているとき、静止しているときどきに、形がぶかっこうにならないという程度の利点である。

田之助はずいぶん気落ちしていたが、珍しくすなおに、「ありがとうございます」と頭をさげた。

*

裾を割り、むき出した太腿に、ヘボンは義足をとりつけてやった。立ち上がって、田之助は顔をしかめた。右脚に軀の重みがかかると、義足との継ぎ目が痛いのだろう。三すじの肩に手をかけ、田之助は、右脚をひきながら室内を歩いた。

その夜は〈大勘〉に泊まり、翌日、駕籠で一日がかりで帰宅すると、田之助はすぐに家橘を呼びに使いを出した。

「小屋は、いつ開ける？」

家橘が来るなり、気ぜわしく問いかける。

「五月には開けたいと思っているが……。いつまでも閉めていては、皆、飯が食えなくなる」

「演《だ》しものは？」

「太髷《ふとまげ》とも談合して、『八犬伝《はっけんでん》』を出すことにしたよ。山崎屋の道節《どうせつ》、おれの信乃《しの》、左團次が荘助《そうすけ》、友右衛門は現八《げんぱち》、田之さんには犬坂毛野《けの》をつきあってもらうよ。なに、動かなくてもすむよう、二葉町に手をいれてもらう。田之さんが顔を出すだけで、客の入りがぐんとちがう。二番目は『伊勢音頭《いせおんど》』だ。これは、おれの貢と三津五郎《みつごろう》のおこんさ」

「中幕《なかまく》は何にするね」

「まだ決めていない」

「『艦褸錦《つづれのにしき》』を出しねえな」

『大晏寺堤《だいあんじづつみ》』かい。田之さんの役どころがないだろう」

「わたしが春藤《しゅんどう》をやるよ」

「立役《たちやく》を？」

感心しないという顔をする家橘に、

「春藤なら、足萎《な》えにうってつけじゃあないか」田之助は言った。

父の仇《あだ》を討つために弟新七とともに旅に出た春藤治郎右衛門は、痛風をわずらい、大和郡山《やまとこおりやま》、大晏寺堤の乞食小屋で寝こんでいる。

新七が薬を買いに出た留守に、郡山家中《かちゆう》の高市武右衛門《たかいちぶえもん》と加村宇多右衛門《かむらうたえもん》が、新刀の試し斬りに、乞食小屋に来る。乞食の生き胴を斬ってためそうというのである。

治郎右衛門は、竹杖に仕込んだ青江下坂《あおえしもさか》の一刀をみせて、敵討《かたきう》ちの身であることを告げる。高市は治郎右衛門に肩入れする気になるが、加村は、当の敵を手引きして小屋に案内し、治郎右衛門を返り討ちにさせる。

そこへかけつけた新七と高市が敵を捕え、瀕死《ひんし》の治郎右衛門にとどめを刺させる、という筋立てで、人形浄瑠璃《じょうるり》からとった、歌舞伎では明和元年初演の人気のある芝居だ。

「ほとんど寝たきりだし、足をひきずるのがあたりまえの役だ」

哀れも深い役だ。見物の同情をひくことはまちがいない、と、傍にひかえている三すじも、内心うなずいた。

権十郎《ごんじゅうろう》が高市武右衛門、左團次が憎まれ役の加村宇多右衛門、と配役が決まったが、総ざらいのとき、権十郎と田之助が対立した。

田之助は、白塗りの若衆形、白小袖の無地、大広袖紅絹裏《もみ》、襦袢《じゅばん》の袖は浅葱縮緬《あさぎちりめん》、花色の丸ぐけ帯を前に結び、みるからに妖艶《ようえん》なつくりにしたのだが、権十郎が、

「春藤は、三年も浪人し、乞食に身を落とし、その上痛風をわずらって身動きもままならぬのだ。たったいま越後屋で誂《あつら》えましたというような装《なり》では春藤にならない」

と、だめを出した。

「顔は陽に灼《や》け、無精ひげがのび、着物もつぎだらけの襤褸《ぼろ》を着ているはずだ。そういう貧苦のなかで、青江下坂の一刀だけは手放さずにいるというのが、春藤の性根だ」

「山崎屋が春藤をやるときは、それでやりな。客は、田之助の春藤を見にくるんだよ。無精ひげで赤っ面《つら》の田之助が舞台に出てみな。桟敷代をお返し申さなくてはならないよ。近松の心中物はどうなるんだえ。これから死にに行こうという梅川《うめがわ》と忠兵衛が、揃いの衣裳、女は裾引きの、芸者の座敷着のような装《なり》だよ。雪がちらちら降りかかるなかを、笠もかぶらず、素足で道行きだよ。だからこそ美しいし、哀れも深いのだ。それが芝居ってものじゃないか。ほんものの乞食なら、なにも舞台で見なくたって、奥山《おくやま》にいくらもいらあ」

「その、奥山にいくらもいるような乞食の装をした男が、実は仇討《あだう》ちの武士、あくまで武士の魂は忘れておらぬというところが、おもしろいのだ」

「たいがいにしておくれよ、山崎屋」

いつもなら、このくらい言いあえば田之助は癇癪《かんしゃく》をおこし、下りるとごねだすのだが、今度は自分から申し出た役である。下りるとは言わず、自説を主張する。

「忠臣蔵の定九郎《さだくろう》が、あんないい役になったのは、初代の仲蔵《なかぞう》が、衣裳を美しく工夫したためだよ。こんなことを権《ごん》ちゃんに言うまでもなかろうが、どてらに髯《ひげ》づら、山賊みたような定九郎を、御家人《ごけにん》くずれをうつした黒紋付の裾はしょりにかえたから、あの役は、座頭がつとめるほどに重くなったのだ。世間そのままの実《じつ》をうつすばかりが芝居じゃあねえや」

やはり最後には、

「いつまでも、昔のままのきれいごとでは通らない。客の目も昔よりは肥えてきている。あまりにそらぞらしい嘘っ八は、通用しなくなる」しんねりと言いはる権十郎に、田之助は、

「太夫元」と、家橘の弟の羽左衛門に、

「髯づらで出ろと言いなさるのなら、わたしは下りるよ」と、ついに奥の手を出した。

金主の一人であり、市村座の運営に実力をふるっている太鬐の河原崎権之助は、養子の権十郎の肩はもたず、

「紀伊國屋の太夫の言いなさるはもっともだ。うす汚れた田之太夫《たのだゆう》では、客が承知しない。その着付けでいきましょう」

と、田之助の言いぶんを通させた。

五月四日に市村座は幕を開けた。一日おくれて五月五日に守田座も初日を出し、座元の勘弥の要請で、こちらにも田之助はかけもちし、切見世《きりみせ》の女郎、塵塚《ちりづか》お松をつとめた。市村座の『大晏寺』は、女形の田之助が立役をつとめるという珍しさも加わって評判をよび、不穏な世情にもかかわらず、猿若町はにぎわいを取り戻した。

田之助の春藤は、大当りに当たった。

弟新七を見送った後、病み衰えながら美貌の冴える春藤が、竹杖に仕込んだ刀を抜き払い、松の枝を鮮やかに斬って落とし、

「いまだ手のうちは狂わぬ。……これで足がたてば申し分ない」

悲哀に楽屋落ちめいた諧謔《おかし》みが加わり、見物は、一瞬笑い、それから田之助自身のありようと重ねあわせ、喝采《かっさい》しながら涙をぬぐう。

それは御愛嬌《ごあいきょう》だが、更に場面が進むにしたがい、田之助は、細《こま》やかに役の性根を演じ、見物をひきこんだ。

新刀の試し斬りにきた加村宇多右衛門が、「敵討ちというは命惜しさに」と責めかけるとき、

「青江下坂二つ胴に敷腕」と言いながら、仕込み刀を左に引き寄せ、脇構えとなり、調子をぐっと低めて、

「ずんと切れます」

衰えた身でありながら、肉を斬らせて骨を断つ気迫を、その抜き討ちの構えにみせた。〝ずんと切れます〟といいながら抜き身を相手に突きつける従来の型を、このように変えたのである。

仇討ちの志を持ちながら病いに衰えた若い武士の性根を、田之助は、美しく、華やかに、そうして哀れ深く、あらわしてみせたのであった。

加村の手引きであらわれた仇敵《きゅうてき》に闇討ちにあい、瀕死の手傷を負った春藤が、敵の去った後、敵がまた、止めを刺しに引返してくるのではないかと、傷の痛みもおぼえぬほど気をはりつめているが、やがて次第に気がゆるみ、苦痛を甚しくおぼえる。しかし、なお油断せずにいるところに味方がかけつける。武士の意気地から、口では強いことを言いながら、安心感に次第に意識が薄れてゆく。

手負いごとを田之助はみごとに仕わけた。並みの役者なら、ただ刀を杖にせわしい息をする型で手負いを表現するばかりであろう。

役者である田之助の目は、死を予感させる苦痛に抗《あらが》い、敵との闘いに生き抜こうとする手負いの武士の心を凝視し、それを様式的な型にあらわしてゆく。

足の激痛と闘い抜いた役者の性根が、そこには重なっていた。

二番目の『伊勢音頭』には出場はないから、『大晏寺』の幕が下りると、田之助は鈇次郎に付き添われ、杖をついて足をひきながら守田座へまわる。その姿を見ようと、女たちが楽屋《がくや》新道《じんみち》に群らがった。

見世物という言葉を、三すじは捨てた。

以前にも増して耀《かがや》きはじめた、と思った。華やぎに溶けこんだ哀切さと妖しさが密度を増した。

しかし、せっかく熱が入り勢いづいた舞台に、水がさされた。

三すじは、このところずっと、再び田之助のもとに住みこんでいる。声をかけられればすぐに用を足せるように、夜は二階の田之助の部屋の隣りに床《とこ》をとる。弟子たちや小女も同居しているのだが、田之助が命ずる前に察する重宝な人間は、ほかにいない。重宝な人間という鋳型に、己れの意志で己れを嵌《は》めこんだ。悔いてはいなかった。

五月十五日の早朝、三すじは、少し遠い落雷のような物音に目がさめた。

田之助もめざめ、今の音は何だ、と言った。

三すじは雨戸を細く開けた。降りしきる雨のむこうに、火の手がみえた。上野の方角であった。

始まったか。上野の山にこもった彰義隊に、官軍が攻撃をかけるのは時間の問題とみられていたのだ。

「いくさらしうございますよ」

「上野かい」

「はい」

「こっちにもとばっちりがくるかな」

起き直る気配がし、

「雨戸を開けておくれ」

襖《ふすま》越しに田之助は命じた。

三すじは田之助の部屋に入り、雨戸を繰り開けた。それから半身起き上がっている田之助に手を貸し、窓ぎわに連れていった。義足は、家にいるときは、はずしている。太腿のやわらかい肉がしめつけられ、長いあいだ嵌めていると鬱血《うっけつ》してくるのだ。

昏《くら》い空に降りしきる雨と、黒い家並みの向こうを赤く染める炎を、二人はしばらく眺めた。


その日は、芝居町は小屋の木戸を閉ざした。

一日じゅう、上野の森は燃えていた。しずまったのは夕方になってからだった。

翌朝、様子を見てこいと田之助に言われ、三すじは上野に足をむけた。雨はやんでいたが、道すじは泥沼のようだ。九蔵と鶴蔵《つるぞう》がやはり上野に見物に行くのに出会い、同行した。野次馬がぞろぞろと繰り出してゆく。

広徳寺前から山下に出ると、その一帯は町家が焼けくずれ煙をあげていた。

黒門木戸は鉄砲の弾がくいこみ、穴だらけだ。樹々は黒焦げになって立ち枯れ、大砲が一門横倒しになっていた。

そここに、血と泥にまみれた骸《むくろ》が、水溜りに顔を突っこんでいる。服装からみると彰義隊士ばかりだ。同志の者が逃げる前にした心づくしか、骸の上にひろげた経文《きようもん》や浴衣がかけてあったりする。顔の砕けたもの、膝が割れたもの、腹を切って突っ伏しているもの。

「何と、死にようもさまざまだの」鶴蔵が感心したようにつぶやいた。

骸のただ中にかがみこんでいる男に、三すじは気づいた。矢立《やたて》の筆で帖面に何か描いている。近寄って背後からのぞくと、死者たちの姿やら顔やらをうつしとっているのだった。

声をかけようか。三すじはためらった。

妨げるのがはばかられるほど、死者をみつめ絵筆をはこぶ月岡芳年は、鬼気を感じさせた。

死者よりも、それをうつす芳年に、三すじは怖ろしさと哀れさをおぼえた。

そっと立ち去り少し行くと、鶴蔵と連れ立って先に山頂にのぼっていた九蔵がもどってきて、藤堂さまの手勢の死骸《ほとけ》をお屋敷まではこぶと二分《ぶ》くれるそうだが、やるか、と言った。三すじはことわり、田之助のもとに帰った。

上野のいくさは一日で終わったが、敗兵が町家に逃げこんだり、彰義隊の残党が結集して攻めこんでくるという噂が流れたり——それは実現はしなかったが——芝居町は木戸を開けることができぬままに日が過ぎた。

六月二十七日に返り初日を出してみたものの、世のなかは芝居見物どころではなく、一月ともたずに千穐楽にした。

八月の興行に、家橘が五代目尾上《おのえ》菊五郎を襲名したのも、いろいろ事情はあったが芝居の景気を何とか盛りあげようというもくろみも含まれていた。襲名の費用四百五十両は、新・菊五郎が、来年一年中村座に出勤するという約束で、中村座の座元から借金した。

「師匠、これは、わたし一人が言うのじゃあない。金主一同の申し出なのだよ」

太鬙の河原崎権之助の口調はおだやかだが、腰のすわった強さがこもっている。

市村座の、稽古はじめの日であった。

一番目は田之助が政岡《まさおか》、家橘あらため菊五郎が仁木《につき》をつとめる『梅照葉錦伊達織《うめもみじにしきのだており》』。『伽羅先代萩《めいぼくせんだいはぎ》』を書きかえたもので、これは問題なかったのだが、二番目の『芦屋道満《あしやどうまん》大内鑑《おおうちかがみ》』の新七が割りふった配役に、太鬙が苦情を申し立てたのである。

葛《くず》の葉《は》は友右衛門、保名《やすな》は権十郎、これは申し分ない。しかし、与《よ》勘平《かんぺい》が左團次ではおさまらないというのが、太鬙をはじめ金主方の言いぶんであった。

「そうですか。わたしの決めた役人替名《やくにんかえな》は、お気に召しませんか」

「高島屋では、客が承知しない。ここは、音羽屋（菊五郎）にもう一役、ということでどうだろう」

言葉は相談をもちかけているようだが、命令にひとしい。金主が資金をひきあげてしまったら興行はうてぬ。

「わかりました。お気のすむようにしてください」

新七は言ってその場はおさまったが、翌日から新七も左團次も小屋にあらわれなくなった。座方ではあわてて、奥役が新七のもとにかけつけたが、立作者のわたしの決めたことが通らないのでは仕事はできない、と新七は折れず、わたしは引退する、左團次も芝居には出さぬと言いはった。小團次にあとを託された左團次を、新七はかばいとおす気構えなのだ。

「羨《うらや》ましいことだな」と田之助は洩《も》らした。

「二葉町《ふたばちょう》にそれほど目をかけられているとはな」

あの大根が、と最後につけ加えた。

「手水鉢《ちょうずばち》のせいにしやがって」

田之助が毒づくのを、友右衛門は聞こえぬふりをする。

三階の囲炉裏《いろり》を、田之助と菊五郎、権十郎、友右衛門、市村座の花形立者がかこんで雑談している。

つい半月ほど前、年号は慶応から明治と変わった。江戸の名称も東京と変えられたが、楽屋のありようは、いっこうきわだった変化はない。

友右衛門に仕勝手が悪いからと大道具の直しを命じられふくれっ面をしているのは、庄八という職人である。

「手水鉢の脇から下へ辷《すべ》りをつけてくれさえすりゃあいいんだ。たいした手間じゃあないだろう」

「それならそうと、最初《はな》っから言ってくださりゃあいいんで。今さら直せと言われても困りますんです」

庄八は、言いかえす。

「手水鉢を直したからといって、大根に花が咲くわけでもあるまいに」田之助がうそぶき、

「紀伊國屋、おまえさん、長谷川の肩をもつのか」友右衛門は色をなした。三浦之助をつとめて田之助の時姫に熱湯をのませられて以来、犬猿の仲だ。

権十郎は分厚い唇の両はしをぐいと曲げ、苦い顔で成りゆきを見ている。馬鹿げたことでいがみあうと軽蔑しているのだろうと、田之助のうしろにひかえた三すじは思う。

田之助がそっぽをむいたので友右衛門は、庄八に、

「いま言ったように、早いところやってくれ」

「できませんねえ、いまさら」

「何？」友右衛門は気色《けしき》ばむ。

「太夫元や紀伊國屋には、仕掛けを工夫してやっているじゃないか。わたしの注文はきけないのか」

横から菊五郎が、

「庄、おまえじゃあわからない。忠さんを——棟梁《とうりよう》を呼んできな」

と、とりなしたが、

「棟梁はもう帰りました」

庄八はにべもない。

「用の足りねえやつだな」

「そんなら、用の足りるやつに言いつけてください。わっちゃァこれで」

立ち上がりかかる庄八の頭を、むかっ腹をたてた菊五郎が、手にした煙管《きせる》でなぐりつけた。

小鬢《こびん》が切れ、血を噴いた。

庄八は血相をかえて仁王立ちになった。三すじや他の役者がなだめすかし、階下に下りさせた。

「仕返しに来るんじゃないのか」権十郎がおびえた眼を泳がせた。権十郎の臆病《おくびよう》は知れわたっている。以前にも、何か鎧武者《よろいむしや》の役をしているとき、土間の酔客が舞台に上がってきてからんだ。権十郎はすっとんで逃げ、楽屋を通り抜けて裏の茶屋に逃げこんだ。鎧武者がふるえていたと、いまだに一つ話になっている。役者が臆病だからといって恥にはならないと、三すじは思っている。舞台で、強い役なら強そうにつとめられればいいのだ。つまらないことにまきこまれて怪我をするのは馬鹿ばかしいと、権十郎は理に適《かな》ったことを考えているのだろう。

ほどなく、荒々しい足音が入り乱れて梯子をのぼってきた。三すじがのぞくと、鑿《のみ》だの手斧《ちょうな》だのをかざした大道具師たちが七、八人、庄をやったなァだれだ、叩っ切ってやる、とわめきながらのぼってくるところだ。権十郎は、すばやく、窓から屋根に逃げ出した。

田之助と菊五郎は目で笑いあった。菊五郎がありあわせの板きれを二枚とり、一枚を田之助にわたした。田之助は緋縮緬《ひぢりめん》の長襦袢一枚の楽屋着姿だ。その袖をまくりあげ、入ってきたらなぐりつけようと、板をかまえた。

騒ぎのもとの友右衛門は、囲炉裏にかかっていた大薬缶《やかん》を持って、梯子段の下り口に仁王立ちになった。頭から煮え湯を浴びせる寸法だ。

「相手はだれだ。出てきやがれ」

下からどなる職人に、三すじは梯子段の上から身をのり出し、

「太夫元ですよ」とどなった。

太夫元の一言は、ききめがあった。怒声がしずまり、やがて職人たちはひきあげてゆく気配だ。

「権ちゃん、もう大丈夫だよ」

田之助がふりかざした板を下ろして呼ぶと、権十郎は、無表情にうっそりと窓から入ってきた。そのとき三すじは、少年のころ、まだ長十郎と名乗っていた権十郎に扇返しをみせつけたことを思い出した。あのときも権十郎は無表情だった……。

翌日三すじが田之助の楽屋入りの仕度をてつだっているとき、菊五郎の弟子が使いに来た。息せききって駆けつけてきた様子であった。

「太髷の旦那が……」

殺されなさった、と弟子は告げた。

「今戸の寮に賊が押し入って、旦那は斬り殺されたそうで」

「山崎屋は？　無事かい」と田之助が訊いた。

「二階の押入れにかくれていなさったそうですから」

「そりゃあよかった」

皮肉な声ではなかった。

河原崎権之助が死んだ。三すじは、たいして驚きも嘆きもしない自分を視《み》た。感情のある部分が石のようだ。むしろ、田之助が、権十郎が逃げかくれて生きのびたのを〝そりゃあよかった〟とすなおに言ったことに、意外な驚きをおぼえていた。悪態はついても、幼なじみの権十郎に芯《しん》から悪意を持ってはいないのだろうか。権十郎に田之助は、芸の上でも容姿《すがた》の上でも、人気の上でも優《まさ》っていると自負があるから、寛大にもなるのかなどと三すじは思い、どうでもいいことだと思い捨てる。

しかし、その後で彼は、手もとにおいてある二枚の錦絵を、おそるおそる見返さずにはいられなかった。

この七月から絵草紙屋に出まわりはじめた芳年の絵である。『魁題百撰相《かいだいひやくせんそう》』と題して、毎月数種ずつ版行してゆくのだという。

三すじが購《あがな》ったのは、『小幡助六郎信世《おばたすけろくろうのぶよ》』『島左近友之《しまさこん》』の二枚である。

どちらも、関ヶ原のいくさで石田方にくみし討死した武将の、その死にゆくさまを、死顔《しにがお》と己れの顔をつきあわせるようにして描いたものであった。上野のいくさの死者の顔が、そこにあった。

小幡助六郎は、まだ前髪匂う少年である。

極彩色の錦絵なのだが、背景は藍墨一色《ひといろ》に塗りこめられ、白い死装束、刃を突き立てた腹から溢れる血のみが紅い。少年は、薄笑いを浮かべているようにみえる。その眸《め》にうつっているのは、この絵そのままの、死につつある己れの顔ではあるまいか。

そう思うと、絵を眺めている自分自身が、死者であるような錯覚を持ち、あるいは、死の世界にいるものから、皮肉な薄笑いでみつめ返されているような気にもなる。生者も死者も、同じ洞窟のなかにいる、たいして変わりはないのだ、とも思えてくる。

コロロホルムで睡《ねむ》らされ、足を切られる間も醒《さ》めることのなかった田之助の血の気のなかった顔が、少年に重なる。

彼は錦絵を箪笥《たんす》の抽出《ひきだし》の底にしまいこみ、舞台に心を燃やす、生きている田之助をいとおしいと思った。

市村座は、河原崎権之助の死を悼《いた》んで、一日木戸を閉ざした。田之助は、今戸に行くと言って駕籠を呼ばせた。

「山崎屋さんはとりこんでいなさいましょうから……」

明日にした方がよくはないかと三すじは言おうとしたが、

「小花のところだよ」と田之助は言った。

「ご心配ですか」弟子の一人が媚《こ》びをあらわに、からかうと、馬鹿、と田之助は吐き捨てた。

小花は、田之助がくればいそいそと迎えるが、自分から本宅には決してこない。いまのところ、さだまった女房はいないのだから、本妻になおしてくれとねだってもよさそうなものだが、小花はそれを口にしない。賢いのでも欲がないのでもなく、田之助に心底惚《ほ》れこんではいないのだろう。ことに、脚を切ってからの田之助には。三すじは、そうみている。

囲い者は気楽だけれど、役者の女房ともなれば、めんどうなことが多い。何より、かねの工面が一苦労だ。大晦日《おおみそか》に弟子が年を越せぬとかねを借りにくれば、女房は自分の着物を質屋にはこんで箪笥を空にしてもととのえてやらねばならず、表方、裏方、茶屋、そのほかいっさいの祝儀に心をくばるのも女房の役目だ。

「太鬠の旦那が殺されたなんてねえ、鶴亀、鶴亀」

小花は口で言うほど怯えた様子もなく、炬燵《こたつ》に招じ入れ、酒の仕度をする。

「お貞《てい》さんが、ちょくちょく話しにみえるんですよ。太夫のあんばいが気がかりでならないんですね。わたしに訊くより、二丁目の御本宅をたずねたらとすすめるんですけど、行きなさらないでしょ」

「まだ嫁にいかないのかい、あの娘《こ》は。嫁《い》かず後家《ごけ》だな」

「むごいこと。太夫に心中立てをしていなさるのに」

「おまえが、一番薄情者だ」

「太夫の嬰児《やや》ができたのに、薄情ですか」

小花は拗《す》ねた身ぶりで、目元に笑いをみせた。

「嬰児？　おれの？」

「きまってるじゃありませんか」

田之助は声だけ笑った。

脚を切っても男の力は廃《すた》っていないと、そのことを喜んでいるふうでもあり、うっとうしいという顔でもあった。

三すじは火鉢に手をかざしながら、火箸を握り、我知らず、灰にぐいと突き刺していた。

VI

どれ、お紅《いろ》をつけて化粧《けえけえ》してあげようか。

ぞくっとして、三すじは目ざめた。

夢のなかの声が耳に残っている。

長いあいだ忘れていた、いや、忘れきったわけではないけれど、気にとめなくなっていたにしきの声音と、背中からまわして抱きしめてくる手の感触がよみがえる。

暮が近い。小花《こはな》にみごもったときかされてから、田之助は今戸《いまど》に足をむけなくなっていた。小花は、お手当てさえもらえれば田之助の足が遠のいても不服は言わない。ほかの男をひきいれているのかもしれないと三すじは思う。無邪気なかわいらしさのままで、小花はすれっからしたようだ。

この日、久しぶりに田之助は、三すじと鈥次郎《かんじろう》を伴に、駕籠《かご》で今戸を訪れた。忠吉を呼びにやり、座敷で酒になった。

わたしにできる役の工夫をしておくれ、というのが田之助の用件で、例によってせっかちに、よう、よう、とせきたてる。

三すじは酔いがまわり、次の間で横になっているうちにうたたねしてしまったのだった。

起き直ると、傍で銕次郎が薄暗いなかで一人手酌で飲んでいる。襖《ふすま》の合わせめから隣室の灯が洩《も》れる。忠吉と田之助の話し声も聞こえた。

「権《ごん》ちゃんが、死んだ太髷《ふとまげ》のあとをついで権之助を襲名するそうだよ」

忠吉が返事をしかけたとき、表の戸が烈《はげ》しく叩かれた。

三すじは手燭《てしょく》を持って玄関に立った。相手を確かめもせずうかつに戸をあけたのは、まだ酔いが残ってぼんやりしていたためだ。

横なぐりの雨とともに、人影が、踏みこみざま右手を突き出した。腕を熱い風が掠《かす》め、手燭をとり落としかけた。火を出しては！　と本能的にかがみこんで、手燭をとり直す。そのおかげで、つづいての襲撃は空《くう》を切った。

銕次郎が走ってきて、やすやすと相手を押さえこんだ。馬乗りになって組み敷き、三すじは、襲撃者の手を踏みつけて、匕首《あいくち》をはなさせた。

銕次郎は相手の面《おもて》を包んだ頭巾《ずきん》をむしりとった。

三すじは手燭をつきつけ、相手の顔を照らした。おかつであった。

銕次郎は、おかつの両手をうしろにまわさせ、帯揚げをぬきとって結びあげた。

座敷に連れていくと、おかつは、縛られたまま小花を蹴倒そうとし、鈌次郎にねじ伏せられた。

「何だって今ごろ……悋気《りんき》かえ。蕎麦《そば》ならとうにのびちまうころかげんだ」

田之助があっけにとられて言う。おかつが田之助の前から姿を消したのは、慶応元年、守田座の舞台裏で首をくくろうとしたあとだから、四年近く前の話だ。

それ以来、自前稼ぎだったから座敷も退《ひ》いた様子で、消息をきくことはなかった。いや、田之助が継ぎ足で舞台に立つようになってから、一、二度、桟敷でみかけたような気もするが、楽屋にたずねてはこなかった。

おかつはまっ青な顔で何かわめきたてていたが、皆が相手にしないでいると、やがてしずまった。

「二階で、女同士、話しましょうよ」

小花が妙に度胸のすわったことを言い、忠吉や三すじは危ぶんだが、手を縛られたままのおかつを、小花は二階に連れ去った。

男たちはしらけて酒を飲みなおした。

だいぶ経ってから、小花は下りてきて、

「わたしに太夫の嬰児《やや》ができたと、どこかから聞き知って、頭に血がのぼったんですってさ。ばかだねえ」と、さらりと言った。

「妙な女だな、おまえも」田之助は、小花を、はじめて見るように眺めた。

「湯島の方で常磐津《ときわず》の師匠をして暮らしをたてていなさるんですって。わたしは今夜はおかつさんと二階でやすみますから」

「おまえを殺しに来たんだろう、出刃《でば》を持って」

「匕首ですよ」と小花は訂正した。

「刃物はとりあげましたが、首をしめるという手もありますよ」三すじが言ったが、小花は無邪気なのかふてぶてしいのかわからない笑顔をみせて、二階に上がっていった。

「殺しにきたおかつより、小花の方がうすっきび悪い」田之助は言いかけ、ふいに語調をかえて、

「日高川《ひだかがわ》はどうだろう」と忠吉に話しかけた。

嫉妬《しっと》に狂った清姫《きよひめ》が、蛇体となって川を渡り、男の後を追う話である。

「いつか、高島屋がお七を人形ぶりでやって評判をとって以来、江戸でもお七は人形ぶりが通例になったが、日高川も、上方《かみがた》では人形ぶりでやるそうじゃないか。人形ぶりなら、片足きかずとも、後見《こうけん》の人形遣いと呼吸《いき》をあわせて、おもしろい舞台になるだろう」

田之助は生き生きとしはじめ、忠吉も嬉しそうにうなずく。

三すじは、

——おかつは、右手の匕首に左の袂《たもと》をかぶせてかくすようにして突き出したっけな。あの型は、太夫がうわばみのお由《よし》をやるときにつかえないかしら、などと考え、おかつ

に対して太夫もわたしも冷たいことだ、と苦笑した。嫉妬に狂って匕首かざしてのりこんできたおかつが、一番まっとうな、まともな人間だという気もする。

痛《つ》、と田之助が顔をしかめ、左の足先を手でつかんだ。

「太夫！」

「いや、もう消えた。何かのはずみだ。な、そうだよな、三すじ」

な、と、すがるように言われ、三すじはうなずく。

「田之さん？　また、足が？」忠吉は身ぶるいした。

「いや、ちがう。だが、この家は何だか陰気でいけないな。売っ払うか」田之助は、座敷を見まわした。二階は何の物音もしない。

明けて明治二年の初春、猿若町の三座は、それぞれ、若手の人気役者が座頭《ざがしら》の地位についた。

中村座は菊五郎、市村座は権十郎あらため権之助、守田座は田之助の兄の訥升《とっしょう》。

権之助と訥升は共に三十二歳。三すじより一つ年上である。田之助より一つ上の菊五郎は二十六歳。

世代の交替の時期がきたことを感じさせる座組《ざぐみ》であった。

しかし、どの小屋も大入りとはならず、座元は金繰りに苦しんでいる。

世のなかは揺れ動いていた。ついこのあいだまで、攘夷《じょうい》攘夷と異国人を目の敵《かたき》にしていたのに、新政府は異国の風習を率先してとりいれはじめた。

外側のことは、何一つ、確かなものはありはしない、と三すじは漠然とではあるが感じる。せめて、田之助という存在を、信じたいと思う。ゆるぎなく美しいものが、ここに、在る、と。鈨次郎に肩車されて、はじめて楽屋入りしてきた四歳の由次郎。桜の若木に花ほころびそめたようだった十五、六のころの田之助。五体健やかに、花のさかりをきわめた、ついこのあいだまでの田之助。そうして、片脚を失ったかわりに、何か別の妖《あや》しい爛熟《らんじゆく》した美しさを内から耀《かがや》かせはじめた今の田之助。

容《かたち》は少しずつ移りかわっても、美しい存在であることは、不変だ。

入りはよくないとはいえ、田之助の人形ぶりの『日高川』は、好評を得た。女に嫉妬などしたことはない田之助が、嫉妬に狂う女を演じきっている。皮肉なものだなと三すじは思う。

三月は、新七が、田之助が坐ったままでも十分に仕活《しい》かせる正本《ほん》を書き下ろした。『廓文庫敷島物語《くるわぶんこしきしまものがたり》』。六幕十一場の世話物である。田之助の役は、吉原仲之町、三浦屋抱えの女郎敷島。女将のお玉と若い衆源四郎の情事を見知ったため、枕探《まくらさが》しの濡《ぬ》れ衣《ぎぬ》をきせられ、遣手《やりて》のお爪と源四郎に責め殺され、古葛籠《つづら》に入れて川流しにされる。敷島は亡霊となって情人藤代屋《ふじしろや》重三郎のもとにあらわれ、仇討ちを頼む。お玉の役も田之助がつとめ、軀《からだ》の不自由さを感じさせぬ早替りで見物を感嘆させた。

以前から、田之助は仕度が手早いことでも知られていた。『笠森おせん』で、おきつとおせんの二役を早替りで仕わけたときも、共演の九蔵をあわてさせている。河岸のおきつ殺しの場で、田之助は顔も手足も血糊《ちのり》まみれになる。そのすぐあと、おせんで出るので、九蔵が、〝血糊を落とし、化粧をなおし、着替えるのではせわしかろう。舞台でうまく間をつないでいてやるから、あわてずにやりな〟と申し出たのだが、田之助は、

〝それにはおよばないよ〟とうそぶいた。九蔵はむっとして、とちらせてやろうと思い、

初日、おきつを殺し、骸《むくろ》を前の川に投げこみ、血のついた手足を本水で洗いながら袖を見ると、田之助はすでにおせんの拵《こしら》えで、〝まだかえ、まだかえ〟と、せきたてていた。

敷島とお玉のあざやかな早替りは、見物に、そのころのことも思い出させたようだ。田之助は、足の不自由さを見物に哀れまれるのを嫌うが、見物はどうしても、田之助の身の不幸を役の哀れさに重ねあわせる。しかし、舞台がすすむにつれ、田之助自身の不幸は忘れられ、責め苛《さいな》まれる敷島の哀れさばかりが、強烈にあらわれてくる。役に没入して、哀しい役のときは涙を流す役者もいるが、田之助は、実際に涙を浮かべることはない。表情と仕草、そうして哀切な声を使いこなした愁《うれ》いごとで、見物を泣かせる。

見物は泣き入っているが、田之助は、

「もちっと前に出ておくれな、大根」

これは、見物にはきこえないせりふで、浴びせられているのは、敷島を責め問いにかけている源四郎役の左團次である。

「贅六《ぜえろく》、その上方訛《かみがたなま》りはやめてくれ」と、横からお爪役の鶴蔵もいびる。

左團次は、この興行のあいだに、みるみる痩《や》せこけた。舞台をつとめているあいだは、楽屋でもいっさい飲み食いしない。芸が上達するよう、願かけして断食しているということであった。朝、粥《かゆ》をすすっただけで出てくる。閉《は》ねてから夜食はとるのだが、そのあと、妙見《みょうけん》さまに跣参《はだしまい》りする。去年、与勘平《よかんぺい》の役を下ろされ、河竹新七とともに守田座にうつった左團次としては、この舞台がまた悪評であったら、役者をやめるほかはないと、必死なのだが、たちまち効きめがあらわれるわけはなく、連日、「大根」「棒鱈《ぼうだら》」と、田之助と鶴蔵にののしられていた。

袖にひきあげてきた田之助が、呻《うめ》き声をあげてうずくまった。

「三すじ！　銕次郎！」

呻き声のあいまに、呼びたてる。

かけつけた銕次郎が、田之助を背負いあげた。田之助の指が銕次郎の肩にくいこんだ。三階の楽屋にはこんで横たわらせると、田之助はしばらく呻きながら畳を叩き、三すじにしがみつき、脂汗をこめかみに滲《にじ》ませ、嘔吐した。

「切らないよ。両脚失《な》くせるか」

と言ったかと思うと、「ぶった切ってくれ」と叫ぶ。やがて言葉も出ず、悲鳴をあげるばかりとなった。

痛みはやがて薄れたとみえ、叫びはしずまったが、田之助は、三すじの膝に顔を埋め、肩で息をしていた。

翌日は痛みは起こらなかったが、田之助は欠勤し、訥升が代役をつとめた。

田之助の家に、出勤中の守田座の座元、勘弥をはじめ、相政《あいまさ》、有馬屋、お歌、田之助の番頭などが寄り集まった。

「右足と同じ病いにちがいない」というのが、だれしもが即座に考えたことであった。しかし、それを口にするのを、皆、おそれているふうだった。

「とにかく、すぐ、医者にみせよう」

「だが、町医者ではあてにならない」

「やはり、横浜のヘボン先生に」と、有馬屋が言いかけると、

「いやです」

田之助はさえぎった。

「片脚なら、仕おおせてみせる。しかし、両脚失ったら、澤村田之助はどうなるんです」

「切ると決まったものではないよ」と、有馬屋は、「まだ、痛みがはじまったばかりだ。早いうちなら、切らずとも何か手段《てだて》があるだろう」

「しかし、佐藤泰然《たいぜん》先生は、この病いは、截断《せつだん》するほかに手がないと……」

「手がなければ、切ることになるだろうが、いまのうちなら、足の指だけですむかもしれない」

相政の言葉が、田之助に決意させた。

すぐに駕籠が仕立てられ、横浜に出発した。

応対に出たのは、波多《はた》であった。

「舞台をみごとにつとめているそうではないか」

と、なつかしげに話しかけたが、左の足先に痛みがはじまったときくと、険《けわ》しい表情になった。

「ヘボン先生が、母国に帰国中なのだ。夏にはまた戻られる予定なのだが」

「やはり、前と同じ病いでございましょうか」

ちがうといわれるのを空頼《そらだの》みして、お歌が必死な目をむける。

「あれと同じような痛み方をする病いが、ほかにありますか」

田之助が、たずねた。

波多は即答を避けた。

「わたしでは、決定的な診断はできない」

佐藤泰然先生の診断を仰げ、と、波多はすすめた。

隠居した佐藤泰然の住まいは、ヘボンの診療所からほど近い。その足で、泰然のもとにまわった。

泰然の診立《みた》てでも、やはり、病いの再発であった。

「悪いところはすっぱり切りとってしまったのに」と、田之助は承服できない面《おも》もちだ。

「截断する以外に方法はない」と、泰然の答えは、最初のときと同じだった。ヘボンはあいにく、帰国している。再び日本に戻るのを待つか、それとも他の医者に頼むか、田之助も周囲の者も、すぐには決心がつきかねた。

三すじも、截断のさまを思い出し、なまなかな医者にまかせるのは不安でならない。ヘボンには絶対の信頼をおけた。もっとも、彼が口を出せる問題ではない。

東京に戻ってから、田之助は、何人かの医者にみせた。痛風だろうという医者が多く、まれに脱疽《だつそ》と診断しても、自分が執刀して截断を行なうという医者はいなかった。

痛みは間歇《かんけつ》的に襲った。

四月に小花が女の子を産んだが、田之助は誕生を喜ぶどころではなかった。

三すじが様子を見に行くと、小花は赤ん坊の世話にかかりきり、嬉しそうだった。

「この子のおかげで費用《かかり》が増えたから、お手当てを増やしてくれるよう太夫に頼んでくださいね」

衿元《えりもと》をひろげてはちきれそうに盛りあがった乳房をむきだし、赤ん坊に乳を吸わせながら、そう言った。

痛みは少しずつ遠のき、梅雨のころには、まったく消失した。腫《は》れてくる様子もない。

「やはり、痛風だったんだ。早まって切らなくてよかった」

だれもがほっとし、勘弥が七月の舞台に出勤することをすすめに来た。

三勝《さんかつ》の病いが癒えたのを茜屋半七が祝うという趣向の一幕を、河竹新七が書き下ろした。

半七は左團次がつとめたので、田之助はまた、大根、棒鱈、と、ことごとに叱言《かす》をくらわせたが、千穐楽を待たず、痛みが再発した。

指の先からくるぶしにかけ、紫色に腫れあがりはじめた。

横浜に使いを出し、ヘボンの来日が九月であることをたしかめ、診療所にもどってきたら早速に截断を行なうよう波多に頼んだ。

そうして、田之助は、長谷川勘兵衛を呼んだ。

「忠さん、今度は難題だ。田之助は、両脚失くすことになった。それでも舞台をつとめられるよう、何とか苦しんでおくれ。継《つ》ぎ足《あし》では動けない。おまえだけが頼りだ。たのむよ、忠さん」

そう頼みこんだが、田之助自身、無理な注文とわかっているようで、これまでに見せたことのない暗澹《あんたん》とした表情であった。生きる精《せい》もはりも失ったように、ごろりと寝ころがっていることが多くなった。

三すじは、そういう田之助をただ見守っているだけだ。彼にできることは何もなかった。

――腐爛《ふらん》してゆく。咲ききって地に落ちるほかはなくなった花のように。しかし、太夫は、まだ咲ききったといえる年では……。

なぜ、腐爛せねばならぬのか。

「よう、鈄次郎さん、あんまり酷《むご》いじゃないか」

三すじは酔って、鈄次郎の厚い胸を拳《こぶし》で叩いた。鈄次郎はふいに三すじの肩をつかみ、がくがくとゆすぶった。どこへぶつけようもないものを、互いにぶつけあっていた。

藍染めの単衣《ひとえ》の背に薄く汗をにじませて、お貞がひとりでたずねてきた。田之助は、会わずに帰した。痛みにのたうっている姿を見せたくなかったのだろう。

その数日後、訥升とお歌が来て、昨日、相政の親分さんがたずねてみえた、と話した。いよいよ、太夫が足を切りなさるときいた。お弟子衆が身のまわりの世話はしているようだが、切りなさった後は、女手がなくてはどうにも不自由だろう。

お貞を太夫の嫁に、というのが、相政の持ってきた話であった。

「ご辞退したんだよ」と、お歌は、「お貞さんにも親分さんにも申しわけないもの。親分さんも、あまり喜んではいなさらない。それどころか、腹をたて、お貞さんを思い直させようと、ずいぶん説得しなさった。ところが、お貞さんがねえ、どうしても……」

「もの好きだな」と、田之助は、苦々しい口調で言い捨てた。

「お貞さんがきてくれりゃあ、わたしたちも安心はするのだけれど」

「いやですよ」

「でも、女手は入り用になるよ」

「うっとうしい、ことわっておくれ」

「お貞さんが、ぜひにと」

「田之助が両脚なくなってもかい」

「だからだって」

「来たとたんに後悔するだろうよ。もっとも、足がなくたって、女を悦《よろこ》ばせるぐらい、わけもないが。ああ、うるさいな。放っといてくれ」

「おことわりしていいんだね」

お歌が、少しみれんがましく念を押し、訥升が、

「しかし、おまえ、こんなありがたいお話をことわったら、この先、二度と」と言いかけると、田之助は、

「うるせえな、大根」と悪罵《あくば》を投げつけた。

ここのところ、眉を剃《そ》っていない。細いが濃い眉が生え揃い、田之助の男をあらわにしている。しかし、軀つきは撫肩《なでかた》で腰がほっそりとやわらかく、どう見ても女だ。舞台に立つときと違い、衣裳の下に乳布団をつけているわけではないから胸は薄いけれど、伝法《でんぽう》な口をききながら、仕草に長年しみこんだ女の型が出る。

女形《おやま》は平素の暮らしも女らしくせよと、元禄期の名女形芳沢《よしざわ》あやめの教えがあり、かつて小團次の清心《せいしん》に十六夜《いざよい》をつとめ、〝あんな女なら、おれだって迷う〟と小團次を感嘆させた条三郎《くめさぶろう》などは、日常も女そのもので、部屋には人形を飾り針箱をおき、千代紙細工だの人形の着物を縫ったりするのが道楽、口のききようもおとなしやか、というふうだが、田之助は、ぎりぎりと女の形を作りあげた中に、烈しい男の気性が漲《みなぎ》っている。

もっとも、昔の役者が言う〝平素も女に……〟には、色を売るものとしての心がけも含まれていた。

田之助は、男が女になった〝女形〟であった。だからこそ、舞台では、女ではあらわせない〝女〟になる、と三すじには思える。

「大根とぬかしやがったな。弟のくせに兄を」と気色ばむ訥升を、お歌がおさえた。


田之助が左脚も截断する決意をしたこと、そして両脚なくとも舞台をつとめてみせると豪語しているという噂は、たちまち芝居町にひろまったとみえる。

守田座の楽屋を、三すじは訪れた。作者部屋に詰めている新七に会う用事があった。足を截断後もつとめられる正本《ほん》を書いてほしいから、その相談に、一度来てくれという田之助の言葉をつたえるためだ。師匠は市村座だよと楽屋番に言われ、二丁目にまわった。守田座、市村座、中村座、三座とも新七の書き下ろしを出している。

市村座の演《だ》しものは、『地震加藤《じしんかとう》』である。加藤清正が石田三成の讒言《ざんげん》によって秀吉の勘気をこうむり蟄居《ちっきょ》中、大地震が起きた。清正は秀吉の身を案じてまっ先に桃山城に馳《は》せつけ、秀吉にその忠誠を愛《め》でられるという、一幕四場の時代物で、清正をつとめる権十郎あらため権之助が、人《にん》にはまった役柄と、たいそうな好評だ。田之助が切られお富で適役をつかんだように、権之助も、彼ならではの役にようやくゆきあたったようだ。

見た目は華やかだが筋立ては荒唐無稽《こうとうむけい》なこれまでの時代物とちがい、新七は権之助の気質にあわせ、史実にのっとった重厚な作に仕上げている。

　ここの作者部屋にも新七はいなかった。

「三階じゃないか」と、居合わせた座方の男が言った。

「座頭《ざがしら》（権之助）の部屋に、絵師の芳幾《よしいく》さんとほかに二人ほど客がみえている。師匠もそこじゃないか」

　楽屋梯子《ばしご》を三すじは上った。権之助の部屋の前までくると、話し声がきこえた。権之助の低いくぐもった声であった。ふだんの声はぼそぼそしているが、近頃、舞台での権之助の口跡《こうせき》は、別人のようによくなってきた。修業の結果か、声の質が自然に変わったのか、わからないが、見物の腹にずっしりとひびく声なのである。このあいだまでは、声が通らない、舌が長すぎてもつれるんじゃないのか、と、それが大きな障《さわ》りになっていた。

　大げさな見得《みえ》を切らないのも、近ごろの権之助のやり方である。従来の型を破り、自分の流儀を押しとおす自信と実力を、権之助は身につけはじめたらしい。

「困ったものです」と、権之助の声だ。三すじは入るのをためらった。

「ああいうのが舞台に立つから、芝居がいつまでも因果《いんが》ものの見世物と同様に見られる」

　ああいうのは、早く死んでくれた方が、ためになります。権之助の言葉は、そう続いた。

それに対する返答を聞きとるゆとりはなかった。三すじは立ちすくみ、軀のなかに火が燃えたぎった。

殺してやる。言葉が胸に浮かんだ。

殺してやる。あの野郎。しかし、彼は少しずつ後じさり、梯子を下りた。眼の前に血の色が渦巻いていた。

楽屋口を出て、やみくもに歩いた。そのうちに、激情は少しずつ鎮まってきた。ほんの一刻《いっとき》にせよ、殺してやると口走るほど逆上した自分に、三すじは驚いていた。生来、燃えつきた灰のような性分だと思っていた。まだ、火種はあったのか。

早く死んでくれた方がためになる……。

因果もの。継ぎ足になってからの田之助の舞台が評判高いのは、片脚で今度はどんな舞台を見せるのかと、好奇心で見にくる客が多いせいもある。三すじはそれを認めないわけにはいかなかった。

両足切って舞台に立てば、評判はいっそう沸くだろう。だが、見物の心のなかに、因果もの、見世物を見たがる残酷さが、ひそんでいるにちがいない。同情し、美貌と芸に酔いながら、なお……。

「見世物じゃねえや。天下の……」

女形にあるまじき伝法な啖呵《たんか》を、三すじは、口のなかで呟いた。田之助の耳に、権之助の言葉が入らねばいいが。田之助は、本当に刃物をふるいかねない。そのような行為は、無責任な他人を喜ばせるだけだ。

殺さねばならぬときは、わたしが殺す。

芝居は見世物とはちがう。高尚な芸なのだ、という権之助の常々からの主張を、三すじは心の一部で納得してしまいそうで、怒りは内に沈んだ。

十月はじめ、再来日したヘボンの執刀によって、田之助は左脚を膝下から截断した。

＊

引戸を開けて、三すじは立ちすくんだ。

畳は一枚もなく、床板までひきはがされ、床下の土が露出している。二畳分ほど残っている床板の上に、煎餅蒲団《せんべいぶとん》を敷いて、芳年《よしとし》は頭から古浴衣をかぶり、うずくまっている。腰巻一つの女が框《かまち》に腰かけ、小さいすり鉢で何かすっていた。蠅がそのまわりをとびまわる。汗が胸乳《むなち》のあいだをしたたる。

「だれだい」

と、女は目をあげた。

「市川三すじといいます。こちらの先生とは長いつきあいなんですが。芳年先生、三すじでございますよ」

「帰ってくれ」

ひっかぶった浴衣のかげから眼だけのぞかせ、芳年は唸《うな》るような声で言う。

「おかみさんですか」

三すじは女に訊《き》いた。

「さあね」

女は受け流した。

『英名二十八衆句』『魁題百撰相』と、数多い無残絵であれほど名をなした芳年が、今年に入ってばったり作画がとだえている。絵草紙屋でみかけるのは古い版のものばかりだ。

ぐあいが悪くて寝こんでいるという噂をきいた。それも、軀はどこも悪くない。人に会わず、閉じこもったきりだ、仕事をしないからかねに詰まり、深川の裏長屋に引越したそうだ、と、絵草紙屋が消息をつたえた。

盛衰の落差のあまりな烈しさに、三すじは唖然《あぜん》としながら、

「どうしたんです、先生、元気を出して」と言いかけたとき、男が入ってきた。

板きれに細長い名札がずらりと下がった鳴子《なるこ》のようなものを持っている。名札の何枚かは裏返しになっていた。

「すみません」

顔を見るなり、女はあやまった。

「明日はきっと」

「こんなぐあいで、今日もまだ……。かんにんしてください。明日はきっと」

「困るね。これでもう、九日だよ。明日で十日分と、まとめて払えるのかい」

大部屋役者にもずいぶんひどい暮らしのものもいるけれど、店賃《たなちん》を日掛けで払う長屋に住むものはさすがにいない。鳴子板の名札は、店賃をおさめると裏返すのだろう。そういえば、絵草紙屋の主人が、芳年の引越先を、〝鳴子長屋〟といっていた。これのことか。わずかな鐚銭《びたせん》だ。三すじはたてかえて払い、差配を帰した。

「天下の月岡芳年ともあろうお人が、どうしたことなんです」

「何しろ、まるきり仕事をしないので。ああやって、蒲団にもぐりこんだきりなんです」

女はあっさり言う。

「ずいぶん蓄えもあっただろうに。たちいったことを言うようだが」

「あるときには、あるだけ使っちまっていました」

「太夫が、両脚切ってもみごとに舞台を」

「太夫？」

「紀伊國屋です」

「澤村……田之太夫？」

「そうですよ。舞台をつとめていなさる。たまには見においでくださいと、そうお誘いに来たんですが」

「芝居見物どころでは」

「いったい、どうして……」

と言いながら、あの死と血への執着は、やはり芳年を追いつめずにはいなかったのではないか、とも思えてくる。時代の変転と符節をあわせたような芳年の病いだ。

「床板は、先生が乱暴でもして」

はがしたのですかと訊こうとすると、

「燃したんですよ」女は言った。

「煮炊きするのに、焚《た》きつけがなくてね」

「大家からよく苦情が」

「追い出されるでしょうね、そのうち」

べつに投げやりなふうでもなく言う。貧乏に馴れきっているようだ。芳年とはちがうのだろう。強靱《きょうじん》に明るい。

「先生、田之太夫の舞台を見てやってくださいよ。みごとなものですよ。わたしは惚《ほ》れなおしました」

「帰ってくれ」芳年は呻《うめ》いた。

「おかみさん、ちょいと」三すじは女を目で外に誘いだした。

財布を出し、女の手に持たせると、女は悪びれたふうもなく、ちょっと押しいただき、懐にいれる仕草をし、上半身が裸なのに気づいて、あれ、と笑いだした。

「助かります」

「まるっきり、絵は描きなさらないんで？　一枚でもお描きになりゃあ、版元が大喜びでしょうに」

「そのうち、気がむいたら描くでしょうよ。気まぐれなんですよ」

「田之太夫は、五月には、『白石噺《しらいしばなし》』の宮城野《みやぎの》、六月には『明烏《あけがらす》』の浦里《うらざと》をつとめなさいましてね」

この話を、芳年にしたかった。田之助の工夫を、だれかに語りたい。しかし、分身のように共感してくれる芳年以外に、三すじは、心から打ちとけて話せる相手を知らなかった。

その芳年が、話しかければ〝帰れ〟と言う。家の外で、女に話す分には、帰れとは言うまい。三すじの声は、芳年の耳にきこえるはずだ。

「宮城野も浦里も、坐《すわ》ったままでできるじゃありませんか。浦里が両手縛られ、雪降り積る庭先で責め折檻《せっかん》を受けますでしょう。あの愁いのきく眼と声ですからね。見物の泣くこと泣くこと。そうしてね、おかみさん、この八月は、何と、守田座で『狭間《はざま》軍記』の三浦左馬之助《さまのすけ》ですよ。立役《たちやく》です。前にも立役は春藤をつとめましたが、左馬之助は勇ましい騎馬武者で……考えたものじゃございませんか。馬に乗りますから、継ぎ足でも大事ないんでございます。それに、もう一役が郡幸内《こおりこうない》の女房で、これは罪人ですから畚《もっこ》にのってかつがれて出るという寸法です。十月にはまた、新しい趣向でつとめますから、先生、気分がなおったら、見に来てやってくださいよ。それから……太夫はおかみさんをもらいなさいました」最後の言葉は、ちょっとためらってからつけ加え、「相政の親分さんのところのお貞さんです」と言い添えた。

女は、芝居の話はあまり興味がない様子であった。

鳴子長屋を辞し、三すじは、少し寂しかった。彼が踏みこめない領域に、芳年は入りこんでしまった。血と死をみつめすぎた償いか。気質のままに生きることが、天に罰せられる罪になるのだろうか。それが怕《こわ》くて、わたしは逃げてばかりいる。見えても見えぬふり……。

*

紀伊國屋！　紀伊國屋！　という掛け声に、長谷川！　という声も混る。

十月の守田座、『本朝 廿四孝《ほんちょうにじゅうしこう》』の初日であった。

田之助の八重垣姫《やえがきひめ》は、朱綸子《しゅりんず》に四季の花の総縫いとりの絢爛《けんらん》たる裲襠《うちかけ》、帯は白地に扇流しの金襴《きんらん》、吹輪《ふきわ》に銀四段の花櫛、緋縮緬《ひぢりめん》と銀の稲妻の丈長《たけなが》。その艶やかさも見物の目を奪ったが、更に驚嘆させたのは、両脚たしかに失ったはずの田之助が、御殿の場で、立ち、歩み、坐り、自在に動いていることであった。

長谷川！　と声をかけるのは、見物のなかでも裏の事情にくわしいものだ。

よう、忠さん、おれにできるものを考えておくれ。田之助は長谷川を呼んでは頼んだ。坐ったままでやれる役は、限られているし、見物も倦《あ》きる。それに、何より、わたしはどんな役でもこなしたいんだ。

太夫の方でこういうものをやりたいと注文してくれたら、その上で考えますよ。

そんなことを言わずに、明日までに考えておくれな。頼むよ、忠さん。

八重垣姫、と、どちらが考えついたのだったろうか。

長谷川勘兵衛は、田之助の背に支柱のある金具を連尺で縛りつける工夫をした。その上から幾重にも衣裳をつけるので仕掛けはかくれる。

高足二重《たかあしにじゆう》の畳のふちに、支柱を動かせる二寸幅の切穴《きりあな》を作り、長谷川勘兵衛とその弟子の留《とめ》という男が二重の下にもぐって、突立てた金具の端をささえ、操作している。

勘兵衛も他の者も後見をつけることをすすめたが、〝仕掛けと見られたら興醒《きようざ》めだから後見はいらない〟と、田之助は言いはった。

初日が開くまでに稽古を重ねた。二重の下にうずくまっている勘兵衛には、舞台の動きは見えない。それでいて、田之助と呼吸をあわせ、立たせ、坐らせ、右に左に動かさねばならぬ。はじめは、田之助が横倒しになったり、勝頼《かつより》とぶつかったり、さんざんな状態だったが、じきに、滑らかに動くようになった。

長谷川！　紀伊國屋！

見世物、因果もの、という言葉が、三すじの心から消えてゆく。これが見世物であるものか。虚を実とみせてこそ、芝居だ。無い足が、舞台の上では実在するのだ。田之助は、無い足を在るものとして使いこなしている。

やがて狐火《きつねび》の段になると、衣裳は古代紫に乱菊、帯は萌黄《もえぎ》の金襴。兜《かぶと》を捧げ、引き抜いて、白地に火焔《かえん》模様となる。

八百八狐つき添うて、守護する奇瑞《きずい》に疑いなし……。

奥庭の場だから二重は使えない。しかし、田之助の八重垣姫は、舞台を歩み、二人の搦《から》みとわたりあい、健やかだったときの田之助がよみがえったかのようだ。金具で下からささえ動かす手法には頼れないから、宙吊りにしたのである。これも、勘兵衛と弟子が天井の簀子《すのこ》から下を見ながら介錯《かいしゃく》している。

たちまち姿狐火の……で舞台中央の切穴から消え、すぐに花道のスッポンからセリ上がってくる。衣裳は淡紅色の着付、黒地繻子《しゅす》縫紋《ぬいもん》の帯に早替りしている。

吊られていながら、そうとは見えぬ身のこなしだ。花道を揚幕《あげまく》にひっこんだ後、鳴りやまぬ拍手を聞きながら、袖で衣裳方が衣裳を脱がせ、軀を緊縛した連尺と金具をとり去る。三すじは、両の継ぎ足をはずす。

汗に濡れた襦袢《じゅばん》を脱がすと、連尺や金具の当たるところは赤く腫れあがっている。

鈌次郎が背負いあげる。三すじは楽屋着の浴衣を田之助の背にかるく羽織らせた。

中二階の楽屋で、三すじは、田之助の赤く腫れた腋《わき》の下や腰のくびれに油薬をすりこむ。拍手と歓声は、まだつづいている。

したたる汗をぬぐいながら、勘兵衛が入ってきた。

「いやァ、疲れた。田之さん、これから千穐楽まで、わたしは連日床下のねずみ」

と言いかけると、田之助は手を打った。

「忠さん、次は『先代萩《せんだいはぎ》』だ。わたしが政岡《まさおか》と仁木《にっき》をつとめる。政岡は八重垣と同じ手でやれる。仁木はスッポンでせりあがって」

「わたしは、またも床下かい」

「頼まれておくれなね」

勘兵衛は洟《はな》をかんだ。

＊

翌、明治四年、田之助は二十七歳。美貌とせりふの声のよさはますます冴え、見物は田之助が足を失っていることをしばしば忘れさせられる。

中村座の初春興行で菊五郎の佐七を相手に小糸をつとめているが、芸者のいろと髷紐《まげひも》は、掛け流しがよいわいなァ。

凛《りん》とはった名調子に、見物は沸きに沸いて鎮まらず、菊五郎は、掛け流しにされてたまるか、の啖呵をきるきっかけがなく、間がぬけた。

「田之さん、あの〝よいわいなァ〟は、さらっと素《す》でやってくれないか。あとがやりにくて困る」

田之助の楽屋に入ってきて、菊五郎は言った。

三すじは、冷水でしぼりあげた手拭《てぬぐ》いで、田之助の腿を冷やしている。酷使に耐え、すっかり固くなった切口だが、一舞台つとめあげると、熱を持ち腫れる。もう一人の弟子が左の腿を冷やす。

「そうかい。それじゃ、明日から素でいこうよ」

田之助はあっさり承知し、椿油《つばきあぶら》を手のひらのくぼみに垂らす。白塗りの顔になすりつけると、化粧がくずれて地顔があらわれてくる。弟子の一人が、湯に浸して絞った手拭いを手渡す。

「ところで、守田座の太夫元が、猿若町を出て新しい劇場《こや》を建てる肚《はら》づもりだという話をきいたかい」

「いいえ、知らないよ」

濡れ手拭いで白粉《おしろい》を拭きとりながら、田之助はあまり関心がない顔だ。

「お偉方に、だいぶあちらこちら手をまわしているというよ」

「猿若町を出て、どんなよいことがあるというのだろうね」

「守田座は三丁目で、芝居町のどんづまり。場所が悪いから入りにもひびくと、太夫元はふんでいるらしい」

「三座、軒を並べてこそ、芝居町だろうに。お上が許すはずもないだろう」

「何から何まで、かたっぱしから変わる御時世だからな」

田之助は、腿を蹴り上げるようにして、三すじの手を払いのけた。手拭いがぬるくなったのだ。三すじは畳に落ちた手拭いを拾って冷水に浸し、絞りなおす。

「守田は、第二区長の江崎とかいう人に贔屓《ひいき》にされているとかいう話だ。金《これ》を使ってとりいったのか……」

田之助がまるで菊五郎の話をきいていないのに、三すじは気づいた。両の手を、田之助はみつめ、その表情は、幽鬼か何か、信じられぬものの出現に出会ったようだ。

まさか……。三すじは鳥肌立ち、それと同時に、心のなかに、ざまみろ、という言葉が浮かんだのに驚愕した。

何が〝ざまみろ〟なのだ。だれにむかっての言葉なのだ。

田之助をこれほどまでにいとおしみ、両脚失っても舞台を仕おおせる執念と技倆《ぎりよう》を讃嘆し、感動さえし、田之助を軽蔑し罵倒《ばとう》した権之助を殺してやるとさえ思い……そのわたしが、〝ざまみろ〟と……。心の奥深い闇の底から、ふいにとび出してきた鬼だ。田之助が嫉《ねた》ましいのか。憎いのか。かつて、惚れているけれど憎い、と芳年に語ったことはあった。だが、その憎いと思う心はとうに溶け消え、いとおしさのみが心を占めていたはずなのに……。

「守田ばかりがうまい汁を吸うことになるのは」

「掛け流しがよいわいなァ」

田之助はうたうように言い、鏡を凝視した。

三すじはその腿に冷たい手拭いを押し当てた。


手の指の痛みは、田之助を焦《じ》らしからかうように、烈しく襲ったかと思うと、嘘のように消えることを繰り返した。

しかし、いったん痛みがはじまった上は、消えている間があろうと、骨肉が蝕《むしば》まれつつあることはこれまでの経験から疑いようがない。

六月の中村座は忠臣蔵を出したが、田之助は捨役で、出勤はしなかった。

ヘボンのもとで、両手を截断したのである。右手は手首から、左手は小指一本を残して指を断ち落とした。

この先切るとしたら、首しかないな。田之助は言い、その後黙りこんだ。

女形は、男の大きな手をなるべくかくすように、襦袢の袖を着物より一寸ほど長くし、そのはしに親指をからめて手が露《あら》わにならぬ工夫をするほどだが、少しのぞかせた指先の動きが、芝居の情趣をかもし出すのにも役柄をあらわすのにも、きわめて大切なのだ。華奢《きやしや》でしんなりと反《そ》る指を、田之助は失った。

自宅にこもったまま、鏡の前で田之助は、浴衣の袖口にかくした手で、さまざまな仕草をうつしている。

——まだ、やる気なのか。

お貞は、去年の秋に産まれた赤ん坊にかかりきっている。田之助は、赤ん坊はほとんど目に入らぬふうであった。お国という名も、岳父の相政がつけた。

九月、権之助が妻をめとった。御用達の銀主の娘なのだが、身分の賤《いや》しい役者に嫁ぐというので、料理屋〈八百善《やおぜん》〉を里親とし、親類一統とは縁を切らねばならなかったと三すじは聞き、奉行所に呼ばれたときの権之助を思い出した。役者が蔑視《べっし》されるのを、だれよりも権之助は骨身に応《こた》えて無念に思っている。女房が親類と縁を切らねばならなかった一事は、その無念に拍車をかけたことだろう。

中村勘三郎、守田勘弥、市村羽左衛門、三人の太夫元と河竹新七が揃って田之助のもとを訪れたのは、十月のはじめだった。

床には貴船菊と芒《すすき》がいけてある。

脇息《きょうそく》にもたれ、田之助は訊く。

「顔見世は、また、三座かけもちですか」

座元は顔を見合わせ、年かさの中村勘三郎が、実は、と言いにくそうに切り出した。

引退の勧告であった。勧告というよりは、宣告だった。

「なぜ……。わたしにお役がつとまらないというんですか。見てください」

田之助は、不自由な手先を袖口のかげにかくしたまま、袂をかえし、口三味線で踊りの振りをさらりと見せた。

年の若い羽左衛門――菊五郎の弟――は、辛そうに目を伏せている。守田勘弥は表情を動かさない。

「なぜなんです。両脚失くても、りっぱに客を呼んだ田之助ですよ。手を切ったといっても、何も、肩の付け根から切ったわけじゃない。腕は自在に動くんだ。これまでと変わりはありゃあしない」

「しかしね、太夫、客はやがて倦きるよ。言いにくいことだが、まわりも、太夫を立てて芝居をするのが、やりにくくて困ると……。実は、そういう声が強くてね。太夫がやりやすいようにするためには、まわりがこれで、ずいぶんと……」勘三郎がなだめすかす口調で言った。客はやがて倦きる、といった言葉が、三すじの胸に刺さった。そんなふうにしか、太夫の芸を見ていないのか、太夫元たちは。

「ほかの役者が……わたしの相手は迷惑だというんですか。荷厄介だったというんですか、これまでも。そうですか。澤村田之助は、不用になりましたか」

押さえた声で、薄笑いさえ浮かべて田之助は言ったが、その首すじが鳥肌立ち、全身が細かくふるえているのを三すじは見た。

「詰め腹切らされるわけですか」

「そのかわり、初春に、田之太夫の一世一代、お別れ興行をやろうじゃありませんか。新七さんに書き下ろしてもらって」

「太夫、錦祥女《きんしょうじょ》を、倫敦《ロンドン》を舞台にという趣向を考えているんですがね」

河竹新七がそう言った。気むずかしげなへの字の口もとから出た声音は、やさしかった。

「わたしが退《の》いたら、高島屋は安堵《あんど》することだろうな」

田之助は言ったが、実のところ、左團次は去年、新七が彼のためにはじめて書いた『慶安太平記』の丸橋忠弥《まるばしちゅうや》の役で大当りをとり、それ以来人気も芸も見違えるようにのびてきていた。田之助にいびられずにすむ力を発揮し始めていたのである。

引退勧告には、権之助の意志が働いている。かつて楽屋で耳にした権之助の言葉を思い出し、三すじはそう感じた。

田之助をとるか権之助をとるか、となったら、座方は一も二もなく権之助というほどに、その力は大きくなってきている。

「音羽屋《おとわや》（菊五郎）は何と言っているんです。音羽屋の相手ができるのは、わたしのほかに、だれが……」

「兄も残念がっています。紀伊國屋が軀さえ達者なら、と」

羽左衛門がおずおず言いかけた。

田之助は脇息を腕でなぎ払い、羽左衛門に投げつけた。

＊

「室咲きの梅も寒気に閉されて、たしなき枝もかりつくし、世にたよりない木振りゆえ、春は来たれどお目見得《めみえ》は、おぼつかなしと思いしに、いずれもさまのお力と、神や仏の御利益で、露のめぐみに漸々《ようよう》と、ひらく蕾のふつつかも、藪鶯《やぶうぐいす》の片言《かたこと》に、つばさたよわく谷の戸を……」

哀切な、しかも凜とはったせりふを、三すじは、黒衣《くろご》をつけ田之助の足もとにうずくまったまま、聴く。田之助は、長谷川勘兵衛が考案した自在車に腰を下ろしている。客席から見れば楼門のかげから上半身をあらわしているふうなので、蔭《かげ》の仕掛けは見えない。

三すじは、他の弟子を身ぶりで指図して、自在車を動かす。

――まだ、十分にやれる。太夫は。死に身じゃああありゃあしない。

見物の泣き入る声がせりふとからみあう。

田之助の声は、泣いてはいなかった。

河竹新七が田之助の一世一代に書き下ろした『国性爺姿写真絵《こくせんやすがたのうつしえ》』は、浪花《なにわ》の芸妓古今《げいここきん》が黒木屋の彦惣《ひこそう》を夫に持ち、まもなく、鳴門《なると》を船で渡るとき難破する。異国船に助けられ英人カンキスに伴われ倫敦《ロンドン》に行き七年経った。たずねて来た彦惣とカンキス邸の楼門の上と下で顔を合わせるが、再び離別するという、『国性爺』の錦祥女のくだりを踏まえた筋立てであった。

田之助は、去りゆく彦惣を見送りながら、

「……白浪《しらなみ》の泡にひとしき人の身は、夜半《よわ》の嵐の仇桜《あだざくら》、明日をも待たで散ることあれば、これがお顔の見納めかと、思いまわせばまわすほど、お名残《なご》り惜しう……」と、見物の一人一人に目で暇乞《いとまご》いし、「ござりまする」

芝居のせりふでありながら、一世一代の、別れの口上でもあった。

まだ、朽ちるには早い。うずくまって自在車を押す三すじの胸から、〝ざまみろ〟の声はこのとき消えていた。

＊

田之助が一世一代のお別れ興行を打った九カ月後、明治五年九月、東京府は、府令を発し、これまで公認の三座のほかに、鑑札料を納めれば劇場の設立を認めるとした。

府令に先立って、守田勘弥は、新富町《しんとみちょう》に進出し、設備のととのった劇場を設立している。根まわしを十分にした成果であった。

舞台を退いた田之助の暮らしは、手もとがつまっていた。

小屋を持とうという相談が、訥升や、後援者の有馬屋、相政などと交わされた。自分の持ち小屋であれば、他の役者に気兼ねせず、田之助のやりやすい芝居ができる。

田之助は乗り気になった。彼の内にある火が、彼を穏やかに隠棲《いんせい》させせない。

京橋　南鞘町《みなみさやちょう》に、人形芝居の薩摩座が建てた小屋が売りに出ているのを買いとり、澤村座と名乗った。費用は、有馬屋、相政、そうして芝居茶屋紀伊國屋が出した。芝居茶屋紀伊國屋は、田之助を贔屓にし、息子の百之助を役者にすべく、田之助の養子にしていたのである。この百之助を座元に据え、訥升が座頭、田之助が立女形《たておやま》の座組《ざぐみ》になった。

小さい粗末な小屋ではあるが、田之助が小屋を持ち舞台に再び立つというのは、三すじにとっても願わしいことであった。

演《だ》しものが『明烏《あけがらす》』と決まると、田之助は、禿《かむろ》を二人出すと言った。

『明烏』は、遊女浦里《うらざと》が、春日屋《かすがや》時次郎《ときじろう》と深い仲になり、みどりという子までできる。みどりを禿にして手もとにおいているのだが、時次郎は浦里をうけだす金がないので、仲を裂かれる。ある夜、浦里の部屋にしのんできた時次郎は、見世のものにみつかり追い出され、浦里は雪の庭でみどりとともに責め折檻を受ける。この雪中の責め場が見どころで、坐ったままでできるところから、足を切った後も、田之助は一度演じている。そのときは禿はみどり一人であった。

「禿を二人？」

工夫があるのだと田之助は言い、みどりは源平（訥升の養子）にやらせるが、もう一人子役がいるな、そうだ、清坊《せいぼう》がいい。

清坊というのは、澤村清十郎。訥升、田之助兄弟の従弟にあたる。もっとも清十郎は養子なので、血はつながっていない。

田之助兄弟の父の弟、三代目澤村源之助が、清十郎がまだほんの赤ん坊のときに養子にしたのだが、文久三年、清十郎が五歳のとき、その源之助は死んだ。

うしろ楯《だて》がないままに放り出された清十郎を、澤村の家では、何かと目をかけてきた。舞台にも立たせている。

「清十郎は、十四か五だろう。禿には少しひねすぎていないか」訥升が言うのを、

「わたしの芝居を助けさせるのだから、七つ八つの子ではつとまらない。三すじ、清坊を呼んでおいで」田之助はせきたてた。

清十郎は細面《ほそおもて》のいかにも役者顔の少年で、女形に生まれついたような軀つきだ。おとなしく、芸熱心で、田之助を慕っている様子が見てとれた。

禿を二人使い、清十郎のゆかりに仕草にまぎらせて介添えさせる田之助の工夫は成功した。

縛りあげられ雪のなかに倒れている浦里のために、ゆかりは家のなかから炬燵《こたつ》の櫓《やぐら》をはこび、その上に立って笠をかざし、雪をさえぎる。浦里が気づき、忝《かたじ》けない、忝けない、もうよいほどに、下りておじゃ、とゆかりの袂をくわえて自分の前に引き下ろす。ゆかりはぐるりとまわって、浦里を抱くようにして櫓に腰かけさせる。

浦里が自分で腰かけたように見せるところに、型の工夫があった。

田之助の辛辣《しんらつ》な口叱言《くちこごと》を毎日浴びながら、清十郎はひたむきだった。たのもしいと、田之助も蔭では褒めた。

田之助の型が清十郎にうつされてゆく、と、三すじは眺める。

澤村座は、しかし、三年と保《も》たなかった。設備をととのえ役者を揃えた守田勘弥の新富町の守田座に圧倒され、他の座は急激にさびれはじめたのである。入りの悪さに、田之助も軀の不自由さを押して工夫する熱を失い、休みがちになった。子供は二人になっており、その口を養わねばならぬ。下の子は男で、由次郎《よしじろう》と、田之助の幼名を継いだ。

たちまち、暮らしに詰まった。

そんなとき、大阪の中の芝居から田之助を買いに来た。

大阪まで駕籠をつらね、華やかな道中となった。

宗十郎、家橘、九蔵、福助、荒五郎らと一座し、中の芝居でも『明烏』を出した。

田之助はあいかわらず気性の烈しさをむき出しにした。

興行中に、禿みどりをつとめる宗十郎の倅《せがれ》が急病で休んだ。田之助に命じられ、代りの子役に三すじが稽古をつけたが、急なことなので教えこむのに手間がかかり、幕間が延びた。宗十郎が、「何とのろいことだ。これでは打ち出しが夜明けになってしまう」とぼやいたのが、田之助の耳に入った。

「わたしがひっぱって延ばしているんじゃあない。おまえさんの倅の病気がもとじゃないか。あいすみませぬと、親父のおまえさんがあやまりにくるのが筋じゃありませんかね。こう聞いちゃあ、わたしは、もう、できませんね」

田之助が手を失って以来、顔をつくるのは三すじの役になっていた。田之助は化粧をさせず、舞台を下りる気がまえを見せた。荒五郎が間に入って話をおさめたが、以来田之助は、宗十郎に対し、聞こえよがしに大根呼ばわりし、舞台ではあてこすりのせりふを浴びせた。

少しも容赦しないのだった。軀が不自由であろうと、卑屈になってはいない。江戸で花の立女形であったころ、そのままだ。

田之助の浦里だから客が呼べる。その自負がある。舞台でいじめ抜かれる哀れな役ほど、田之助の魅力は冴える。しかし、つめかける客の心には、手足失《の》うした役者が、どないして舞台をつとめるのか、その好奇心が大きかったことは否めない。田之助は、二人禿の工夫をしたみごとな舞台で、卑俗な好奇心に応えた。

次いで、十月の興行は、『国性爺』、大切《おおぎり》に『日高川』を出した。九蔵、家橋、福助、鰕十郎《えびじゆうろう》らが人形つかいとなり、田之助の軀を宙にささえた。

人気は沸いた。だが、田之助は、三すじの前で、はじめて涙をみせた。家橋たちの前では鼻っ柱の強さをくずさなかったのだが、初日、打ち出しのあと、鈌次郎に背負われて借りている住まいに帰り、三すじと二人になったとき、

「澤村田之助は、贅六野郎《ぜえろくやろう》の見世物か」

滂沱《ぼうだ》と涙を流した。三すじは黙ってひかえていた。同情や慰めは田之助の矜恃《きようじ》を傷つけるばかりだ。瀧《たき》り溢れる涙を懐紙で拭《ぬぐ》った手は、三すじの手であった。

更に京の四条、南の芝居に買われ、田之助は『廓文章《くるわぶんしよう》』の夕霧をつとめた。兄の訥

升が伊左衛門、そのほかに雀右衛門《じゃくえもん》、蝶十郎《ちょうじゅうろう》、八百蔵などが一座していた。田之助は荒《すさ》んでいた。人気が落ちてきていたのだ。はじめのうちこそ、見物に珍しがられたが、やがて見なれると、手足の不自由なぎごちなさが目ざわりになってくる。客の反応に敏感な田之助が、それを感じないわけがない。相手役がもうちっとましな役者なら、と露骨に訥升にあてこすり、訥升も腹にすえかねて、厄介者のくせにという意味のことを、聞こえよがしにつぶやき、それを耳にした田之助は、その場は薄笑いですませ、舞台できっかけをはずし、訥升を棒立ちにさせた。

田之助が少しずつ陰湿に変貌していることを、三すじは認めないわけにはいかなかった。田之助の相手役いびりは以前からだが、それは、見ていていっそ小気味よいやりかたであった。いびられる役者は、見物をもいらだたせるような鈍な奴ばかりだった。田之助は、凜としていた。その田之助が腐りはじめている。

「太夫、音羽屋の旦那が京にのぼってみえていますよ」

男衆が、息をはずませて田之助に告げた。楽屋で三すじが田之助の化粧を落としているときだ。

「音羽屋が！」

田之助が軀をよじり、重心を失って倒れかかるのを、三すじは抱きとめた。

「湯屋で見かけましたんです。四条小橋の〈桝屋《ますや》〉に泊まっておいでなさるそうで」

と言ってから男衆はくすっと笑い、

「音羽屋の旦那は、東京の風呂の気分で、羽目板をどんどんどんと叩いて、三助《さんすけ》から叱《か》言《す》をくっていなさいましたよ」

東京の湯屋は、熱ければ羽目板を叩くと、竹筒から水がどうっと威勢よく出る。上方にはその習慣がないから、三助は羽目板をぶちこわされると思ったのだろうと、三すじも笑いかけたが、田之助はそんな話は耳に入らぬ様子で、早く呼んできておくれ、楽屋というわけにはいかない、宿に来てもらっておくれ。三すじ、早く仕度を、と焦れる。

「それじゃ、おれが一足先に宿に帰って、音羽屋が着いたら相手をしているから」

身仕度のできていた訥升が言い、

「ちょうどいい。音羽屋に、こっちで一興行つきあってもらおう。音羽屋が出るとなれば大入りまちがいなしだ。田之、おまえからも頼みこめよ。逃がすんじゃないぞ」

菊五郎は守田座と契約し、勘弥に身柄をおさえられている。かってに他の劇場《こや》に出勤することはできないのだが、そこを昔からのよしみで何とかひっぱりこもうという訥升の算段であった。

「泣き落としにかけても、こっちに出させてみせるさ」

田之助は言ったが、三すじには、その声が哀しくきこえた。

菊五郎に会えば、人前で泣かずにはいられなくなるにちがいない自分を予想し、前もってとりつくろった見栄、虚勢、そう感じられた。以前の田之助は、傲岸《ごうがん》ではあったが、虚勢をはることはなかった。天衣無縫という言葉のとおり、心のままにのびのびとふるまっていたのだ。無理もないと思っても、心がくずれてゆく田之助を見守るのが、三すじには辛い。

髪に櫛《くし》を入れ、紫縮緬を裾長にひき、定宿にしている〈京梅〉に人力車をむけた。

「東京から音羽屋はんがみえたはります」と、宿の女中までそわそわしている。

鈨次郎が背負って座敷の次の間に入ると、襖越しに訥升の声が、

「おまえに逢ってから死にたいと言っている女がいるんだ。ぜひ逢ってやってはくれまいか」

「また、人をかつごうってんじゃないのかい」

と、菊五郎の声だ。

三すじは襖を開けた。鈨次郎に背負われたまま田之助は座敷に入ったが、下ろされると、菊五郎の膝にすがって号泣した。菊五郎は困惑したように、田之助の肩を叩いた。

「なあ、音羽屋、さっきも言ったとおり、どうぞ助けると思って一興行たのむよ」訥升がくいさがる。

「そうはいかないと話しただろう。京都見物に来たのも守田には内緒なのだ。ここでつかまるわけにはいかないのだよ」

「まあ、そう言わずに、半月、十日でもいい、助《す》けてくれ。菊五郎と田之助の『お静礼《しずれい》三《ざ》』を、京の見物衆にも拝ませてやれよ」

「だから、それができないと言っているんだ」

「無理を承知でたのむ。なあ、音羽屋、田之助を哀れと」

訥升が言いかけたとき、田之助がふいに顔をあげ、

「さあ、酒だ、酒だ。料理はまだか。景気よく賑《にぎや》かにやろう」

明るくよそおった声が、三すじには悲鳴のようにきこえた。

「よし、飲もう」と、菊五郎もはずんだ声を出したが、その眸《め》に、敗者を見下す勝者の冷たさを、三すじは感じた。田之助も感じたはずであった。

翌日は小雪がちらついていた。四条小橋の菊五郎の宿に再び使いを出したが、菊五郎の一行は、人力車をつらねてすでに立ち去ったと宿の者に知らされた。

その日の田之助の舞台は、ひどい投げやりなものであった。不自由な軀で舞台を仕おおせるためには、凄《すさ》まじい緊張力と執念がいる。気持にゆるみが生じれば、たちまちぶざまな舞台になる。その落差は大きい。はりつめにはりつめてきた気力の弦《つる》が、菊五郎との出逢いを境に、断ち切れた。

田之助は、一気にくずれた。これまでもちこたえてきたのが不思議なほどではあった。

虚勢をかなぐり捨て、ぶざまも見苦しさもかまわず、田之助は、わめき、悪態を吐き散らし、手首のない腕でなぐり、食いつき、舞台に立つどころではなくなった。

狂って楽になっただろう。三すじは、思い、自分も深沈《しんちん》と闇に堕《お》ちた。無垢《むく》で艶冶《えんや》な花が、ひとひら、ひとひら、大輪の葩《はな》びらを反転させる闇であった。

翌年の春早々、田之助は東京に帰った。暴れぬよう、縄をかけられ、駕籠に押しこめられての旅であった。

浅草富士横丁の寓居にこもらされた。座敷牢に入れられたのである。閉じこめなくてはならぬほど、田之助の狂態は進んでいた。それまで辛うじて押さえこんでいた運命への呪詛《じゆそ》が一度に噴き上げたようであった。

清十郎はしばしば見舞いに訪れ、格子《こうし》の外で辛そうにうつむいていた。

三すじはできるかぎり傍にいて世話をしたが、つきっきりというわけにはいかない。舞台をつとめねば口が乾上《ひあ》がる。

田之助は鎮まっているときもある。しかし、壁にもたれ、じっとうずくまっている田之助を見るのは、三すじには、暴れられるより辛い。

「三すじさん」と、清十郎がある日、数枚の錦絵をみせた。

言いようなくやさしい美しい女を描いた美人画である。

「芳年ですよ。『見立多以尽《みたてたいづくし》』というんです」

「先生は、また仕事をはじめなさったんですか」

「去年あたりから、大評判ですってよ。絵草紙屋には、芳年の武者絵や美人画が溢れています。ねえ、似ていると思いませんか」

「太夫に……」

「田之太夫を描いたものですって。『見立多以尽』は、みんな」

「そうですかい」三すじは絵を伏せた。

終章

懐に匕首《あいくち》をしのばせ、三すじは、舞台に立った。

最前列に、團十郎（権之助あらため）、菊五郎、左團次《さだんじ》をはじめ、立役《たちやく》の大名題《なだい》たちが燕尾服《えんびふく》で並び、座主の守田勘弥、立作者の河竹新七も、黒の西洋礼服である。半四郎、粂三郎《くめさぶろう》などの女形《おやま》は羽織袴《はおりはかま》に紫帽子、その中に清十郎も混る。

相中《あいちゅう》の三すじは、やはり羽織袴に紫帽子で、二列目の上手《かみて》から二人目にいる。上手に陸軍軍楽隊、下手《しもて》に海軍軍楽隊が控え、交互に、洋楽を吹奏する。

田之助が浅草富士横丁にこもらされた明治十一年の六月七日、新富座《しんとみざ》の開場式の当日である。

新富町に移った守田座が火事で焼失し、その跡地に、守田勘弥はこれまでに類のない大劇場を建築した。図面をひいたのは長谷川勘兵衛である。

高尚な芝居を演じ、それによって役者の地位を高めることを主張しつづけてきた権之《ごんの》助《すけ》は、田之助が澤村座を開いた明治六年、九代目團十郎の名跡《みようせき》を継いだ。八代目の死以来、長いあいだ空いていた江戸役者最大の名前を襲名したのである。しかし、興行の失敗から莫大な負債を背負い、しばらく旅興行をつづけていた。

東京に帰ってきて、この明治十一年、初春興行『黄門記《こうもんき》』で近来にない大当りをとった。ひきつづき三月、鹿児島の戦争に材をとった『西南戦記』で西郷隆盛に扮《ふん》し、これがたいそうな人気を呼んだ。観客もようやく、團十郎の渋い重厚な芸風にこれまでの江戸歌舞伎にない新鮮な魅力を感じはじめたようだ。それは、新政府が芝居に求めるものとも合致していた。

新富座が柿落《こけらおと》しをする前に、團十郎と菊五郎、宗十郎、仲蔵《なかぞう》の四人の役者が、守田勘弥とともに、松田内務大書記官の邸に招《よ》ばれ、演劇改良についての談義をきかされた。伊藤博文など政府の高官たちもいて、西洋劇のはなはだ高尚であることを懇々と説いた。舞台で裸になるごとき見苦しいことはなく、観客も上等社会の者が多く、役者も学識をそなえ、日本の役者のように客の玩弄物《がんろうぶつ》となることは絶対にない。士君子といえども、役者を軽視することはない。我が国の優伎《わざおぎ》もかくありたいものだ。皆、よろしく、泰西の劇を模範とし、いまより進んで改良の任に当たるべし。

五人はおそれかしこまって、一言も返答できなかったという話が巷《ちまた》にひろまった。

新富座の開場式は、たしかに、この主旨に添ったものだった。

劇場の正面には花瓦斯《はなガス》をかかげ、一面に紅白張りわけの球燈《きゆうとう》が吊《つる》された。

本舞台は八間一面に守田の定紋の幕をさげ、その下で、團十郎が、立ったまま祝辞を朗読する。

「……かえりみるに、近時の劇風たる、世俗の濁を汲《く》み、鄙陋《ひろう》の臭を好む。……その下流におもむく、けだし、この時より甚《はなは》だしきはなし。團十郎深くこれを憂い、相ともに謀《はか》りて奮然この流弊《りゅうへい》を一洗せんことを……」

客席をそっと見わたし、三すじは、愕然《がくぜん》とする。

――江戸の見物衆は、どこへ行っちまったんだ……。

太政大臣三条実美《さんじょうさねとみ》をはじめ、各省の大輔《たいふ》、少輔、高級官員、そうして異国の高官、その夫人。客席を占めるのは、こういう内外の貴顕《きけん》がほとんどだ。

江戸は東京になった。

死と性を謳《うた》いあげた江戸末期の芝居はとどめをさされ、〝善悪邪正の節正しく〟〝温和平旦のこと〟を演じる新しい東京の芝居が……。

匕首の柄が胸骨に痛い。團十郎を刺そうと思った決心が、萎《な》え、消えてゆく。もともと、無意味なことと自分を嗤《わら》う気持があった。それでも、せめて、滅び廃《すた》れてゆく江戸最後の役者、澤村田之助のための心意気……。その心意気という言葉さえ、この劇場では意味がない……。

七夕《たなばた》ですよ、と三すじは格子《こうし》の中に話しかけた。新富座の開場式から、ちょうど一月《ひとつき》。

化粧をしてくれ。田之助は言った。

無精髯《ひげ》がのびている。危くて剃刀《かみそり》を使えず、三すじは田之助の顔剃《そ》りができずにいた。お貞《てい》は二人の子供の世話に夢中で、富士横丁にはめったにあらわれない。小花は、別れてほかの旦那をみつけた。

化粧してくれ……。三すじは直感したが、黙って、田之助の濃い眉を剃り落とし、髯をあたった。髪は鬘下地《かつらしたじ》に結いなおした。田之助は静かに、されるままになっていた。鬢付油《びんつけあぶら》を塗り、白粉《おしろい》を塗る。目尻に紅をいれる。眉をひく。紅で描いた上に薄い油墨でひき、色気をにおわせた。

最後にくちびるに紅をさし、紫帽子を髪にとめた。三十四歳の田之助は、皮膚も表情も荒みきっていたが、女の顔をつくると凄艶《せいえん》になった。

右の手首に紐《ひも》を巻きそこに剃刀の柄をさしこめと田之助は命じた。三すじが拒むと、退《さ》がっていろ、と言った。

三すじは座敷牢を出、蔭《かげ》から見守った。田之助は、手首のない右手と左手の小指と歯をつかって、腰紐を格子に結びつけようと苦心していた。

くちびるを噛み破り、血がにじむのを、三すじは、乾いた眼でみつめた。止めはせず、手も貸さず。彼は、おのれの無力をみつめていた。

大小幾千の氷塊、氷片が、藍色の水にただよい、川下にはこぼれ、北海に流れ去る……。

＊

と、幾百万の白い蝶の群れが……翅《はね》をすりあわせ銀粉を散らし、川面《かわも》を舞いのぼってゆく。黄昏《たそがれ》、花吹雪のように蝶の群れは水に散り落ち……三すじは、めざめた。

「晴れました。晴れましたよ、お客さん！」

飯のあと、彼は雪舞台のある空地に行ってみた。村の男たちが総出で、雪を積み、舞台をととのえなおし、楽屋や花道や桟敷を作っている。昨日会った役者たちも混っていた。

「今日は芝居が見られるのかい」

「いいや、明日だ。一夜おかないと固く凍らねえ」

「明日も天気がつづくといいがな」

「晴れるともさ。水垢離《みずごり》までとったのだ」

舞台と花道は、高く積んで形づくった雪の上に板を敷き並べる。一夜のうちに凍てついて釘付けしたより頑強になるという。

盛りあげた雪の塚の中をくりぬいたところは、茶店になるのだそうだ。舞台の四隅には柱をたて、明日はここに幕を張る、と男たちは問われぬ先から嬉しそうに語る。

濡れたままの幟《のぼり》の文字を、彼は眺め、

「田之太夫は？」

と、市川三すじの名を騙《かた》る男にたずねた。

男は小屋をさした。

明りとりの板戸が少し開いていた。のぞき見る誘惑に、彼は勝てなかった。

細いすき間から、目に入る範囲はごくわずかだ。板敷きの床に衣裳やら何やらが散り、衣裳をかけて横たわっている人影が薄闇のなかにおぼろに見えた。


翌日も晴天であった。雪深い北越も春の気配なのだ。

空地の周囲は戸板でかこわれ、入口が一箇所だけ開いて、ここで勧進《かんじん》の木戸銭をとる。土間は雪の上に筵《むしろ》を敷き並べ、一段高い両側の桟敷は筵の上に燃えたつ緋毛氈《ひもうせん》を敷き、うしろに彩色絵の屛風《びょうぶ》をたててある。彼が中に入ったときは、すでに肩を押しあうほどの大入りで、どこからこんなに大勢の人間が湧《わ》き出したのだろうと、雪の日の無人のさまと、彼は思いあわせた。囲いの外の樹には子供たちがよじのぼって見物している。

雪洞では茶や甘酒を売り、雪の地面を掘りくぼめた穴に糠《ぬか》を散らし、ここに火を焚《た》いて湯を沸かしたり煮物の鍋をかけたりしている。見物は弁当持参であった。

坐る場所を探している彼に、桟敷を占めている年寄りが、膝をくりあわせて、ようやく割りこめるほどの場所をあけてくれた。

舞台の袖から小屋にかけて幕をはりわたしてある。この陰が、役者の控え所になっているのだろう。澤村田之助の幟は、今日は乾いて風に鳴っていた。

隣席の老人は、彼に竹筒入りの酒をすすめた。盃も竹の短い筒である。

そこの火で燗《かん》をつけたやつだから、躯《からだ》があたたまるだろうと、老人は掘りくぼめた雪の穴のなかで燃える火を指さした。

幕の開く前に、村の者らしい口上言いが、寄進者の名前やら役者への贈り物やらをいちいちのべあげ、三番叟《さんばそう》で幕が開いた。三すじには、これは退屈な舞台だ。

葬儀の仕度をしているとき鈥次郎《かんじろう》が何かつぶやいているのを耳にした……と、三すじは思い出す。

ああ、ばかばかしい。ばかばかしい。

鈥次郎は、そう言ってるのだった。

三すじは、ぞっとした。鈥次郎が、喋《しゃべ》っている……。

鈥次郎さん、おまえ……。

願掛けをしてしまったのだと、鈥次郎は、たどたどしく語った。安政二年の大地震のとき、まだ若かった鈥次郎は、由次郎を護《まも》るのに必死だった。由次郎坊ちゃんを無事に助けてくださるなら……、何を断《た》ったらいいか。とっさに思いついて〝声〟と誓ってしまったのだという。揺れがおさまったのでほっとして、喋りかけた。とたんに、すさまじい揺りかえしがきて、由次郎は柱の下敷きになりかけた。きわどいところで傷はつかずにすんだが、釚次郎は、願破りの覿面《てきめん》な天罰にふるえあがった。

喋ったら、由坊ちゃんを殺すことになる。とんだ願掛けをしたものだと悔んだが、一度誓ってしまったことはとりかえしがつかない。昼間は気をつけていても、寝言ぐらい言ったのだろうか。由坊ちゃんはあんな因果な……。

しかし、とにかく自分は誓いを守りとおしたのに由坊ちゃんは死んだ。ばかばかしくって話にもならない。釚次郎は、二十三年おさえこんでいた声を吐き出すように、長々と吼《ほ》えた。


「おおい、おおい」

下手から、人形つかいにささえられて清姫《きよひめ》が登場した。三番叟は終わり、舞台は日高《ひだか》川《がわ》になっていた。三すじは我にかえり、舞台に目をむけた。

〽おちこちの恨みは山のかせ木にて、招けどさらにとまらじや。

〽我は恋路のやみやみと、いとし殿御《とのご》を寝取られし、ねたまし寝させじ一念力。

「いで追っつかいで置こうか。おおい、おおい」

若い愛らしい役者であった。二十をいくつも越していないようにみえる。懸命につとめていることは、三すじにも見てとれる。好感のもてる初々《ういうい》しさであった。

「ずいぶん若いのですね」

三すじは隣りの老人にささやいた。

「あれが、田之助ですか」

「なに」老人は事もなげに首を振った。「ありゃあ、偽者《にせもの》よ」にこやかにうなずいて言う。

「偽者……。それを承知で」

「まことの田之助が、来るものかいの。偽者でもよかろうがの」

「おまえさまがたは、偽者と知った上で……」

「嘘でも、花のお江戸の名女形、澤村田之助と名乗られた方が、気分がよかろうがの」

「見物衆は、みな、知っていなさる?」

「知っとる者も知らん者もおるわの。昨年狂い死んだ田之助が、越路《こしじ》にあらわれるわけがなかろうが」

三すじは、胸に釘を打たれたような声をあげた。

「あの若い役者はな、旅まわりのあいだに吹雪で難儀して、凍傷で両足の指を失《の》うしたそうじゃ。並の者なら、役者はあきらめるわな。それを、考えたものじゃな。田之助と名乗って、田舎まわりをつづけておるそうな」

「おまえさまは、ようご存じで」

「わしがこの興行の世話役じゃ。わしの目はごまかせぬ。問うたら、素直に話しよった」

「田之太夫が狂い死んだことまで、よう知っていなさる」

「わしは、縮《ちぢみ》を商うておるでの、江戸に行くことも多い」

泪《なみだ》が溢《あふ》れた視野のむこうで、若い初々しい清姫が、髪をさばき、嫉妬に狂った鬼女の相をあらわした。田之助の死以来、はじめて、やわらかい泪が流れると思った。

「蝶が川の上をとぶそうですね」

三すじは老人に話しかけた。舞台に見入っている老人は、聞きそびれたようだ。ああ、と、何かわけのわからぬうなずきかたをした。

「川にはりつめた氷が……」

彼は言いかけて気をかえ、別のことを言った。

「人形ぶりは、人形のいい仕草をまねたんじゃあ人形らしくみえない。人形の振りのまずいところをまねると、おのずと人形らしくみえる。おかしな話だが、そうなんでさ」

田之助の工夫であった。

「おまえさん、よいことを知っていなさる。あの若い役者《こ》に教えてやるがいい」

「そうしましょう」

三すじは言った。

雪一色の舞台に、銀箔《ぎんぱく》の鱗《うろこ》の裾を長くひき、清姫は舞い上がった。

解説　爛熟の江戸歌舞伎を蘇らせる麗筆

千街晶之

三代目澤村田之助。その名は、夜闇の奥から覗く極彩色の振袖のように、伝説の霧に見え隠れしつつ鮮烈な存在感を放つ。

弘化二年（一八四五年）に生まれ、幼時から由次郎《よしじろう》の名で子役として舞台に立ち、安政六年（一八五九年）に三代目田之助を襲名、翌年には早くも女形の筆頭である立女形《たておやま》になり、爛熟を極めた幕末歌舞伎界の第一人者となる。しかし、脱疽《だつそ》を患い、最終的には四肢を切断、それでも舞台に立ち続けたが、ついに精神に変調を来《きた》し、明治十一年（一八七八年）、三十三歳の短い生涯を閉じる――あまりにも凄絶な役者人生であった。絶世の美貌だったという彼の面影を伝える写真が数葉しか残されていないことが、かえって後世の人々の想像力を掻き立てているとも言えるだろう。

田之助が登場する小説には、矢田挿雲《そううん》『澤村田之助』（一九二五年）、舟橋聖一『田之助紅』（一九四七年）、山本昌代『江戸役者異聞』（一九八六年）、南條範夫『三世沢村田之助　小よし聞書』（一九八九年）、北森鴻《こう》『狂乱　廿四孝《にじゅうしこう》』（一九九五年）などがあるし、舞台では二代目澤村藤十郎や篠井《ささい》英介が田之助を演じたことがある。近年では、村上もとかの漫画が原作のTVドラマ『JIN―仁―』（第一部は二〇〇九年、完結編は二〇一一年）で吉沢悠《ひさし》が田之助を演じていたのが記憶に新しい。

そんな田之助が登場する作品群の中にあって、本書『花闇』（一九八七年八月、中央公論社から書き下ろしで刊行。一九九二年には中公文庫版、二〇〇二年には集英社文庫版がそれぞれ出ている）は、間違いなく最高峰だろう。著者の皆川博子は、ミステリ・歴史小説・幻想小説などさまざまな分野で、流麗な才筆により異形の美学を顕現させる魔術師である。田之助を描くのにこれほど適した作家も他にいない。

著者の初期の作品には現代演劇の世界を背景にしたものはあったけれども、日本の伝統的な芝居への関心が窺えるのは、日本推理作家協会賞を受賞した『壁――旅芝居殺人事件』（一九八四年）あたりからだろう。直木賞受賞作『恋紅』（一九八六年）にも旅役者が登場する。また、歌舞伎をモチーフにした現代ミステリとして『妖かし蔵殺人事件』（一九八六年）があり、時代小説では『鶴屋南北冥府巡』（一九九一年）、『写楽』（一九九五年）、『花櫓』（一九九六年）などが江戸歌舞伎の世界を背景にしている。本書はそれらの中でも傑作のひとつと言える作品だ。

柝《き》の会＋ペヨトル工房・編『夜想EX1　歌舞伎はともだち［入門篇］』（一九九二年）収録のインタヴュー（インタヴュアーは雑誌《夜想》の編集長で、『花闇』中公文庫版の解説を執筆した今野《こんの》裕一。なお著者の幻想短篇「雪花散らんせ」には《夜想》と今野をモデルにしたと思しき雑誌と編集者が登場し、田之助についても言及されている）や、『夜想ＥＸ 歌舞伎はともだち3 三代目澤村田之助』（一九九六年）掲載のエッセイ「蠱惑」によると、著者が歌舞伎に関心を持つきっかけは敬愛する赤江瀑《ばく》の小説だったらしいが、田之助に興味を抱いたのはもっと古く、小学校三年生の頃、祖母の家にあった「現代大衆文学全集」のうちの一冊だった矢田挿雲の『澤村田之助』を読んだのが発端だったという。いわば著者にとって田之助は長年の眷恋《けんれん》の人だったのであり、本書はその想いをすべて注ぎ込んだような小説となった（なお、本書の前年に刊行された『恋紅』にも田之助が登場する）。「蠱惑」で著者は、「書くのが楽しくてならないという状態だったのは、これまでに、この『花闇』と、中世を舞台にした『妖櫻記』の二篇だけだ」と述懐している。

　田之助が活躍し、そして早すぎる晩年を迎えたのは、約二百六十年続いた徳川幕府が崩壊して新たな政府が成立し、回り舞台さながらに江戸が東京へと変容した疾風怒濤の時代であり、歌舞伎の世界も当然その影響を免れなかった。江戸時代、歌舞伎役者は「河原《かわら》乞食」「制外者《にんがいもの》」などの蔑称で呼ばれ、芝居小屋は遊里と同じく「悪所」として扱われていた（天保の改革により、江戸三座は江戸中心部から離れた浅草猿若町へと移転を余儀なくされる）。四民平等の明治の世を迎え、役者は市民権を与えられたが、代わりに新政府の「演劇改良」の方針に従い、民衆教化の役割を背負わされることになる。

　そんな梨園の大激動が二重写しになったような人生を送ったのが田之助だった。彼が初めて手術で右足を切断した慶応三年（一八六七年）は幕府瓦解《がかい》の年であり、四肢を失った身で引退興行の舞台に立った明治五年（一八七二年）は、新政府が江戸三座の座元と作者を呼んで説諭し、また守田座が劇場を浅草猿若町から都心の新富町に移転した年である。説諭の内容は、貴顕や外国人の鑑賞にも堪えるように淫奔・残酷な場面の上演を禁じ、道徳性を重んじて芝居の「虚」の価値を否定しようとするものであり、その方針に従って歌舞伎の近代化を主導したのが十二代目守田勘弥と九代目市川團十郎（本書では三代目河原崎長十郎→初代河原崎権十郎→七代目河原崎権之助として登場する）だった。そして、彼らが否定した濡れ場・責め場・殺し場といった演出を得意とし、江戸歌舞伎の頽廃的で刺激の強い一面を代表した役者こそが田之助だったのである。初めて近代的設備を備えた新富座が華々しく開場した翌月、田之助はひっそりと歿《ぼっ》した。もし夭逝しなかったとしても、新時代の歌舞伎の世界に田之助の居場所はもはや存在しなかっただろうか。それとも、及ばずながらも芸の魔力で時代の流れに抗ってみせただろうか。

本書では、名題下《なだいした》の役者であり、理由《わけ》あって田之助の弟子となった市川三《み》すじの視点で、四歳の子役時代から晩年に至る田之助の人生が綴られる。三すじは実在の役者だが、名題下のこととて、八代目および九代目團十郎の弟子から田之助の付人へと移籍したことや、明治二十四年（一八九一年）頃までは生きていたこと程度しか伝わっておらず、そのぶん空想を膨らませる余地が多いという理由で主人公に選ばれたのだろう。著者が描く三すじは元来、欲とか感情といったものが他人より稀薄で、周囲で起こる出来事をどこか他人事のように観察している……という、皆川作品の主人公によく見られるタイプの人物である。彼は著者自身の投影であろうし、同時に、現代の読者と江戸の世界を架橋する役目を果たしている。そんな彼の醒めた目を通して、田之助をはじめとする梨園の人々の生死浮沈が、通し狂言さながらに起伏に富んだドラマとして繰り広げられてゆく。

当時、幹部クラスである名題役者と、名題下とのあいだには巨大な壁があり、名題下も相中《あいちゅう》・中通り《ちゅうどお》・下立役《したたちやく》と階級が分かれていた。賤しい身分とされていた役者の世界もまた、更に厳しい格差によって構成されていたのだ。三すじは最下層の下立役でこそないものの、御曹司の田之助は彼にとって遥か雲の上の存在である。田之助という大輪の花が妖しく咲き誇るためには、根として彼を支える無数の人間が役者人生を捧げねばならなかった。その田之助もまた、十代初めにして贔屓《ひいき》客に身を任せる日常を余儀なくされていたのだが。

田之助に対する三すじの感情は、手の届かぬ存在への崇拝と愛情に溢れつつ、ふとしたはずみに憎しみも噴き出す。そんな屈折した心の襞を描かせて、著者の右に出る作家はいない。抑制が利いた中に妖気の滲み出す筆致が、埋み火《うずみび》のような三すじの想い、そして芸に憑かれた田之助の凄まじい執念を的確に浮かび上がらせてゆく。

もうひとり、田之助に魅了される人物として登場するのが浮世絵師の月岡芳年《よしとし》である。田之助を「あれは、がらんどうだ。中は空の、透明なびーどろの壺だ」と評した彼は、三すじとは安政二年（一八五五年）の大地震の際に知り合い、やがて意気投合する。『英《えい》名二十八衆句《めいにじゅうはっしゅうく》』『魁題百撰相《かいだいひゃくせんそう》』などの血みどろの無残絵で今なお高い人気を誇る芳年は、田之助同様に幕末という時代を象徴する人物であり、（後年のことなので作中では言及されないけれど）心を病んで死ぬ末路も共通する。その血と死への執着は、本書に漂う頽廃美を更に色濃いものとしている。

　本書で描かれる田之助は、「田之高慢」という世評通り、自身の美と実力に絶大な自信を持ち、たとえ自分より年上・格上であっても下手な役者には容赦なく罵言を飛ばし、恥をかかせる。とはいえその驕《おご》りも陽性のものであり、優れた芸を持つ役者には一目も二目も置く面もあるのだが、心身を蝕まれた晩年になると、高慢ぶりが陰湿に変質してゆくのが痛ましい。そして、本書の田之助像に微妙な翳りを付与しているのが、先ほど三すじが「理由あって田之助の弟子となった」と記した、その「理由」となった出来事である。ミステリ的な謎として早い段階で描かれ、その後も折に触れて三すじが思い出すこの出来事の真相が明かされる時、田之助のために人生を捧げたもうひとりの人物の想いが物語の背景から浮上するのだ。

　最初に触れたように、田之助の面影は数葉の写真に残されているのみであり、現在ではその芸を直接知る者もいない。だが、本書を読んで田之助の芸を想像することは可能だ。美しい顔に傷をつけた切られお富、父の仇《かたき》に惨《むご》たらしく返り討ちにされる春藤治郎右衛門、そして一世一代の引退興行で観衆の涙を誘った芸妓《げいこ》古今《こきん》……著者の麗筆によって、田之助の凄惨妖艶な芝居がありありと蘇る。そして、田之助の芸が思いがけない方向へと受け継がれてゆく結末が、この昏《くら》い情念に満ちた物語を未来への希望で鮮やかに締めくくってみせるのだ。

（せんがい・あきゆき　ミステリ評論家）

この作品は、一九八七年八月中央公論社から刊行され、一九九二年十二月中公文庫、二〇〇二年十二月集英社文庫に収められました。

花闇《はなやみ》

二〇一六年一二月一〇日　初版印刷
二〇一六年一二月二〇日　初版発行

著　者　皆川博子《みながわひろこ》
発行者　小野寺優
発行所　株式会社河出書房新社
〒一五一-〇〇五一
東京都渋谷区千駄ヶ谷二-三二-二
電話〇三-三四〇四-八六一一（編集）
〇三-三四〇四-一二〇一（営業）
http://www.kawade.co.jp/

ロゴ・表紙デザイン　粟津潔
本文フォーマット　佐々木暁
本文組版　株式会社創都
印刷・製本　中央精版印刷株式会社

落丁本・乱丁本はおとりかえいたします。

本書のコピー、スキャン、デジタル化等の無断複製は著作権法上での例外を除き禁じられています。本書を代行業者等の第三者に依頼してスキャンやデジタル化することは、いかなる場合も著作権法違反となります。

Printed in Japan　ISBN978-4-309-41496-6

青春デンデケデケデケ

芦原すなお　40352-6

一九六五年の夏休み、ラジオから流れるベンチャーズのギターがぼくを変えた。"やーっぱりロックでなけらいかん"——誰もが通過する青春の輝かしい季節を描いた痛快小説。文藝賞・直木賞受賞。映画化原作。

ひとり日和

青山七恵　41006-7

二十歳の知寿が居候することになったのは、七十一歳の吟子さんの家。奇妙な同居生活の中、知寿はキオスクで働き、恋をし、吟子さんの恋にあてられ、成長していく。選考委員絶賛の第百三十六回芥川賞受賞作！

第七官界彷徨

尾崎翠　40971-9

「人間の第七官にひびくような詩」を書きたいと願う少女・町子。分裂心理や蘚の恋愛を研究する一風変わった兄弟と従兄、そして町子が陥る恋の行方は？　忘れられた作家・尾崎翠再発見の契機となった傑作。

ブラザー・サン　シスター・ムーン

恩田陸　41150-7

本と映画と音楽……それさえあれば幸せだった奇蹟のような時間。「大学」という特別な空間を初めて著者が描いた、青春小説決定版！　単行本未収録・本編のスピンオフ「糾える縄のごとく」＆特別対談収録。

そこのみにて光輝く

佐藤泰志　41073-9

にがさと痛みの彼方に生の輝きをみつめつづけながら生き急いだ作家・佐藤泰志がのこした唯一の長篇小説にして代表作。青春の夢と残酷を結晶させた伝説的名作が二十年をへて甦る。

枕女優

新堂冬樹　41021-0

高校三年生の夏、一人の少女が手にした夢の芸能界への切符。しかし、そこには想像を絶する現実が待ち受けていた。芸能プロ社長でもある著者が描く、芸能界騒然のベストセラーがついに文庫化！

琉璃玉の耳輪

津原泰水　尾崎翠〔原案〕　41229-0

３人の娘を探して下さい。手掛かりは、琉璃玉の耳輪を嵌めています——女探偵・岡田明子のもとへ迷い込んだ、奇妙な依頼。原案・尾崎翠、小説・津原泰水。幻の探偵小説がついに刊行！

泣かない女はいない

長嶋有　40865-1

ごめんねといってはいけないと思った。「ごめんね」でも、いってしまった。——恋人・四郎と暮らす睦美に訪れた不意の心変わりとは？　恋をめぐる心のふしぎを描く話題作、待望の文庫化。「センスなし」併録。

夏休み

中村航　40801-9

吉田くんの家出がきっかけで訪れた二組のカップルの危機。僕らのひと夏の旅が辿り着いた場所は——キュートで爽やか、じんわり心にしみる物語。『100回泣くこと』の著者による超人気作。

掏摸《スリ》

中村文則　41210-8

天才スリ師に課せられた、あまりに不条理な仕事……失敗すれば、お前を殺す。逃げれば、お前が親しくしている女と子供を殺す。綾野剛氏絶賛！大江賞を受賞し各国で翻訳されたベストセラーが文庫化。

黒冷水

羽田圭介　40765-4

兄の部屋を偏執的にアサる弟と、執拗に監視・報復する兄。出口を失い暴走する憎悪の「黒冷水」。兄弟間の果てしない確執に終わりはあるのか？当時史上最年少十七歳・第四十回文藝賞受賞作！

推理小説

秦建日子　40776-0

出版社に届いた「推理小説・上巻」という原稿。そこには殺人事件の詳細と予告、そして「事件を防ぎたければ、続きを入札せよ」という前代未聞の要求が……ＦＮＳ系連続ドラマ「アンフェア」原作！

河出文庫

最後のトリック

深水黎一郎　41318-1

ラストに驚愕！　犯人はこの本の《読者全員》！　アイディア料は2億円。スランプ中の作家に、謎の男が「命と引き換えにしても惜しくない」と切実に訴えた、ミステリー界究極のトリックとは⁉

コスモスの影にはいつも誰かが隠れている

藤原新也　41153-8

普通の人々の営むささやかな日常にも心打たれる物語が潜んでいる。それらを丁寧にすくい上げて紡いだ美しく切ない15篇。妻殺し容疑で起訴された友人の話「尾瀬に死す」（ドラマ化）他。著者の最高傑作！

ハル、ハル、ハル

古川日出男　41030-2

「この物語は全ての物語の続篇だ」——暴走する世界、疾走する少年と少女。三人のハルよ、世界を乗っ取れ！　乱暴で純粋な人間たちの圧倒的な“いま”を描き、話題沸騰となった著者代表作。成海璃子推薦！

カツラ美容室別室

山崎ナオコーラ　41044-9

こんな感じは、恋の始まりに似ている。しかし、きっと、実際は違う——カツラをかぶった店長・桂孝蔵の美容院で出会った、淳之介とエリの恋と友情、そして様々な人々の交流を描く、各紙誌絶賛の話題作。

インストール

綿矢りさ　40758-6

女子高生と小学生が風俗チャットでひともうけ。押入れのコンピューターから覗いたオトナの世界とは?!　史上最年少芥川賞受賞作家のデビュー作、第三十八回文藝賞受賞作。書き下ろし短篇「You can keep it.」併録。

グッドバイ・ママ

柳美里　41188-0

夫は単身赴任中で、子どもと二人暮らしの母・ゆみ。幼稚園や自治会との確執、日々膨らむ夫への疑念……孤独と不安の中、溢れる子への思いに翻弄され、ある決断をする……。文庫化にあたり全面改稿！

著訳者名の後の数字はISBNコードです。頭に「978-4-309」を付け、お近くの書店にてご注文下さい。